СИДНИ
ШЕЛДОН

СИДНИ ШЕЛДОН

Мельницы богов

Астрель
Москва

УДК 821.111(73)
ББК 84 (7Сое)
Ш42

Sidney Sheldon

WINDMILLS OF THE GODS

Перевод с английского И.С. Коноплевой, С.Л. Коноплева
Компьютерный дизайн Ж.А. Якушевой

Печатается с разрешения Sidney Sheldon Family Limited Partnership
и литературных агентств Morton L. Janklow Associates
и Prava I Prevodi International Literary Agency.

Подписано в печать с готовых диапозитивов заказчика 26.01.2012.
Формат 84×108^1/$_{32}$. Бумага офсетная. Печать высокая с ФПФ.
Усл. печ. л. 18,48. Тираж 3000 экз. Заказ 138.

Шелдон, С.

Ш42 Мельницы богов : [роман; пер. с англ.] / Сидни Шелдон. —
М.: Астрель, 2012. — 348, [4] с.

ISBN 978-5-271-36846-2

Соглашаясь стать главой дипмиссии в небольшой европейской стране,
Мэри Эшли надеялась, что напряженная работа поможет ей пережить
личную драму.

Она была готова ко всему: к сложным переговорам, улаживанию
международных скандалов, но никак не предполагала, что внезапно
окажется в центре крупнейшего политического заговора...

Кто стоит за ним? И почему именно на нее начал охоту один из самых
известных международных террористов?

Она должна понять это, пока не поздно... пока еще не стала его
жертвой.

УДК 821.111(73)
ББК 84 (7Сое)

ISBN 978-985-18-0961-1
(ООО «Харвест»)

Пролог

Перхо, Финляндия

Встреча состоялась в теплом комфортабельном охотничь-
ем домике в двухстах милях от Хельсинки, в густом лесу,
недалеко от русской границы. Члены западного крыла Комитета прибыли сюда скрытно, в разное время. Они приехали из восьми стран, но высокопоставленный чиновник одного из ведомств Финляндии устроил все таким образом, что в
их паспортах не было никакой отметки о въезде в страну.

Люди, сидевшие вокруг огромного прямоугольного стола, были влиятельными лицами и занимали крупные по-
сты в правительствах своих стран. Им приходилось встречаться и раньше, без всяких предосторожностей, и они
вынуждены были доверять друг другу, потому что иного
выхода у них не было. Для обеспечения секретности у каждого из них было свое кодовое имя.

На совещании, которое длилось почти пять часов, раз-
горелись жаркие споры.

Наконец председатель предложил поставить вопрос на
голосование. Он поднялся и обратился к человеку, сидящему от него справа:

— Сигурд?

— За.

5

— Один?

— За.

— Бальдр?

— Мы слишком торопимся. Если об этом станет известно, то наша жизнь...

— Пожалуйста, за или против?

— Против.

— Фрейр?

— За.

— Сигмунд?

— Против. Существует опасность, что...

— Тор?

— За.

— Тюр?

— За.

— И я тоже голосую за. Резолюция принимается. Я сообщу об этом Контролеру. Я передам вам его рекомендации, кто лучше всего подходит для выполнения этой задачи. Пожалуйста, соблюдайте меры предосторожности и расходитесь с интервалом в двадцать минут. Спасибо, джентльмены.

Через два часа сорок пять минут охотничий домик опустел. Несколько человек подошли к нему с канистрами и подожгли. Раздуваемые ветром языки пламени охватили строение.

Когда сюда наконец прибыла пожарная команда из близлежащего городка, лишь тлеющие головешки шипели на снегу.

Помощник начальника пожарной команды подошел к пепелищу, нагнулся и понюхал.

— Керосин, — сказал он. — Поджог.

Начальник смотрел на обгоревшие остатки с удивленным лицом.

— Странно, — пробормотал он.

— Что?

— Я охотился в этих местах на прошлой неделе. Никакого домика здесь в помине не было.

КНИГА ПЕРВАЯ

Глава 1

Вашингтон, округ Колумбия

Стэнтон Роджерс был просто создан для того, чтобы стать президентом Соединенных Штатов. Это был обаятельный политик, пользующийся любовью публики и поддержкой влиятельных друзей. К несчастью для Роджерса, его либидо поставило крест на его политической карьере. Или как говорили злые языки в Вашингтоне: «Так трахался, что вылетел из президентского кресла».

Кстати, Стэнтон Роджерс совсем не воображал себя Казановой. Наоборот, до того фатального романа он был примерным мужем. Он был состоятельным и привлекательным мужчиной, неуклонно продвигающимся по служебной лестнице, чтобы занять самый высокий пост. И хотя у него было немало возможностей изменить жене, он совсем не обращал внимания на женщин.

По иронии судьбы, жена Стэнтона Роджерса — Элизабет — была умной и очаровательной женщиной, разделявшей почти все его интересы, в то время как Барбара — женщина, в которую Роджерс влюбился и на которой женился после скандального развода, — была на пять лет старше его, обычной внешности и, казалось, не имела с ним ничего общего. Стэнтон был спортсменом, а Барбара ненавидела физические упражнения. Стэнтон был общительным, а Барбара предпочитала проводить время вдвоем или в узкой компании. Но тех, кто знал Стэнтона Роджерса, больше всего удивляли их политические разногласия. Стэнтон был либералом, в то время как Барбара вышла из семьи, славящейся своими архиконсервативными традициями

Пол Эллисон, самый близкий друг Стэнтона, сказал ему:
Ты, наверно, рехнулся, приятель! Вы с Лиз так подходите друг другу, что можете попасть в «Книгу рекордов Гиннесса» как самая идеальная пара. Ты не можешь бросить все это ради минутного удовольствия.

— Хватит, Пол! — резко ответил Стэнтон Роджерс. — Я люблю Барбару и женюсь на ней, как только получу развод.

— Ты хоть немного представляешь, как это скажется на твоей карьере?

— Половина браков в стране заканчивается разводом. Так что все будет в порядке.

Однако он оказался никудышным пророком. Известие о его бракоразводном процессе было манной небесной для прессы. Бульварные газеты постарались выжать из этого все что можно. Они печатали истории об их секретных свиданиях вместе с фотографиями любовного гнездышка. Это продолжалось довольно долго, а когда читательский интерес угас, влиятельные друзья, оказывавшие поддержку Стэнтону Роджерсу, просто исчезли. Они нашли для себя нового кандидата в победители — Пола Эллисона.

Это был разумный выбор. Хотя Эллисон и не был таким привлекательным и обаятельным, как Стэнтон Роджерс, он был человеком умным, симпатичным и с незапятнанной репутацией. Эллисон был невысокого роста, с обычным лицом, на котором светились искренностью голубые глаза. Он десять лет был женат на дочери крупного сталелитейного магната, и они с Алисой были любящей парой.

Как и Роджерс, Пол Эллисон окончил юридический факультет в Гарварде. Они росли вместе. Их родители снимали на лето общий дом в Саутгемптоне, и мальчики вместе плавали, играли в бейсбол, а позже вместе ходили на свидания. В Гарварде они учились в одной группе. Пол Эллисон хорошо успевал по всем предметам, но самым блестящим учеником был Стэнтон Роджерс. Отец Стэнтона был главным партнером в престижной юридической фирме на Уолл-стрит, и когда Стэнтон стажировался там во время каникул, он договорился, чтобы Пол работал с ним вместе. После окончания юридического факультета политическая звезда Стэнтона Роджерса стала подниматься с головокружительной быстротой. И если он был кометой, то Пол Эллисон был ее шлейфом. Развод все изменил. Теперь Стэнтон Роджерс стал придатком Пола Эллисона. Путь к вершине славы занял почти пятнадцать лет. Эллисон проиграл на выборах в сенат, но на следующих выборах все же занял сенаторское кресло и через несколько лет стал известным и популярным законодателем. Он боролся против лишних расходов правительства и сражался с вашингтонской бюрократией. Он был популистом и верил в разрядку международной напряженности. Его попросили выступить с речью в поддержку президента, выставившего свою кандидатуру на второй срок. Это была блестящая страстная речь, после которой о нем заговорили всерьез. Через четыре года Пол Эллисон был избран президентом Соединенных Штатов. Первое, что он сделал, так это назначил Стэнтона Роджерса советником по иностранным делам.

Теория Маршалла Маклугана, что телевидение превратит мир в одну большую деревню, стала реальностью. Торжественное вступление в должность сорок второго президента США смотрели по спутниковому телевидению более чем в 190 странах.

В «Черном петухе», излюбленном месте встреч вашингтонских журналистов, Бен Кон, опытный репортер из «Вашингтон пост», сидел за столом вместе с четырьмя коллегами и смотрел по телевизору передачу о вступлении в должность президента.

— Из-за этого сукина сына я потерял пятьдесят долларов, — пожаловался один из журналистов.

— Я же предупреждал тебя не ставить против Эллисона, — проворчал Бен Кон. — Поверь, этот парень умеет заворожить людей.

Камера показывала огромные толпы людей, которые, кутаясь в пальто, собрались в этот холодный январский день на Пенсильвания-авеню. Благодаря громкоговорителям, установленным вокруг, собравшиеся были в курсе, как проходит церемония присяги нового президента. Джэсон Мерлин, главный судья Верховного суда Соединенных Штатов, закончил церемонию и пожал президенту руку. Президент подошел к микрофону.

— Ты только посмотри на этих идиотов с отмороженными задницами, — сказал Бен Кон. — Ты знаешь, почему они не смотрят все это по телевизору дома, как нормальные люди?

— Почему?

— Потому что этот человек сейчас творит историю. Когда-нибудь все эти люди будут рассказывать своим детям и внукам, что они стояли рядом с Полом Эллисоном, когда тот принимал присягу. И все они будут похваляться: «Я стоял так близко, что мог коснуться его рукой».

— Ты циник, Кон.

— И горжусь этим. Все политики одним миром мазаны. Все они стараются что-то изменить. Видите, парни, наш новый президент — либерал и идеалист. Этого достаточно, чтобы любому здравомыслящему человеку стали сниться кошмары. У меня есть следующее определение либерала: это человек, который твердо сидит на мягких подушках.

По правде говоря, Бен Кон не был столь уж циничным, как это могло показаться. Он с самого начала следил за карьерой Пола Эллисона, и когда тот стал подниматься по политической лестнице, Бен изменил свое мнение о нем. Этот политик никому не поддакивал. Он был дубом в ивовой роще.

Полил холодный дождь. «Надеюсь, это не будет предзнаменованием на четыре года его правления», — подумал Бен Кон и внимательно посмотрел на экран телевизора.

— Президент Соединенных Штатов — это факел, который американский народ передает из рук в руки каждые четыре года. Этот факел является самым могущественным оружием в мире. Оно достаточно сильное, чтобы испепелить все человечество, но оно также может служить маяком, который озарит светом путь в будущее для нас и для всего мира. Я сегодня обращаюсь не только к нашим союзникам, но и к странам советского блока. Сейчас, когда мы вступаем в двадцать первый век, я хочу сказать им, что время конфронтации закончилось и слова «единый мир» должны стать действительностью. Любой другой путь приведет к тотальному уничтожению, и ни одна страна не выйдет победителем. Я вполне сознаю, какая пропасть лежит между нами и странами за «железным занавесом», поэтому самой главной целью нынешней администрации будет наведение мостов через эту пропасть.

В словах президента звучала истинная вера. «Он действительно так думает, — решил Бен Кон. - Надеюсь, что никто не пристрелит этого парня».

* * *

В Джанкшн-Сити, штат Канзас, был холодный, промозглый день с таким снегопадом, что видимость на дороге номер 6 была почти нулевой. Мэри Эшли осторожно вела свой пикап по самой середине хайвея, где уже поработали снегоуборочные машины. Из-за метели она опаздывала на занятия. Мэри Эшли была преподавателем. Она ехала медленно, чтобы машину не занесло в сторону.

Из радиоприемника донесся голос президента: «...много еще и таких, кто вместо мостов предлагает строить крепостные рвы. Я отвечаю им, что мы больше не можем обрекать себя и наших детей на глобальную конфронтацию, которая окончится ядерной войной».

Мэри Эшли подумала: «Я рада, что голосовала за него. Пол Эллисон будет великим президентом».

Она крепче сжала руль, пробираясь сквозь белую пелену.

В Сен-Круа на безоблачном лазурном небе светило солнце, но Гарри Ланц не собирался выходить наружу. Он лежал голый в постели в объятиях сестричек Долли. Ланц подозревал, что они на самом деле не были сестрами. Аннетта была натуральной брюнеткой, а Салли — блондинкой. Ему в принципе было наплевать, даже если бы они были его кровными родственницами. Самое главное, что они были мастерицами своего дела, и Гарри стонал от удовольствия.

На экране телевизора, стоявшего в углу комнаты, появилось изображение президента.

«...Потому что я верю — нет такой проблемы, которую нельзя было бы решить при наличии доброй воли с двух сторон. Бетонная стена, разделяющая Берлин, и «железный занавес», окружающий просоветские страны, должны пасть».

12

Салли прекратила свои ласки, чтобы спросить:

— Может, мне выключить этот чертов телевизор?

— Оставь, я хочу послушать, что он говорит.

Аннетта подняла голову:

— Ты что, голосовал за него?

— Эй, вы двое, не отвлекайтесь! — заорал Гарри Ланц.

«Как вы знаете, три года назад, после смерти румынского президента Николае Чаушеску, Румыния порвала дипломатические отношения с Соединенными Штатами. Хочу сообщить вам, что были проведены переговоры с румынским правительством и румынский президент Александру Ионеску согласился восстановить дипломатические отношения с нашей страной».

Толпа, стоящая на Пенсильвания-авеню, одобрительно зашумела.

Гарри Ланц сел в постели так внезапно, что зубы Аннетты впились ему в член.

— Боже мой, — завопил Ланц, — мне уже давно сделали обрезание! Ты что, с ума сошла?

— А ты чего крутишься, милый?

Ланц не слушал ее. Все его внимание было приковано к экрану телевизора.

«Одним из наших первых официальных актов, — продолжал президент, — будет назначение посла в Румынии. И это лишь начало...»

В Бухаресте был вечер. Неожиданно потеплело, и улицы были полны народа, толпящегося в очередях перед магазинами.

Румынский президент Александру Ионеску сидел в своем кабинете в Пеле, старом дворце на калеа Викторей, вместе с шестью своими помощниками. Они слушали речь президента по коротковолновому приемнику.

«...Я не собираюсь останавливаться на этом, — говорил американский президент. — Албания разорвала дипломатические отношения с США в 1946 году. Я намерен восстановить эти связи. К тому же я хочу укрепить наши дипломатические отношения с Болгарией, Чехословакией и Восточной Германией».

По радио было слышно, как толпа отозвалась восторженными криками.

«Назначение нашего посла в Румынии будет началом всемирной программы «народной дипломатии». Давайте не будем забывать, что у всего человечества одни истоки, одни проблемы и одна судьба. Помните, что у нас больше проблем, которые объединяют нас, чем тех, что разделяют нас. К тому же мы сами создаем их».

На тщательно охраняемой вилле в Нейи, пригороде Парижа, лидер румынского революционного движения Марин Гроза смотрел выступление президента по второму каналу французского телевидения.

«...Я обещаю вам, что буду стараться изо всех сил и требовать этого от остальных».

Овации длились пять минут.

Марин Гроза задумчиво произнес:

— Я думаю, наше время пришло, Лев. Он действительно хочет этого.

Лев Пастернак, начальник его службы безопасности, ответил:

— Может, это только поможет Ионеску?

Марин Гроза покачал головой.

— Ионеску — тиран, так что ему ничто не может помочь. Но надо точно рассчитать время. Я потерпел поражение, когда хотел свергнуть Чаушеску. Это не должно повториться.

***

Пит Коннорс не был пьян, вернее, был не настолько пьян, как бы ему хотелось. Он выпил пятый бокал виски, когда Нэнси, секретарша, с которой он жил, сказала:

— Тебе не кажется, что уже достаточно, Пит?

Он улыбнулся и ударил ее по лицу.

— Наш президент выступает. Ты должна уважать его. — Он повернулся к экрану телевизора. — Проклятый коммунист! — заорал он. — Это моя страна, и ЦРУ не позволит, чтобы ты опаскудил ее. Мы остановим тебя. Можешь быть уверен в этом!

Глава 2

— Ты мой старый друг, и мне понадобится твоя помощь, — сказал Пол Эллисон.

— Конечно, — спокойно ответил Стэнтон Роджерс.

Они находились в Овальном кабинете. Президент сидел за своим столом, на котором красовался американский флаг. Это была их первая встреча в Белом доме, и Эллисон чувствовал себя неловко.

«Если бы Стэнтон не допустил тогда ошибки, — подумал Пол Эллисон, — он бы сейчас сидел за этим столом».

Как бы прочитав его мысли, Стэнтон Роджерс сказал:

— Я тебе хочу кое в чем признаться. Когда тебя выбрали президентом, я страшно тебе завидовал. Ведь это была моя мечта, а для тебя она стала реальностью. Но кто знает? Я пришел к мысли, что если я не могу занять это кресло, то никто, кроме тебя, не должен его занимать. Ты создан для этого.

Пол Эллисон улыбнулся и сказал:

— По правде говоря, Стэн, мне страшно здесь. Здесь витает дух Вашингтона, Линкольна и Джефферсона.

— У нас также были президенты, которые...

— Я знаю. Но надо равняться на великих людей.

Он нажал на кнопку, и через несколько секунд в кабинет вошел официант в белом кителе.

— Слушаю вас, господин президент.

Пол Эллисон повернулся к Роджерсу:

— Кофе?

— Почему бы и нет?

— Что-нибудь еще?

— Нет, спасибо. Барбара сказала, чтобы я следил за своим весом.

Президент кивнул официанту, и тот молча вышел из комнаты.

Барбара. Она удивила всех. В Вашингтоне ходили слухи, что их брак не продлится и года. Но с тех пор прошло почти пятнадцать лет, и у них была крепкая семья. Стэнтон Роджерс основал юридическую фирму в Вашингтоне, которая пользовалась большим авторитетом, а Барбара слыла замечательной хозяйкой.

Пол Эллисон встал и принялся ходить по кабинету.

— Мое выступление о программе «народной дипломатии» вызвало шквал неодобрения. Я думаю, ты читал об этом в газетах. — Эллисон пожал плечами.

— Ты ведь их знаешь. Им нравится создавать героев, а затем низвергать их.

— Честно говоря, мне наплевать на то, что пишут в газетах. Меня интересует, что говорит народ.

— Уж если быть откровенным, то ты многих напугал, Пол. Вооруженные силы против твоего плана, и многим бы хотелось, чтобы он провалился.

— Он не провалится. — Эллисон откинулся в кресле.

— Знаешь, какая сейчас главная проблема в мире? Больше не существует государственных деятелей. Страны управляются политиками. Одни несут добро, другие — зло, но все они гиганты. Рузвельт и Черчилль, Гитлер и Муссолини, Шарль де Голль и Иосиф Сталин. Почему все они жили в то время? Почему сегодня нет настоящих государственных деятелей?

— Трудно казаться гигантом на экране телевизора.

Вошел официант, неся серебряный поднос с кофейником и двумя чашками. Умелым движением он налил кофе.

— Что-нибудь еще, господин президент?

— Спасибо, Гарри. Больше ничего.

Президент подождал, пока официант не вышел из кабинета.

— Я хочу, чтобы ты подобрал подходящую кандидатуру на должность посла в Румынии.

— Хорошо.

— Не буду объяснять тебе, насколько это важно. Постарайся сделать это как можно быстрее.

Стэнтон отпил немного кофе и встал.

— Госдепартамент немедленно займется этим вопросом.

В Нейи, пригороде Парижа, было два часа ночи. Вилла Марина Грозы лежала во мраке, луна была скрыта плотными облаками. В это время улицы были пустынны, и лишь шаги случайных прохожих изредка нарушали тишину. Темная фигура бесшумно спрыгнула с дерева к кирпичной стене, окружавшей виллу. На плече у человека была веревка и свернутое одеяло, в руках — автомат «узи» и пистолет со стрелами. Оказавшись у стены, он остановился и прислушался. Минут пять он совсем не двигался. Убедившись, что его никто не заметил, человек размотал нейлоновую веревку с крюком на конце и бросил ее вверх. Крюк

17

зацепился за край стены. Он ловко принялся взбираться по веревке на стену. Оказавшись наверху, он развернул одеяло, чтобы защитить себя от ядовитых шипов, которыми была утыкана вся стена. Он снова замер и прислушался. Перебросив веревку на другую сторону, он спустился по ней на землю. Человек проверил кожаную сумку, прикрепленную к поясу, и филиппинский складной нож, открывавшийся и закрывавшийся одним движением руки.

Сейчас должны были появиться собаки. Непрошеный гость пригнулся, ожидая, когда они почуют его запах. Это были три добермана, натасканные, чтобы убивать. Но они были лишь первым препятствием. Вся территория вокруг виллы была начинена электронными приспособлениями и постоянно контролировалась телекамерами. Вся почта проверялась охранниками на проходной у ворот. Двери виллы могли выдержать взрыв бомбы. Система водоснабжения была автономной, а всю пищу, предназначенную для Марина Грозы, сначала пробовал специальный человек. Предполагалось, что на виллу невозможно проникнуть. Человек в черной одежде собирался доказать этой ночью, что это не так.

Он услышал бегущих собак еще до того, как заметил их. Они появились из темноты, готовые вцепиться ему в горло. Собак было две. Он направил пистолет со стрелами сначала на первую собаку, что была ближе к нему, затем на вторую. Потом он резко повернулся, ожидая третью собаку, и, когда та появилась, выстрелил снова. Вокруг опять воцарилась тишина.

Человек знал, где спрятаны звуковые ловушки, и обходил их стороной. Он прополз по земле там, где телекамеры просматривали пространство. С того времени как он перелез через стену, прошло не более двух минут, а он уже находился у черного входа на виллу.

Но когда он коснулся ручки двери, его осветил мощный луч прожектора. Из темноты раздался голос:

— Стой! Брось оружие и подними руки!

Человек в черном бросил автомат на землю и посмотрел вверх. На крыше стояли человек шесть, целясь в него из различных видов оружия.

Человек в черном недовольно сказал:

— Какого черта вы так долго копались? Я не должен был пробраться так далеко.

— А вы и не пробрались, — сказал начальник охраны. — Мы следили за вами с тех пор, как вы перелезли через стену.

Но это не успокоило Льва Пастернака:

— Тогда вы должны были остановить меня раньше. А если бы я был смертник с грузом взрывчатки? Завтра ровно в восемь утра я проведу собрание со всем личным составом. Собаки усыплены, пусть кто-нибудь займется ими.

Пастернак гордился тем, что он самый лучший специалист по безопасности в мире. Во время шестидневной израильской войны он был летчиком, а после стал агентом МОССАДа, одной из пяти секретных служб Израиля.

Он никогда не забывал того утра, когда полковник вызвал его к себе в кабинет.

— Лев, кое-кто просит тебя у нас взаймы на пару недель.

— Надеюсь, это блондинка, — пошутил Лев.

— Это Марин Гроза.

У МОССАДа имелось полное досье на этого румынского диссидента. Гроза был лидером народного румынского движения, ставившего перед собой целью свержение Александру Ионеску. Перед самым переворотом Грозу предал один из его помощников. Двадцать его сподвижников были казнены, а сам Гроза еле спасся, убежав за границу. Франция предоставила ему политическое убежище. Ионеску назвал Марина Грозу предателем своей родины и установил вознаграждение за его голову. С тех пор было совершено несколько неудачных попыток убить его, но во время последнего нападения Гроза был ранен.

— Что ему от меня надо? — спросил Пастернак. — Французское правительство обеспечивает его безопасность.

— Этого недостаточно. Ему нужен человек, который мог бы гарантировать ему стопроцентную безопасность. Он обратился к нам. Я порекомендовал ему тебя.

— Значит, мне надо ехать во Францию?

— Это займет всего несколько недель.

— Я не хочу...

— Лев, речь идет о важной персоне. У нас есть информация, что он пользуется достаточной поддержкой в стране, чтобы свергнуть Ионеску. Когда придет время, он начнет действовать. До этого мы должны оберегать его.

Лев Пастернак задумался.

— Значит, всего пару недель?

— Конечно.

Полковник ошибся во времени, но все остальное, что он говорил о Марине Грозе, было правдой. Это был худощавый человек хрупкого телосложения с аскетическим лицом, которое никогда не покидало печальное выражение. У него был орлиный нос, волевой подбородок и широкий лоб. Он был совершенно седой. Когда он говорил, его черные глаза страстно блестели.

— Мне все равно, буду ли я жить или умру, — сказал он Льву при первой встрече. — Мы все умрем. Меня беспокоит только одно — когда это произойдет. Мне надо пожить еще года два. Мне хватит этого, чтобы свергнуть Ионеску. — Он потрогал шрам на щеке. — Никто не имеет права превращать свой народ в рабов. Мы освободим Румынию, и пусть народ сам сделает выбор.

Лев Пастернак принялся создавать систему безопасности на вилле в Нейи. С ним работали несколько его людей, а все, кого он брал со стороны, проходили тщательную проверку. Каждое приспособление для обеспечения безопасности было произведением искусства.

Пастернак встречался с румынским революционером каждый день, и чем больше времени он проводил с ним, тем больше восхищался этим человеком. Когда Марин Гроза попросил Пастернака остаться и возглавить его службу безопасности, он не колеблясь согласился.

— Я не против, — сказал он. — Но только до того времени, когда ты должен будешь нанести удар. Тогда я вернусь в Израиль.

Они пожали друг другу руки.

Время от времени Пастернак совершал попытки проникнуть на виллу, проверяя степень надежности ее охраны.

«Некоторые охранники утратили бдительность, — подумал он. — Придется их заменить».

Он пошел по коридору, тщательно проверяя термические датчики, электронные системы предупреждения и инфракрасные лучи перед каждой дверью. Дойдя до спальни Марина Грозы, он услышал громкий хлопок, и через секунду до него донесся крик Грозы, полный боли. Лев Пастернак пошел дальше по коридору.

Глава 3

Штаб Центрального разведывательного управления находится недалеко от реки Потомак в Лэнгли, штат Виргиния, в семи милях на северо-запад от Вашингтона. Перед въездом на воротах установлена красная мигалка. Проходная охраняется двадцать четыре часа в сутки, и посетителям, которым разрешен вход, выдаются разноцветные визитные значки, дающие им право находиться лишь в том отделе, куда они направляются по делу. Рядом с семиэтажным серым зданием штаба, иронично называемого «Игрушечная фабрика», стоит памятник Натану Хейлу. Внутри, на первом этаже, через стеклянную стенку коридора можно увидеть внутренний двор с садом, где растут магнолии. При входе на мраморе высечены следующие слова:

«И ты узнаешь правду, и правда сделает тебя свободным».

Здание закрыто для публики, здесь не проводят экскурсии. Для тех, кто желает войти в штаб незамеченным, существует туннель, который начинается в фойе и куда ведет дверь из красного дерева, где день и ночь дежурят охранники, одетые в серые фланелевые костюмы.

В конференц-зале на седьмом этаже, охраняемом агентами безопасности, вооруженными короткоствольными револьверами 38-го калибра, проходило утреннее заседание высшего эшелона. За огромным дубовым столом сидели Нед Тиллингаст, директор ЦРУ; генерал Оливер Брукс, начальник Объединенного штаба вооруженных сил; государственный секретарь Флойд Бейкер; Пит Коннорс, начальник отдела контрразведки, и Стэнтон Роджерс.

Нед Тиллингаст, директор ЦРУ, сдержанный, молчаливый человек лет шестидесяти, являлся хранителем многих секретов. В ЦРУ есть два крыла — светлое и темное. Темное крыло занималось тайными операциями, и последние семь лет в этом отделе под руководством Тиллингаста работали четыре с половиной тысячи сотрудников.

Генерал Оливер Брукс был выпускником Вест-Пойнта, и вся его личная и профессиональная жизнь регламентировалась положениями устава. Он был преданным солдатом.

Флойд Бейкер, государственный секретарь, казалось, принадлежал к прошлой эпохе. Выходец из южных штатов, высокий, седовласый, с величественной осанкой, галантный джентльмен, он был человеком необычайного склада ума. Ему принадлежала целая сеть влиятельных газет, и он был весьма состоятельным человеком. Как никто другой в Вашингтоне, он обладал тонким политическим чутьем и немедленно улавливал малейшие изменения, происходящие в конгрессе.

Пит Коннорс, по происхождению ирландец, напоминал упрямого бульдога. Он был пьяницей и никого не боялся. Это был его последний год службы в ЦРУ. В июне он уходил на пенсию. Коннорс руководил отделом контрразведки, самым секретным и закрытым подразделением ЦРУ. До этого он работал в разных отделах разведки и помнил еще золотые дни, когда агенты ЦРУ были «хорошими парнями». Пит Коннорс и сам был таким. Он принимал участие в перевороте, который вернул власть иранскому шаху, и был связан с операцией «Мангуста», целью которой было свержение режима Кастро в 1961 году.

— После операции в заливе Свиней все изменилось, — жаловался Пит время от времени. Продолжительность его монологов зависела от количества спиртного, которое он выпил. — Эти хлюпики нападали на нас со страниц всех газет мира. Они обзывали нас шайкой лживых и изворотливых паяцев, которых следует вышвырнуть прочь. Какой-то ублюдок опубликовал имена наших агентов, и Дик Уэлш, наш резидент в Афинах, был убит.

В жизни Пита Коннорса было три неудачных брака, распавшихся из-за напряженного и секретного характера его работы, но он считал, что во имя своей страны можно пожертвовать всем.

Он сидел на совещании с красным от ярости лицом:

Если мы позволим президенту воплотить в жизнь его программу этой чертовой «народной дипломатии», то он погубит страну. Его надо остановить Мы не можем позволить...

Флойд Бейкер перебил его:

Президент вступил в должность лишь неделю назад. Мы обязаны проводить его политику и...

Я здесь не для того, чтобы отдать мою страну проклятым коммунистам. До избрания президент ничего не говорил о своем плане. Он преподнес нам сюрприз, так что мы были уже не в силах что-нибудь изменить.

Может, он этого и добивался, — высказал мнение Бейкер.

Пит Коннорс уставился на него:

— Господи, да ты заодно с ним!

— Это мой президент, — твердо сказал Флойд Бейкер. — И твой тоже.

Нед Тиллингаст повернулся к Стэнтону Роджерсу:

— Коннорс прав. Президент просто предлагает Румынии, Албании, Болгарии и другим коммунистическим странам присылать своих шпионов под видом атташе по культуре, шоферов, секретарш и прислуги. Мы тратим миллиарды долларов, чтобы держать черный ход на замке, а президент хочет открыть для них парадные двери.

Генерал Брукс кивнул в знак согласия:

— Со мной даже не проконсультировались по этому поводу. Я считаю, что план президента может погубить страну.

— Джентльмены, — сказал Стэнтон Роджерс, — некоторые из вас не согласны с президентом, но не забывайте, что Пола Эллисона избрал народ. — Он обвел взглядом присутствующих. — Мы члены команды президента, поэтому должны следовать его указаниям и оказывать всемерную поддержку.

24

Присутствующие молчали.

— Так. Президенту сейчас нужна информация о положении в Румынии. Все, что у вас есть.

Включая тайные донесения? — спросил Пит Коннорс

— Абсолютно все. Говорите как есть. Каково положение Александру Ионеску в Румынии?

— Ионеску крепко сидит в седле, — ответил Нед Тиллингаст. — Избавившись от семьи Чаушеску, он казнил, упрятал в тюрьму или выслал всех его сторонников. Захватив власть в свои руки, выпил из народа всю кровь. Люди ненавидят его.

— Существуют ли предпосылки для революции?

— М-да, — сказал Тиллингаст, — это очень интересный вопрос. Помните, как несколько лет назад Марин Гроза чуть не свергнул правительство Ионеску?

— Да, и ему чудом тогда удалось бежать из страны.

— С нашей помощью. Согласно нашей информации, существует благоприятная ситуация, чтобы вернуть его обратно. Гроза поможет Румынии, принесет пользу нам. Мы пристально следим за развитием ситуации.

Стэнтон Роджерс повернулся к государственному секретарю:

— Вы подготовили список кандидатов на должность посла в Румынии?

Флойд Бейкер открыл кожаный атташе-кейс, достал оттуда бумаги и протянул их Роджерсу:

— Это самые опытные работники. Все они квалифицированные дипломаты. Каждого из них мы тщательно проверили. У нас нет к ним претензий ни по линии безопасности, ни по их финансовому положению, ни по другим аспектам. — Когда Стэнтон Роджерс взял список, государственный секретарь добавил: — Естественно, что государственный департамент предпочитает использовать про-

25

фессиональных дипломатов, нежели политических назначенцев. Нужны люди, которых обучали этой работе. В настоящее время Румыния находится в неспокойном положении. С ней надо быть крайне осторожным.

— Согласен. — Стэнтон Роджерс встал. — Я обговорю с президентом эти кандидатуры и затем верну вам список. Он хочет назначить посла в Румынии как можно скорее.

Когда все собрались уходить, Нед Тиллингаст бросил:

— Задержись, Пит. Я хочу поговорить с тобой.

Они остались вдвоем.

Тиллингаст сказал:

— Ты уж слишком разошелся, Пит.

— Но я прав, — упрямо возразил Пит Коннорс. — Президент хочет погубить страну. Что же нам еще остается делать?

— Держать рот на замке.

— Нед, нас учили находить противника и убивать его. А что, если противник у нас в тылу — сидит в Овальном кабинете?

— Будь осторожен. Очень осторожен.

Тиллингаст прослужил дольше, чем Пит Коннорс. В свое время он был сотрудником секретной службы Билла Донована, прежде чем ее переименовали в ЦРУ. Он тоже ненавидел этих мягкосердечных конгрессменов за то, что они делали с его родной организацией. Даже в ЦРУ люди разделялись на два лагеря — сторонников жесткой линии и тех, кто полагал, что русского медведя можно превратить в ручного зверька.

«Мы тут сражаемся за каждый доллар, — подумал Тиллингаст, — а в Москве КГБ готовит агентов тысячами».

Нед Тиллингаст завербовал Пита Коннорса, когда тот только что окончил колледж. Впоследствии он стал одним

26

из лучших агентов. Но в последние несколько лет у Коннорса появились ковбойские замашки. Он стал слишком горячим. Это опасно.

— Пит, — спросил Тиллингаст, — ты что-нибудь слышал об организации, называющей себя «Патриоты свободы»?

Коннорс нахмурил лоб.

— Нет. Не думаю. А кто они такие?

— Пока мы располагаем только слухами. Посмотри, может, тебе удастся выйти на них.

— Ладно.

Через час Пит Коннорс зашел в телефонную будку на Хейнс-Пойнт.

— Мне надо передать сообщение Одину.

— Один слушает, — ответил генерал Оливер Брукс.

Возвращаясь к себе в офис в лимузине, Стэнтон Роджерс достал список с именами кандидатов и внимательно просмотрел его. Это было то, что надо, госсекретарь прекрасно справился с поручением. Все дипломаты служили в странах Западной и Восточной Европы, а некоторые к тому же в Азии и Африке. «Президент останется доволен», — подумал Стэнтон.

— Это какие-то динозавры, — недовольно сказал Пол Эллисон. Он бросил список на стол. — Все до единого.

— Пол, — запротестовал Стэнтон, — эти люди — профессиональные дипломаты.

— С ограниченным кругозором. Они делают только то, что им приказывает государственный департамент. Ты помнишь, как мы потеряли Румынию три года назад? Наш опытный дипломат в Бухаресте все проморгал, и мы остались ни с чем. Эти элитарные мальчики не внушают мне доверия. Они только и думают, как прикрыть свою задницу. Когда я говорю о программе «народной дипломатии», я вкладываю в это определенный смысл. Мы должны произвести благоприятное впечатление на страну, где нас не особенно любят.

— Но направить туда неподготовленного человека слишком рискованно.

— Может быть, нам нужен человек с другим опытом. Румыния будет нашим пробным камнем, Стэн. Пробным камнем всей программы. — Он помолчал. — Я не тешу себя иллюзиями. Я рискую доверием к себе. Мне прекрасно известно, что многим влиятельным людям не по нутру мой план. Если он сорвется, у меня выбьют опору из-под ног. Мне придется забыть о Болгарии, Албании, Чехословакии и других странах за «железным занавесом». И я не хочу, чтобы это случилось.

— Я могу подготовить список некоторых наших политиков...

Президент Эллисон покачал головой:

— Нет. Мне нужен кто-нибудь с новым типом мышления. Кто может растопить лед недоверия. Кто не будет напоминать им твердолобых американцев.

Стэнтон Роджерс с удивлением посмотрел на президента.

— Пол, мне кажется, что у тебя уже есть кто-то на примете.

Пол Эллисон взял из шкатулки на столе сигарету и зажег ее.

— Кстати говоря, — медленно сказал он, — думаю, что это действительно так.

— И кто он такой?

— Она. Ты не читал, случайно, статью в последнем номере «Форин афферс» под названием «Разрядка сегодня»?

— Читал.

— И что ты думаешь по этому поводу?

— Довольно интересная статья. Автор полагает, что мы можем соблазнить коммунистические страны присоединиться к нашему лагерю, пообещав им экономическую помощь и... — Он замолчал. — Очень напоминает твою вступительную речь.

— Только все это было написано шесть месяцев назад. Она опубликовала блестящие статьи в «Комментари» и «Паблик афферс». В прошлом году я читал ее книгу о политике восточноевропейских государств и должен признаться, что именно оттуда я почерпнул некоторые идеи.

— Ну хорошо. Она согласна с твоими теориями. Но ведь этого недостаточно, чтобы назначить ее.

— Стэн, она пошла дальше, нежели я. Она предлагает блестящий план. Она хочет совместить четыре основных мировых экономических пакта.

— Неужели?..

— Для этого понадобится время, но это осуществимо. Ты знаешь, что в 1949 году страны Восточного блока создали экономический союз — СЭВ, а в 1958 году западноевропейские страны — ЕЭС, «Общий рынок».

— Правильно.

— У нас есть Организация экономического сотрудничества и развития, куда входят США, некоторые западные страны и Югославия. И не забывай, что страны «третьего мира» участвуют в движении неприсоединения, куда нам вход запрещен. — Голос президента звенел от эмоций. — Подумай, какие открываются возможности, если из всего этого мы сделаем единый мировой рынок. Господи, это будет просто невероятно! Это будет действительно мировая торговля. И это приведет нас к миру.

Стэнтон Роджерс сказал осторожно:

— Заманчивая идея, но претворить ее в жизнь будет нелегко.

— Ты ведь знаешь старую китайскую пословицу «Путешествие в тысячу ли начинается с первого шага»

— Она не профессионал, Пол.

29

— Многие наши прославленные дипломаты тоже не были профессионалами. Анна Армстронг, наш бывший посол в Великобритании, не имела никакого политического опыта. Перл Места был послом в Люксембурге, Клэр Бут Люс — в Италии. Актер Джон Гэвин был послом в Мексике. Треть всех наших послов сейчас, как ты говоришь, не профессионалы.

— Но ты ничего не знаешь об этой женщине.

— Кроме того, что она права и мыслит так же, как и я. Мне надо, чтобы ты все о ней узнал. — Он взял со стола номер «Форин афферс». — Ее зовут Мэри Эшли.

Спустя два дня президент Эллисон и Стэнтон Роджерс завтракали в Белом доме.

— Я собрал информацию, которую ты просил. — Стэнтон Роджерс вытащил из кармана листок бумаги. — Мэри Элизабет Эшли. Канзас, Джанкшн-Сити, Олд-Милфорд-роуд, 27. Возраст — почти 35 лет, замужем за доктором Эдвардом Эшли. Двое детей: Бет — двенадцать и Тиму — десять. Председатель женского клуба в Джанкшн-Сити. Старший преподаватель, ведет курс «Политические науки Восточной Европы» в Университете Канзаса. Ее дед родом из Румынии. — Он поднял глаза. — Должен признать, звучит довольно обнадеживающе.

— Я тоже так думаю. Пусть ее подвергнут полной проверке.

— Я прослежу за этим.

Глава 4

— Я не согласен с вами, профессор Эшли, — сказал Барри Дилан, самый молодой и талантливый ученик группы Мэри Эшли, с вызовом глядя на нее. — Александру Ионеску гораздо хуже Чаушеску.

— Чем ты можешь доказать это? - спросила Мэри Эшли.

В семинаре по политологии принимали участие двенадцать студентов выпускного курса Канзасского университета. Студенты сидели полукругом лицом к Мэри. Очередь на запись к ней в группу была гораздо длиннее, чем к другим преподавателям. Она была замечательным специалистом, обладала чувством юмора и обаянием, поэтому находиться рядом с ней было удовольствием. Ее овальной формы лицо изменялось от привлекательного к прекрасному, в зависимости от настроения. У нее были миндалевидные карие глаза и густые черные волосы. Ее фигура вызывала зависть у студенток и фантазии у студентов мужского пола, хотя сама она не замечала своей красоты.

«Интересно, счастлива ли она со своим мужем?» - подумал Барри. Он нехотя переключил свое внимание на заданный вопрос.

— Ну, когда Ионеску захватил власть в Румынии, он уничтожил всех сторонников Грозы и вернулся к прежней жесткой просоветской политике. По сравнению с ним Чаушеску был не так уж и плох.

Один из студентов задал вопрос:

— Почему же тогда президент Эллисон так стремится восстановить с ним дипломатические отношения?

— Потому что мы хотим вовлечь его в западный лагерь.

— Вспомните, — сказала Мэри, — Николае Чаушеску смотрел не только на Восток, но и на Запад. В каком году это началось?

— В 1963 году, — ответил Барри. — Когда возникли разногласия между Россией и Китаем, Румыния резко изменила позицию, чтобы показать свою независимость в международных делах.

— Что можно сказать о нынешних взаимоотношениях Румынии с другими странами Варшавского пакта, в особенности с Советским Союзом? — спросила Мэри Эшли.

— Я бы сказал, что они стали крепче.

— А я не согласен, — заявил другой студент. — Румыния подвергла критике СССР за его вторжение в Афганистан, за подписание договора с ЕЭС. К тому же...

Прозвенел звонок. Занятие закончилось. Мэри сказала:

— В понедельник мы поговорим об основных факторах, влияющих на отношения Советского Союза со странами Восточной Европы. Мы также обсудим возможные последствия плана президента Эллисона разрушить «железный занавес». Желаю хорошо провести выходные.

— И вам тоже, профессор.

Мэри смотрела, как студенты направлялись к выходу. Ей нравилась непринужденная атмосфера, царившая на семинаре. История и география оживали в жарких спорах студентов. Иностранные имена и города становились реальными, а исторические события, казалось, происходят прямо здесь. Она преподавала в Канзасском университете уже пятый год, и ей до сих пор это приносило удовлетворение. В год она вела пять групп по изучению политических наук, не считая семинаров со студентами выпускных курсов, где речь шла всегда о Советском Союзе и других социалистических странах. Иногда она чувствовала себя обманщицей. «Я никогда не была в странах, про которые рассказываю, — думала она. — И вообще никогда не покидала Соединенных Штатов».

Мэри Эшли, как и ее родители, родилась в Джанкшн-Сити. Единственный член их семьи, который видел Европу, был ее дед, родившийся в маленькой румынской деревне Воронет.

Мэри планировала отправиться в путешествие за границу после получения ученой степени, но в то лето она познакомилась с Эдвардом, и европейское путешествие превратилось в трехдневный медовый месяц в Уотервилле, в пятидесяти милях от Джанкшн-Сити, где Эдвард занимался больными в критическом состоянии.

— В следующем году поедем обязательно, — сказала Мэри Эдварду вскоре после свадьбы. — Мне так хочется посмотреть Париж, Рим, побывать в Румынии.

— Мне тоже. Поедем обязательно. Следующим летом.

Но следующим летом родилась Бет, а Эдвард был занят работой в больнице графства Джери. Через два года родился Тим, Мэри получила звание доктора философии, снова стала преподавать в Канзасском университете, и годы незаметно пролетели. Если не считать коротких поездок в Чикаго, Атланту и Денвер, Мэри ни разу не выезжала за пределы штата Канзас.

«Как-нибудь в другой раз», — обещала она сама себе.

Мэри собрала свои записи и посмотрела в окно. За стеклом с морозными узорами снова пошел снег. Надев пальто и красный шерстяной шарф, она направилась на Ваттиер-стрит, где припарковала свою машину.

Университетский городок был огромным: 315 акров, где среди деревьев и клумб расположились восемьдесят семь корпусов, включая лаборатории, театры, церковь. Издалека университетские здания, построенные из коричневого известняка с башенками наверху, напоминали старинные замки, готовые сдержать нашествия вражеских орд. Когда Мэри проходила мимо Денисон-холла, навстречу ей попался мужчина с фотоаппаратом «Никон». Он направил его на здание и щелкнул затвором. Мэри попала в кадр. «Мне надо было отойти в сторону, — подумала она. — Я испортила ему снимок».

Через час эта фотография отправилась на самолете в Вашингтон.

У каждого города есть свой неповторимый ритм, жизненный пульс, свойственный местности и живущим здесь людям. Джанкшн-Сити в графстве Джери, с населением 20 381 человек, в 130 милях от Канзас-Сити, гордился тем, что он является географическим центром Соединенных Штатов. Здесь выходила газета «Дейли юнион», были радиостанция и телецентр. В деловой части города находились несколько магазинов и две заправочные станции — одна на 6-й улице, другая на Вашингтон-стрит. Здесь располагались супермаркет, Первый Национальный банк, «Домино пицца», закусочные, автобусная станция, магазин готовой одежды и питейные заведения — все точно такое же, как и в сотнях других маленьких городов США. Но жители Джанкшн-Сити любили свой город за его деревенскую тишину и спокойствие. По крайней мере в рабочие дни. По субботам и воскресеньям Джанкшн-Сити превращался в место отдыха солдат из расположенного неподалеку Форт-Райли.

По дороге домой Мэри Эшли остановилась пообедать в «Диллонз маркет», а затем направилась на север, в сторону Олд-Милфорд-роуд, жилого района, расположенного на берегу озера. С левой стороны дорога была усажена дубами и вязами, а справа тянулись аккуратные дома из камня и кирпича.

Семья Эшли жила в двухэтажном каменном доме, стоящем на небольшом возвышении. Доктор Эшли купил его тринадцать лет назад. В нем были большая гостиная, столовая, библиотека, комната для завтрака, кухня, а наверху — одна большая спальня и две маленьких.

— Это слишком большой дом, - сказала тогда Мэри Эшли. Для двоих тут много места.

Эдвард обнял ее и крепко прижал к себе.

— А кто сказал, что нас будет только двое?

Когда Мэри вернулась домой, Тим и Бет ждали ее.

— Знаешь что, — сказал Тим, — нашу фотографию опубликуют в газете.

— Может, ты поможешь мне убрать продукты? — спросила Мэри. — А в какой газете?

— Этот человек не сказал об этом, он только сфотографировал нас и пообещал сообщить потом.

Мэри остановилась и посмотрела на сына.

— А больше он ничего не говорил?

— Нет, — ответил Тим. — Но у него был классный «Никон».

В воскресенье Мэри праздновала — хотя это и не то слово, которое возникло у нее в голове, — свое тридцатипятилетие. Эдвард решил устроить ей сюрприз и организовал вечеринку в загородном клубе. Их соседи — Флоренс и Дуглас Шайфер и еще четыре пары ждали ее. Эдвард радовался как ребенок удивленному выражению лица Мэри, когда та зашла и увидела праздничный стол и плакат с поздравлениями. Ей не хватило духу сказать ему, что она узнала о готовящейся вечеринке еще две недели назад. Она обожала Эдварда. А почему бы и нет? Разве можно не любить такого мужчину? Он был красивый, умный, заботливый. Его дед и отец были врачами, поэтому Эдварду никогда не приходило в голову стать кем-то другим. Это был самый лучший хирург в Джанкшн-Сити, хороший отец и прекрасный муж.

Задув свечи на праздничном торте, Мэри украдкой посмотрела на Эдварда и подумала: «Что еще надо женщине для счастья?»

В понедельник утром Мэри проснулась с головной болью. Вчера вечером произносили столько тостов, а она совсем не привыкла пить. Мэри с трудом поднялась с постели. «Это все от шампанского. Никогда больше не буду пить», — пообещала она себе.

Она спустилась вниз и принялась готовить завтрак детям, стараясь не обращать внимания на пульсирующую боль в голове.

— Шампанское... — простонала Мэри. — Это французы мстят нам таким способом.

Бет вошла с охапкой книг:

— С кем это ты разговариваешь, мама?

— Сама с собой.

— Довольно странно!

— Что правда, то правда. — Мэри поставила на стол коробку с овсянкой. — Я купила для тебя новый сорт, надеюсь, тебе понравится.

Бет уселась за кухонный стол и принялась изучать надпись на коробке.

— Я не стану этого есть. Ты хочешь погубить меня.

— Без фокусов, — предупредила ее Мэри. — Что ты еще собираешься есть на завтрак?

Десятилетний Тим ворвался на кухню. Он плюхнулся на стул и сказал:

— Я буду яичницу с беконом.

— А где твое «доброе утро»? — спросила Мэри.

— Доброе утро. Я буду есть яичницу с беконом.

— Пожалуйста.

— Ну ладно, мама, перестань. Я и так опаздываю в школу.

— Хорошо, что ты мне напомнил. Мне звонила миссис Рейнольдс. У тебя плохие отметки по математике. Что ты на это скажешь?

— Она все преувеличивает.

— Тим, оставь свои шутки.

— Лично я ничего смешного в этом не вижу, — фыркнула Бет.

Тим скорчил ей рожу.

— Хочешь увидеть смешное — посмотри на себя в зеркало.

— Хватит, — сказала Мэри. — Ведите себя нормально.

Головная боль усиливалась.

— Мама, можно после школы я зайду на каток? — спросил Тим.

— Ты и так скользишь по тонкому льду. Придешь домой и будешь делать уроки. По-твоему, это хорошо, что сын профессора не успевает по математике?

— А что такого? Ты ведь не математику преподаешь.

«Говорят, что тяжело иметь двоих детей, — хмуро подумала Мэри. — А что, если их пятеро или шестеро?»

— Тим тебе уже сказал, что получил двойку по письму? — спросила Бет.

Брат уставился на нее:

— Ты когда-нибудь слыхала о Марке Твене?

— А какое отношение имеет к этому Марк Твен? — спросила Мэри.

— Марк Твен сказал, что не уважает людей, которые не могут написать одно и то же слово по-разному.

«Нам с ними не справиться, — подумала Мэри. — Они умнее нас».

Она приготовила им бутерброды на обед, не переставая думать о Бет и ее новой сумасшедшей диете.

— Бет, пожалуйста, съешь все, что я тебе положила.

— Если только там нет искусственных консервантов. Я не хочу рисковать своим здоровьем из-за алчности компаний, выпускающих продукты.

«Интересно, куда девалась простая еда, что была раньше?» — подумала Мэри.

Тим вытащил из тетради Бет записку.

— Надо же! — завопил он. — «Дорогая Бет, давай сидеть за одной партой. Вчера я весь день думал о тебе и...»

— Отдай немедленно, — заверещала Бет. — Это мое!

Она попыталась выхватить у него записку, но Тим отскочил в сторону.

Он прочитал имя под запиской.

— Эй, тут написано «Вирджил». А я думал, ты влюблена в Арнольда.

Бет вырвала у него из рук записку.

— Что ты понимаешь в любви? — заявила двенадцатилетняя дочь Мэри. — Ты еще ребенок.

Головная боль усиливалась с каждой минутой.

— Дети, оставьте меня в покое.

Мэри услышала клаксон школьного автобуса. Тим и Бет ринулись к двери.

— Подождите. Вы еще не позавтракали! — крикнула Мэри.

— Нет времени, мама. Нам пора.

— Пока, мамочка.

— На улице страшный холод. Наденьте пальто и шарфы.

— А я потерял свой шарф, — сказал Тим.

Когда они ушли, она почувствовала себя опустошенной. «Быть матерью — это постоянно жить в центре урагана», — подумала Мэри.

Эдвард спускался по лестнице, и она ощутила жар в теле. «Прошло столько лет, — подумала Мэри, — а он для меня все равно самый привлекательный мужчина». При первой встрече ей понравилась его обходительность. В его светло-серых глазах светился ум, но когда он чем-то страстно увлекался, в них загорались язычки пламени.

— Доброе утро, дорогая. — Он поцеловал ее, и они вместе пошли на кухню.

— Милый, сделай мне одолжение.

— Конечно, дорогая. Все, что ты попросишь.

— Я хочу избавиться от детей.

— От обоих?

— От обоих.

— Когда?

— Сегодня.

— А кому мы их отдадим?

— Кому угодно. У них уже такой возраст, что я просто не могу с ними справиться. Бет просто помешана на всевозможных диетах, а твой сын становится двоечником.

— Может, это не наши дети, — глубокомысленно заметил Эдвард.

— Надеюсь, что так оно и есть. Я приготовлю тебе овсянку.

Он посмотрел на часы:

— Прости, дорогая. Нет времени. Я должен оперировать через полчаса. Хэнк Кэйтс засунул руку в какую-то машину. Он может остаться без пальцев.

— В таком-то возрасте он еще занимается фермерством?

— Не дай Бог, он это услышит.

Мэри знала, что последние три года Хэнк Кэйтс не платил ее мужу ни цента. Как и большинство фермеров в округе, он еле сводил концы с концами из-за низких цен на сельскохозяйственную продукцию и невнимания администрации Фермерского банка. Эдвард никогда не напоминал своим пациентам о деньгах, и многие из них платили ему натуральным продуктом. Весь погреб у них в доме был набит мешками с картофелем, кукурузой и зерном Один фермер хотел отдать Эдварду корову вместо денег, но когда Мэри узнала об этом, то сказала:

— Ради Бога, скажи ему, что ты будешь лечить его бесплатно.

Мэри посмотрела на мужа и еще раз подумала: «Какая же я счастливая».

— Ладно, — сказала она. — Может, я передумаю отдавать детей. Слишком уж мне нравится их отец.

— Сказать по правде, и я в восторге от их матери. — Он обнял ее и прижал к себе. — Еще раз поздравляю тебя с днем рождения.

— Ты все еще любишь меня, несмотря на то что я старая женщина?

— Я люблю старых женщин.

— Спасибо. — Мэри внезапно о чем-то вспомнила. — Мне надо пораньше вернуться домой. Сегодня наша очередь приглашать Шайферов.

Каждый вечер по понедельникам они играли с соседями в бридж. Это стало уже традицией. То, что Дуглас Шайфер был врачом и работал в той же больнице, что и Эдвард, сближало их еще больше.

Мэри и Эдвард вышли из дома вместе, пряча лица от порывов ледяного ветра. Эдвард залез в свой «форд-гранада» и смотрел, как Мэри садится за руль своего пикапа.

— Дорога, наверно, скользкая, — крикнул он ей. — Веди машину осторожно!

— Ты тоже, дорогой.

Она послала ему воздушный поцелуй, и обе машины тронулись с места. Эдвард направился в больницу, а Мэри — в городок Манхэттен, в шестнадцати милях, где располагался университет.

Двое мужчин, сидевших в автомобиле в двух кварталах от дома Эшли, посмотрели вслед машинам. Они подождали, пока те скрылись из виду.

— Поехали.

Они остановились у соседнего дома. Рэкс Олдс, сидевший за рулем, остался в машине, а его напарник подошел к двери и нажал на кнопку звонка. Дверь открыла привлекательная брюнетка лет тридцати пяти:

— Да? Чем могу быть вам полезна?

— Вы миссис Дуглас Шайфер?

— Да?

Мужчина полез в карман и вытащил оттуда свое удостоверение.

— Меня зовут Дональд Зэмлок. Я из службы безопасности государственного департамента.

— Боже праведный! Только не говорите, что Дуг ограбил банк!

Агент вежливо улыбнулся:

— Нет, мадам, нам об этом ничего не известно. Я хотел бы задать вам несколько вопросов о вашей соседке миссис Эшли.

Она посмотрела на него с внезапной тревогой в глазах.

— О Мэри? Что-нибудь случилось?

— Можно мне войти?

— Да, конечно. — Флоренс Шайфер провела его в гостиную. — Присаживайтесь. Может, выпьете кофе?

— Нет, спасибо. Я не отниму у вас много времени.

— А зачем вам надо узнать о Мэри?

Он ободряюще улыбнулся:

— Обычная проверка. Ее ни в чем не обвиняют.

— Надеюсь, это так! — возмутилась Флоренс Шайфер. — Мэри Эшли — прекраснейший человек. Вы с ней встречались?

— Нет, мадам, мой визит к вам конфиденциальный, и я хотел бы, чтобы все осталось между нами. Как долго вы знаете миссис Эшли?

Около тринадцати лет. С тех пор как она поселилась по соседству.

Значит, вы должны хорошо знать ее

— Конечно. Мэри — моя близкая подруга. А почему ..

— Какие у нее отношения с мужем?

— После нас с Дугласом это самая счастливая пара на свете. — Она подумала и добавила: — Наверно, они счастливее нас.

— Я так понял, у миссис Эшли двое детей. Девочка двенадцати лет и мальчик — десяти?

— Правильно. Бет и Тим.

— По-вашему, она хорошая мать?

— Она превосходная мать. А что?

— Как, по вашему мнению, миссис Шайфер, можно ли назвать миссис Эшли эмоциально устойчивым человеком?

— Несомненно.

— У нее не было эмоциональных срывов?

— Никогда.

— Она пьет?

— Нет. Она не выносит алкоголя.

— А как насчет наркотиков?

— Вы обратились не по адресу. У нас в Джанкшн-Сити нет наркоманов.

— Миссис Эшли замужем за врачом?

— Да.

— Если бы ей понадобилось достать наркотики...

— Вы с ума сошли. Она не принимает наркотики. Не нюхает и не колется.

Некоторое время он изучающе смотрел на нее.

— Похоже, вы хорошо знаете терминологию.

— Я, как и все, смотрю «Майами Вайс»*. — Флоренс стала понемногу раздражаться. — У вас есть еще ко мне вопросы?

---

* Детективный телесериал о борьбе с наркомафией. В России шел под названием «Полиция Майами. Отдел нравов».

— Дед Мэри Эшли родился в Румынии. Вы слышали, чтобы она говорила о Румынии?

— Ну, иногда она вспоминает истории, которые дедушка рассказывал ей в детстве. Он родился в Румынии, но приехал в Штаты подростком.

Вы когда-нибудь слышали, чтобы миссис Эшли неодобрительно отзывалась о румынском правительстве?

— Нет, не припомню.

— Последний вопрос. Слышали ли вы, чтобы миссис или мистер Эшли ругали правительство Соединенных Штатов?

— Никогда!

— Значит, по-вашему они лояльные американцы?

— Еще бы. Почему вы спрашиваете?

Мужчина встал.

— Спасибо, что уделили мне время, миссис Шайфер. Еще раз хочу предупредить, что наша беседа была конфиденциальной. Я бы попросил вас не говорить об этом никому, даже вашему мужу.

Он вышел из дома. Флоренс Шайфер глядела ему вслед...

— Не могу поверить в случившееся, — сказала она вслух.

Агенты ехали по Вашингтон-стрит, направляясь на север Они проехали мимо плаката «Добро пожаловать в наш прекрасный край».

— Надо же, — хмыкнул Рэкс Олдс.

Они проехали мимо магазинов и баров. Возле кафе «Фэт Чэнс» торговая часть города резко обрывалась.

— Господи, — сказал Дональд Зэмлок, — у них главная улица длиной всего в два квартала. Это не город, а автобусная остановка.

— Это для нас с тобой, — сказал экс Олдс, — а для этих людей это город.

Зэмлок покачал головой:

— Может, тут хорошо жить, но я бы в жизни здесь не поселился.

Седан остановился у здания банка, и Рэкс Олдс вышел из машины. Через двадцать минут он вернулся.

— Все чисто, — сказал он, залезая в машину. — У семьи Эшли на счете в банке семь тысяч долларов и закладная на дом, все счета оплачиваются вовремя. Президент банка говорит, что доктор слишком мягкий человек, чтобы стать бизнесменом, но его репутация безупречна.

Зэмлок посмотрел в записную книжку.

— Давай проверим еще пару мест и вернемся обратно в цивилизованный мир, пока я окончательно не свихнулся.

Дуглас Шайфер, обычно приятный, улыбчивый человек, сейчас хмурился. Шайферы и Эшли играли в бридж, и Шайферы уже проигрывали десять тысяч очков. В четвертый раз за вечер Флоренс совершила грубую ошибку. Дуглас бросил карты на стол.

— Флоренс! — взорвался он. — На чьей стороне ты играешь? Ты знаешь, сколько мы уже проиграли?

— Извини, — нервно сказала она. — Я просто никак не могу сосредоточиться.

— Оно и видно, — проворчал ее муж.

— Тебя что-нибудь тревожит? — поинтересовался Эдвард Эшли.

— Я не могу об этом рассказать.

Все удивленно посмотрели на нее.

— Что это значит? — спросил ее муж.

Флоренс глубоко вздохнула:

— Мэри, это про тебя.

— Что про меня?

— У тебя какие-то неприятности?

Мэри уставилась на нее:

— Неприятности? Нет. Почему ты так думаешь?

— Я не могу рассказать. Я дала слово.

— Кому ты дала слово? — спросил Эдвард.

— Федеральному агенту из Вашингтона. Он заходил сегодня ко мне и задавал разные вопросы про Мэри. Такое впечатление, что речь шла о международной шпионке.

— Что за вопросы? — потребовал Эдвард.

— Ну, как обычно. Лояльная ли она американка? Хорошая ли она жена и мать? Употребляет ли наркотики?

— Какого черта им понадобилось задавать такие вопросы?

— Я знаю, — возбужденно сказала Мэри. — Это из-за моей профессорской должности.

— Что? — спросила Флоренс.

— У меня заканчивается срок пребывания в должности. А университет проводит много разработок для правительства, поэтому они всех проверяют так тщательно.

— Слава тебе, Господи! — с облегчением вздохнула Флоренс. — А то я боялась, что тебя посадят за решетку.

— По сути дела, так оно и есть, — улыбнулась Мэри. — Я никуда не выезжаю из Канзаса.

— Ну, если с этим все, — сказал Дуглас Шайфер, — может, продолжим игру? — Он повернулся к жене: — Если ты еще раз ошибешься, я посажу тебя к себе на колени.

— Обещания, обещания...

Глава 5

Эббивуд, Англия

— Просьба соблюдать установленные меры предосторожности, — объявил председатель. — Не вести никаких записей, никому не говорить о нашей встрече и обращаться друг к другу только по кодовому имени.

В библиотеке замка Клеймор, построенного в пятнадцатом веке, сидели восемь человек. Двое охранников в штатском с пистолетами, выпирающими из-под пиджаков, находились снаружи, а третий стоял у дверей в библиотеку. Все восемь присутствующих прибыли в разное время.

— Контролер получил важную информацию, — продолжал председатель. — Марин Гроза готовится к военному перевороту в Румынии. Некоторые высшие чины румынской армии готовы поддержать его. На этот раз переворот может оказаться удачным.

— Как это отразится на нашем плане? — спросил Один.

— Это уничтожит его. Все это откроет слишком много путей на Запад.

— Тогда нам следует принять меры, — сказал Фрейр.

— Какие? — спросил Бальдр.

— Мы убьем Грозу, — ответил председатель.

— Это невозможно. Люди Ионеску не раз пытались это сделать, и у них ничего не вышло. К тому же никто из присутствующих здесь не может быть замешан в убийстве.

— Мы и не будем замешаны, — сказал председатель.

— Как же мы поступим?

— В руки Контролера попало секретное досье на международного террориста-наемника.

— Абул Аббас, который захватил «Ахилле Лауро»?

— Нет. Это новый наемник, джентльмены. Гораздо лучше. Он называет себя Ангел.

— Никогда не слыхал про него, — сказал Сигмунд.

— Вот именно. У него превосходные рекомендации. Согласно досье Контролера, Ангел участвовал в восстании сикхов в Индии, он помогал террористам-«мачетерос» в Пуэрто-Рико и красным кхмерам в Камбодже. Он замешан в убийствах нескольких высокопоставленных военных

46

в Израиле, поэтому израильтяне назначили за его голову награду в миллион долларов.

— Звучит впечатляюще, — сказал Тор. — Мы можем нанять его?

— Он берет очень дорого. Если он согласится, это обойдется нам в два миллиона долларов.

Фрейр присвистнул, затем пожал плечами:

— Это можно уладить. Мы возьмем деньги из общего фонда.

— А как связаться с этим Ангелом? — спросил Сигмунд.

— Все контракты заключаются через его любовницу по имени Неуса Муньес.

— Где ее можно найти?

— Она живет в Аргентине. Ангел купил ей дом в Буэнос-Айресе.

— Какие наши дальнейшие действия? — спросил Тор. — Кто установит контакт с ней?

— Контролер предложил человека по имени Гарри Ланц.

— Знакомое имя.

— Да, — сухо сказал председатель. — О нем писали в газетах. Гарри Ланц — пария. Его вышвырнули из ЦРУ за то, что он основал свою сеть сбыта наркотиков. Когда он служил в ЦРУ, то бывал в Латинской Америке. Он будет прекрасным связным. — Председатель сделал паузу. — Предлагаю голосовать. Кто за то, чтобы нанять Ангела, прошу поднять руки.

Восемь рук с ухоженными ногтями поднялись в воздух.

— Предложение принимается. — Председатель встал. — Объявляю собрание закрытым. Пожалуйста, не забывайте о мерах предосторожности.

Был понедельник, и констебль Лесли Хэнсон находился в оранжерее замка, куда он имел право заходить. Как он потом объяснил своему начальству, он был не один. В оранжерее было тепло, и его подружка Эмми, пышнотелая сельская девушка, уговорила констебля взять с собой корзинку для пикника.

— Ты принесешь еду, — хихикнула Эмми, — а я обеспечу десерт.

«Десерт» был ростом в пять футов шесть дюймов, с красивой грудью и бедрами, о которых можно было только мечтать.

К несчастью, во время «десерта» внимание констебля отвлек лимузин, выезжавший из ворот замка.

— Черт возьми, но ведь по понедельникам замок закрыт, — пробормотал он.

— Не останавливайся, — простонала Эмми.

— Ни в коем случае, крошка.

Минут через двадцать констебль услышал, как из замка выехала вторая машина. На этот раз любопытство взяло верх, он встал и подошел к окну. Это был правительственный лимузин с затемненными окнами, чтобы не было видно пассажиров.

— Ну где ты пропал, любовь моя? — позвала его Эмми.

— Сейчас иду. Просто не могу понять, кто может находиться в замке. Ведь сегодня он должен быть закрыт.

— У меня тоже все сейчас закроется, если ты не поспешишь.

Еще через двадцать минут, когда констебль Хэнсон услышал, как из ворот выезжает третья машина, его любовная страсть уступила инстинкту полицейского. Он насчитал еще пять машин, все правительственные лимузины, и они следовали один за другим через каждые двадцать минут. Одна машина притормозила, чтобы пропустить перебегавшего дорогу оленя, и констебль Хэнсон записал ее номер.

— Но ведь сегодня у тебя выходной, — обиженно протянула Эмми.

— Тут что-то серьезное, — сказал констебль. Но он все еще сомневался, стоит ли докладывать об этом начальству.

— Так чем вы занимались в замке Клеймор? — строго спросил сержант Твилл.

— Я хотел полюбоваться красотами замка.

— Но ведь он был закрыт.

— Да, сэр. Но оранжерея была открыта.

— Итак, вы решили полюбоваться оранжереей?

— Да, сэр.

— Один, конечно?

— Ну, честно говоря...

— Ради Бога, не надо подробностей, констебль. Почему машины показались вам подозрительными?

— Они вели себя странно, сэр.

— Наверно, не машины, а их водители?

— Конечно, сэр. Водители были очень осторожными. Интервал между каждой машиной составлял двадцать минут.

— Вы, конечно, понимаете, что здесь могут быть тысячи всяких причин. По-моему, только у вас одного не было причины там находиться.

— Да, сэр. Но я посчитал нужным доложить об этом.

— Правильно. Этот номер вы записали?

— Да, сэр.

— Ну ладно. — Сержант решил закончить беседу афоризмом: — Запомните, не стоит бросать в людей камни, если сам находишься в стеклянном замке.

Сержант был очень доволен собой.

Когда ему сообщили, кому принадлежит машина с таким номером, сержант Твилл подумал, что Хэнсон ошибся. Он поднялся к инспектору Пакуле и подробно все доложил.

— Я бы, конечно, не стал вас беспокоить, инспектор, но этот номер...

— Хорошо, я займусь этим.

— Спасибо, сэр.

В штаб-квартире «Интеллидженс сервис» инспектор Пакула встретился с одним из начальников отдела Британской секретной службы, сэром Алексом Хайдуайтом, мужчиной с лицом мучнистого цвета.

— Вы правильно сделали, что обратились ко мне, — улыбнулся сэр Алекс. — Я думаю, нет ничего более сложного, чем организовать посещение замка королевской семьей так, чтоб об этом не узнала пресса.

— Извините, что побеспокоил вас. — Инспектор встал.

— Наоборот, инспектор. Это доказывает, как хорошо вы работаете. Как, вы сказали, зовут этого констебля?

— Хэнсон, сэр. Лесли Хэнсон.

Когда дверь за инспектором Пакулой закрылась, сэр Алекс Хайдуайт поднял трубку красного телефона:

— У меня есть сообщение для Бальдра. У нас небольшие проблемы. Я все объясню на следующей встрече. А пока я хочу, чтобы были произведены три перемещения по службе. Сержант полиции Твилл, инспектор Пакула и констебль Лесли Хэнсон. Переведите их в разное время и в разные места, как можно дальше от Лондона. Я проинформирую Контролера, может, от него поступят дальнейшие указания.

Телефонный звонок посреди ночи разбудил Гарри Ланца, спавшего в номере нью-йоркской гостиницы.

«Черт возьми, кто это может быть?» — подумал он. Бросив взгляд на будильник, рявкнул в телефонную трубку:

— Какой идиот звонит в четыре утра. Кто?..

В трубке раздался тихий голос, и Ланц резко сел в кровати, чувствуя, как у него заколотилось сердце.

— Да, сэр, — ответил он. — Да, сэр... Нет, сэр, но я смогу отложить свои дела. — Он долго сидел, прижав трубку к уху. Наконец сказал: — Да, сэр, я понимаю. Первым же самолетом я вылечу в Буэнос-Айрес. Спасибо вам, сэр.

Он повесил трубку и зажег сигарету. У него дрожали руки. Тот, с кем он только что говорил, был одним из самых могущественных людей в мире, и ему надо было всего лишь, чтобы Гарри... «Черт возьми, что бы это значило? — подумал Гарри Ланц. — Что-то очень крупное». Ему пообещали заплатить пятьдесят тысяч долларов только за то, чтобы он кое-что передал одному человеку. Как чудесно будет снова побывать в Аргентине. Гарри Ланцу нравились южноамериканские женщины. У него было не меньше дюжины знакомых аргентинок, которых хлебом не корми, а дай потрахаться.

День начался великолепно.

В девять утра Ланц поднял трубку и набрал номер телефона компании «Аэролинеас Аргентинас».

— Когда у вас вылетает первый самолет в Буэнос-Айрес?

На следующий день в пять вечера «Боинг-747» приземлился в аэропорту Буэнос-Айреса. Полет был долгим, но Гарри Ланц не обратил на это внимания. Пятьдесят тысяч долларов за то, чтобы передать послание. Он почувствовал легкое возбуждение, когда шасси коснулись бетона. Почти пять лет он не был в Аргентине. Как здорово будет встретиться со старыми друзьями!

Когда Гарри Ланц сошел с самолета, он едва не задохнулся от жары. «Конечно, ведь здесь лето», — подумал он.

Направляясь на такси в город, Гарри смотрел на надписи, украшавшие стены домов, и удивлялся, что они совсем не изменились. «Plebiscite las pelotaa» («К черту плебисцит»). «Militares asesinos» («Военные — убийцы»). «Tenemos hambre» («Мы хотим есть»). «Marihuana libre, droga sexo y mucho rock» («Наркотики, секс и рок-н-ролл»). «Juicio y castigo a los culpables» («Судить и наказать виновных»).

Да, хорошо сюда возвращаться.

Сиеста закончилась, и на улицах было полно народу. Когда такси остановилось возле отеля «Эль конкистадор» в центре фешенебельного района Баррис-Норте, Ланц протянул водителю банкнот в миллион песо.

— Сдачу оставь себе, — сказал он. — Разве это деньги.

В огромном вестибюле он купил газеты «Буэнос-Айрес геральд» и «Ла Пренса». Помощник управляющего лично проводил его в номер. Шестьдесят долларов в день за спальню, гостиную, кухню, кондиционер и телевизор. «В Вашингтоне за такой номер с меня содрали бы в пять раз больше, — подумал Гарри Ланц. — Завтра я встречусь с Неусой, а потом несколько дней поразвлекаюсь как следует».

Ему понадобилось больше двух недель, чтобы найти Неусу Муньес.

Свои поиски он начал с телефонных справочников. Прежде всего он проверил центральные районы: area Конститусьон, пласа Сан-Мартин, Баррио-Норте, Кателинас-Норте. Неуса Муньес здесь не значилась. В районах Баия-Бланка и Мар-дель-Плата ее тоже не было.

«Черт возьми, где же она может жить?» — подумал Ланц. Он принялся ходить по улицам, заходить к знакомым.

Когда он зашел в ресторан «Ла Бьела», владелец восликнул:

— Сеньор Ланц! Я думал, вас убили!

— Так оно и было, — ухмыльнулся Ланц. — Но я так скучал по тебе, что решил вернуться, Антонио.

— А что вас привело в Буэнос-Айрес?

— Да я приехал, чтобы найти одну знакомую, — задумчиво сказал Ланц. — Мы хотели пожениться, но ее семья переехала, и я потерял ее адрес. Ее зовут Неуса Муньес.

Владелец ресторана почесал затылок.

— Никогда не слыхал про такую. Извини.

— Поспрашивай, может, кто знает ее.

— Ладно.

Затем Ланц зашел к одному знакомому, работавшему в полиции.

— Ланц! Гарри Ланц! Откуда ты взялся?

— Привет, Хорхе. Рад тебя видеть, амиго.

— Я слышал, тебя вышвырнули из ЦРУ.

Гарри Ланц рассмеялся:

— Что ты! Они просили, чтобы я остался. Но я решил уйти.

— Да? И чем же ты сейчас занимаешься?

— Я открыл частное детективное агентство. Кстати, я поэтому и приехал в Буэнос-Айрес. Один мой клиент умер пару дней назад. Он оставил своей дочери кучу денег, и мне теперь надо найти ее. Единственное, что я знаю, так это что она живет где-то в Буэнос-Айресе.

— Как ее зовут?

— Неуса Муньес.

— Секундочку.

Секунда растянулась на полчаса.

— Извини, амиго, ничем помочь не могу. Ни в архивах, ни в компьютере ее нет.

— Ну ладно. Если вдруг что-нибудь узнаешь, я живу в «Эль конкистадоре».

— Хорошо.

Затем он принялся за бары. Хорошо знакомые места: «Пепе Гонсалес», «Альмейда», «Кафе табак».

«Добрый вечер, я из Соединенных Штатов. Я ищу женщину по имени Неуса Муньес».

«Извините, сеньор. Я такой не знаю».

Везде ему отвечали одинаково. Никто не слышал про такую женщину.

Тогда Гарри Ланц направился в Ла-Бока, портовый район, откуда были видны суда, стоявшие на якоре. И здесь никто не слышал о Неусе Муньес. Впервые за все время Гарри Ланц почувствовал, что напрасно тратит время.

Лишь в «Пиларе», маленьком баре одного из районов — Флоресты, ему улыбнулось счастье. Была пятница, и в баре было полно рабочих. Ланцу пришлось ждать минут десять, прежде чем бармен освободился. Не успел Ланц закончить подготовительную речь, как бармен перебил его:

— Неуса Муньес? Знаю такую. Если хочешь поговорить с ней, приходи сюда завтра около двенадцати ночи.

На следующий день Гарри Ланц пришел в «Пилар» около одиннадцати и наблюдал, как бар постепенно заполняется людьми. По мере того как стрелки часов приближались к двенадцати, он нервничал все больше и больше. А если она не придет? А если это не та Неуса Муньес?

Ланц увидел, как несколько девушек зашли в бар и подсели за столик к мужчинам. «Она должна появиться, — подумал Гарри Ланц. — Если она не придет, прощай тогда мои пятьдесят тысяч».

Ему было интересно, как она выглядит. Наверно, потрясающая красавица. Он должен был предложить Ангелу два миллиона долларов за то, чтобы прихлопнуть одного парня, так что этот Ангел купается в миллионах. Конечно, он мог позволить себе иметь красивейшую любовницу. Черт, да он мог позволить себе целую дюжину! Эта Неуса либо актриса, либо фотомодель. «Может, и мне удастся поразвлечься с ней немного, прежде чем я покину город. Надо совмещать приятное с полезным», — подумал Гарри Ланц.

Дверь в бар открылась, и Ланц поднял голову. В зал вошла женщина. Лет сорока, некрасивая, толстая, с грудью, которая болталась при ходьбе. Ее лицо было побито оспой, волосы выкрашены в белый цвет, но по смуглому цвету кожи можно было определить, что она метиска и кто-то из ее предков был индейцем. Она была одета в короткую юбку и свитер, который явно не соответствовал ее возрасту.

«Старая проститутка, — решил Ланц. — Неужели кому-то захочется трахнуть ее?»

Женщина осмотрела бар пустыми, безжизненными глазами. Кивнув знакомым, она направилась к стойке бара.

— Угости меня ромом. — У нее был сильный испанский акцент. Вблизи она была просто отвратительна.

«Она похожа на толстую недоеную корову, — подумал Гарри Ланц. — Пьяная шлюха».

— Проваливай отсюда.

— Эстебан сказал, что ты меня ищешь.

Он уставился на нее:

— Кто?

— Эстебан. Бармен.

Гарри Ланц никак не мог в это поверить.

— Он, наверно, ошибся. Я ищу Неусу Муньес.

— Si. Yo soy Neusa Munez.

«Черт возьми, — про себя выругался Ланц, — не та».

— Ты подруга Ангела?

— Да. — Она пьяно улыбнулась.

Гарри Ланц медленно приходил в себя.

— Ну-ну. — Он вымучил улыбку. — Может, сядем за столик и поговорим?

Она равнодушно кивнула:

— Давай.

Они прошли через сизый от дыма зал, и, когда сели, Гарри Ланц сказал:

— Я хотел бы поговорить о...

— Я хочу выпить рому.

Гарри Ланц кивнул:

— Конечно. — Подошел официант в засаленном фартуке, и Ланц сказал: — Один ром и виски с содовой.

— Двойной ром, — добавила Неуса.

Когда официант ушел, Гарри повернулся к Неусе, сидящей напротив:

— Мне надо встретиться с Ангелом.

Она посмотрела на него водянистыми пустыми глазами:

— Зачем?

Ланц понизил голос:

— У меня для него подарок.

— Да? Что за подарок?

— Два миллиона долларов. — Официант принес напитки, и Гарри Ланц поднял свой бокал: — Твое здоровье.

— Ага. — Она залпом выпила ром. — А зачем ты хочешь дать Ангелу два миллиона долларов?

— Об этом я поговорю с ним лично.

— Не получится. Ангел ни с кем не разговаривает.

— Послушай, за два миллиона долларов...

— Закажи еще один ром. Двойной.

«Господи, да она же сейчас вырубится».

— Конечно. — Ланц позвал официанта и сделал заказ. — Ты давно знаешь Ангела? — спросил он небрежно.

Она пожала плечами:

— Угу.

— Наверно, он интересный мужчина?

Она сидела, тупо уставившись в стол.

«Господи, — подумал Гарри Ланц, — это все равно что разговаривать со стенкой».

Официант принес ром, и она выпила его одним глотком. «У нее тело коровы, а манеры свиньи».

— Так когда я смогу увидеть Ангела?

Неуса Муньес с трудом поднялась из-за стола.

— Ты слышал, он ни с кем не разговаривает. Адьос.

Гарри Ланц забеспокоился:

— Эй! Подожди минутку! Не уходи!

Она остановилась и посмотрела на него мутным взглядом.

— Чего тебе надо?

— Садись, — медленно произнес Ланц, — и я скажу, что мне надо.

Она плюхнулась на стул.

— Пусть принесут рому.

Гарри Ланц был просто поражен. Что за парень этот Ангел? Его подруга не только самая жалкая шлюха во всей Южной Америке, но к тому же еще и алкоголичка.

Ланц не любил обговаривать дела за спиртным. Но с другой стороны, он мог потерять пятьдесят тысяч долларов. Он смотрел, как Неуса высосала ром. Интересно, сколько она выпила до встречи с ним?

Ланц улыбнулся и сказал:

— Неуса, если я не могу поговорить с Ангелом, то как мы с ним договоримся о деле?

— Просто. Ты говори, что тебе надо. Я скажу Ангелу. Если он скажет «да», я скажу тебе «да». Если скажет «нет», я скажу тебе «нет».

Хотя Гарри Ланц не мог представить ее в роли связной, но другого выхода у него не было.

— Знаешь, кто такой Марин Гроза?

— Нет.

Откуда ей было знать. Ведь это не марка рома. Эта пьяная стерва все перепутает и провалит дело.

— Пусть принесут еще рому.

Он похлопал ее по толстой руке:

— Разумеется. — Он заказал еще один двойной ром. — Ангел должен знать, кто такой Марин Гроза. Так и передай ему — Марин Гроза. Он поймет.

— Ну. Что дальше?

«Она еще глупее, чем кажется. Неужели не понятно, что за два миллиона он не целовать его должен».

— Люди, которые меня послали, хотят, чтобы он исчез.

Она моргнула.

— Что значит исчез?

«Господи!»

— Чтобы его убили.

— А... — Она равнодушно кивнула. — Я спрошу у Ангела. — Язык у нее заплетался. — Как, ты сказал, его зовут?

Ему хотелось придушить ее.

— Гроза. Марин Гроза.

— Ага. Мой мальчик сейчас в отъезде. Я позвоню ему и завтра тебе все скажу. Я хочу еще выпить.

Это был какой-то кошмар.

На следующий день Гарри Ланц сидел за тем же столиком с полуночи до четырех утра, пока бар не закрылся Неуса не пришла.

— А где она живет? — спросил Ланц у бармена.

— А кто ее знает? — ответил тот.

Эта стерва все перепутала. Как такой умный человек, как Ангел, мог связаться с подобной пьянью? Гарри Ланц гордился, что является настоящим профессионалом. Он никогда не шел на дело, не взвесив все «за» и «против». Он навел справки, и больше всего его поразило, что израильтяне назначили за голову Ангела награду в миллион долларов. Миллион — это значит на всю жизнь обеспечен выпивкой и молодыми шлюхами. Ну что ж, придется распрощаться с мечтами о миллионе, как он распрощался с пятьюдесятью тысячами. Его единственная связь с Ангелом не сработала. Придется позвонить боссу и сказать, что он не справился с заданием.

«Не буду спешить, — решил Ланц. — Может, она еще появится. Может, в других барах не будет рома. Зря я согласился выполнить это задание».

Глава 6

На следующий день в одиннадцать часов вечера Гарри Ланц сидел за тем же столиком в «Пиларе», непрерывно грызя арахис и свои ногти. В два часа ночи в дверях появилась Неуса Муньес, и сердце Гарри заколотилось. Он смотрел, как она нетвердой походкой идет к его столу.

— Привет, — пробормотала она, грузно опустившись на стул.

— Что случилось? — спросил Гарри. Он с трудом держал себя в руках.

Она заморгала:

— Чего?

— Мы же договорились встретиться здесь вчера.

— Ну?

— Мы договорились с тобой встретиться.

— А-а. Я ходила с подругой в кино. Хороший фильм. Про одного типа, что влюбился в монахиню...

Ланц чуть не плакал от досады. Зачем Ангелу нужна эта тупая, пьяная скотина? Может, у нее между ног все из золота?

— Неуса, ты говорила с Ангелом?

Она тупо смотрела на него, стараясь понять вопрос.

— С Ангелом? Ага. Давай выпьем.

Он заказал двойной ром для нее и двойное виски для себя. Он чувствовал, что ему необходимо выпить.

— И что тебе сказал Ангел?

— Ангел? Он сказал «да».

Гарри Ланц с облегчением вздохнул:

— Прекрасно.

Ему теперь было наплевать на задание. У него появилась новая мысль. Эта пьяная стерва выведет его на Ангела. Он получит награду в миллион долларов.

Он смотрел, как она пила ром, капая на грязную блузку.

— Что тебе еще сказал Ангел?

Она нахмурила лоб, пытаясь сосредоточиться.

— Ангел сказал, что он хочет узнать, на кого ты работаешь.

Ланц победно улыбнулся:

— Передай ему, что это тайна. Я не могу сказать это.

Она равнодушно кивнула:

— Ангел сказал, что тогда можешь катиться к черту. Давай еще выпьем, прежде чем я пойду.

Ланц лихорадочно соображал. Если она сейчас уйдет, то больше уже не вернется.

— Слушай, Неуса. Я должен позвонить людям, на которых я работаю, и, если они согласятся, я назову тебе имя. Ладно?

— Мне все равно. — Она пожала плечами.

— Тебе, может быть, все равно, — терпеливо объяснил он, — а Ангелу — нет. Скажи ему, что ответ он получит завтра. Где я могу тебя найти?

— Здесь.

Официант принес ром, и она жадно опрокинула его. Ланцу хотелось придушить ее.

Ланц позвонил боссу из телефонной будки на улице Кальво, чтобы никто не мог засечь его. Ему пришлось ждать связи почти целый час.

— Нет, — сказал Контролер. — Я же сказал — никаких имен.

— Да, сэр. Но тут есть одна проблема. Неуса Муньес, подруга Ангела, говорит, что он не даст согласия, если не будет знать, на кого работает. Естественно, я сказал, что вначале должен проконсультироваться.

— Что она собой представляет?

С Контролером не стоило играть в прятки.

— Жирная, уродливая и глупая женщина, сэр.

— Очень опасно упоминать мое имя.

Гарри Ланц чувствовал, как деньги уплывают от него.

— Да, сэр, — с жаром сказал он. — Я понимаю. Но с другой стороны, репутация Ангела держится на том, что он умеет держать язык за зубами. Если бы он не умел молчать, он не прожил бы и пяти минут в этом бизнесе.

На том конце провода молчали.

— Ты прав. — Опять молчание. — Ладно, можешь сказать Ангелу мое имя. Но он не должен упоминать его или выходить на меня. Пусть работает только с тобой.

Гарри Ланц был готов танцевать от радости.

— Да, сэр. Я так ему и передам.

Он повесил трубку, широко улыбаясь. Он получит свои пятьдесят тысяч.

А затем награду в миллион долларов.

Когда на следующий день Гарри Ланц встретил Неусу Муньес, он, сразу заказав для нее двойной ром, сказал счастливым голосом:

— Все в порядке. Я получил разрешение.

Она безразлично посмотрела на него:

— Ну?

Он сказал ей имя своего хозяина. Оно было известно всему миру, и он полагал, что это произведет на нее впечатление.

— Никогда о нем не слышала. — Она снова пожала плечами.

— Неуса, люди, на которых я работаю, хотят, чтобы все это было сделано быстро. Марин Гроза живет на вилле в Нейи и...

— Где?

Господи милосердный! Он пытается о чем-то говорить с этой пьяной колодой. Он терпеливо пояснил:

— Это предместье Парижа.

— Пусть принесут еще двойной ром.

Час спустя Неуса все еще продолжала пить, но теперь Гарри не старался остановить ее. «Когда она будет готова, она выведет меня на своего дружка. А все остальное — дело техники», — подумал Гарри Ланц.

Он посмотрел на Неусу Муньес, которая тупо уставилась в стакан.

Ангела нетрудно будет поймать. Может, он и крутой парень, но ума у него маловато.

— Когда Ангел вернется в город?

Она посмотрела на него остекленевшими глазами.

— На следующей неделе.

Гарри Ланц похлопал ее по руке.

— Почему бы нам вместе не отправиться к тебе? — мягко спросил он.

— Ладно.

Все шло по плану.

Неуса Муньес жила в грязной двухкомнатной квартирке в Бельграно, одном из районов Буэнос-Айреса. В комнате было неубрано. Квартира была такой же неухоженной, как и ее хозяйка.

Открыв дверь, Неуса тут же направилась к бару. Она еле держалась на ногах.

— Выпьешь?

— Я не буду, — сказал Ланц, — а ты давай. — Он смотрел, как она выпила полный стакан рома. «Такой отвратительной шлюхи я еще никогда не встречал, — подумал он, — но миллион долларов превращает ее в красавицу».

Он посмотрел по сторонам. На журнальном столике лежало несколько книг. Он взял их, пытаясь найти ключ к Ангелу. Названия удивили его: «Габриела, гвоздика и корица» Жоржи Амаду, «Огонь с гор» Омара Кабесаса, «Сто лет одиночества» Габриэля Гарсия Маркеса, «Ночные кошки» Антонио Сиснероса. Значит, Ангел был интеллектуалом. Вряд ли книги принадлежали этой женщине.

Ланц подошел к ней и обнял за трясущуюся талию невероятных размеров.

— Ты знаешь, какая ты привлекательная? — Он погладил ей грудь. Ее груди были размером с арбузы. Ланцу никогда не нравились женщины с большим бюстом. — У тебя такое шикарное тело.

— А? — спросила она отсутствующим голосом.

Ланц погладил ее по толстому бедру через юбку.

— Как насчет этого самого? — прошептал он.

— Чего?

Ничего не выходило. Он стал думать, как уложить ее в кровать. Надо было действовать осторожно. Если он обидит ее, она может пожаловаться Ангелу, и тогда все пропало. Он хотел поговорить с ней ласковым тоном, но она была слишком пьяна, чтобы понимать что-либо. Пока он пытался придумать, как ему быть, Неуса пробормотала:

— Хочешь потрахаться?

Он облегченно вздохнул:

— Прекрасная мысль, крошка.

— Пошли в спальню.

Она еле передвигала ноги. Ланц вошел в маленькую спальню. Здесь он увидел раскрытый платяной шкаф, неубранную постель, два стула, комод с потрескавшимся зеркалом на нем. Шкаф привлек внимание Гарри Ланца. Там на вешалках висели мужские костюмы.

Неуса села на кровать, с трудом расстегивая пуговицы на блузке. При других обстоятельствах Гарри стоял бы с ней рядом, раздевая ее, лаская ее тело и шепча на ухо нежные слова. Но от одного вида Неусы ему стало дурно. Она сбросила юбку. Под ней ничего не было. Голая, она была еще отвратительнее, чем одетая. Уродливые груди болтались при каждом движении, оплывший жиром живот колыхался, как желе. Ляжки представляли собой студнеобразную массу.

«Такой безобразной женщины я еще не видел, — подумал Гарри Ланц. — Но это будет длиться всего лишь пять минут, а миллион долларов — это навсегда».

Медленно он заставил себя раздеться. Она лежала в постели, как колода, ожидая его.

— Что тебе больше всего нравится?

— А? Шоколад. Я люблю шоколад.

«Вот и хорошо. Это сделает все намного проще».

Она была пьянее, чем он думал. Он стал гладить ее рыхлое, мучнистого цвета тело.

— Ты такая красивая, крошка. Знаешь об этом?

— А?

— Ты мне очень нравишься, Неуса. — Он опустил руку ниже, к треугольнику волос между ее толстыми ногами, и стал гладить ее. — У тебя, наверно, такая интересная жизнь.

— Чего?

— Ну, я имею в виду, что ты подруга Ангела. Наверно, это очень интересно. Расскажи мне про Ангела.

Она молчала, и он подумал, что она уже спит. Он засунул палец поглубже, и она зашевелилась.

— Не засыпай, милая. Расскажи, какой из себя Ангел. Он красивый?

— Богатый. Ангел богатый.

Рука Ланца не останавливалась ни на секунду.

— Он хорошо к тебе относится?

— Да. Ангел хороший.

— Я тоже буду к тебе хорошо относиться, — сказал он мягко. Не только его голос, но и все остальное у него было мягким. А ему нужна была эрекция на миллион долларов. Он принялся думать о сестричках Долли и о том, что они умели делать. Он представил, как они ласкают его обнаженное тело своими пальцами, языками и грудью. Ланц почувствовал, как член у него стал подниматься. Он быстро залез на Неусу и вошел в нее. «Господи, это все равно что засунуть член в студень», — подумал Ланц.

— Тебе приятно? — спросил он.

— Вроде да.

Он был готов придушить ее. Десятки красивейших женщин во всем мире стонали от наслаждения в его объятиях, а эта жирная стерва говорит: «Вроде да».

Он принялся работать бедрами.

— Расскажи мне еще про Ангела. Кто его друзья?

— У Ангела нет друзей, — сонно пробормотала Неуса. — Я его друг.

— Конечно, милая. Ангел живет с тобой или у него другая квартира?

Неуса закрыла глаза.

— Эй, я спать хочу. Когда ты кончишь?

«Никогда, — подумал он. — С этой коровой я никогда не кончу».

— Я уже кончил, — солгал он.

— Тогда давай спать.

Он сполз с нее и лег рядом, кипя от злости. «Почему Ангел не мог найти себе нормальную любовницу? Молодую, красивую, горячую?» Тогда бы у него не было проблем, как выудить у нее нужную информацию. А эта глупая потаскуха! Впрочем, существуют и другие способы.

Ланц долго лежал не шевелясь, пока не убедился, что Неуса заснула. Тогда он осторожно встал с постели и на цыпочках подошел к шкафу, чтобы не разбудить эту храпящую бегемотиху

В шкафу висела дюжина мужских костюмов и спортивных курток. Внизу стояли шесть пар мужских туфель. Ланц расстегнул один пиджак и посмотрел на этикетку. Все костюмы были сшиты на заказ в мастерской «Эррера» на авенида де Плата. Туфли тоже были сделаны по заказу. «Теперь я найду его, — обрадовался Ланц. — В мастерской должен быть адрес Ангела. Завтра же я пойду туда и все у них расспрошу. Хотя нет. Никаких вопросов». Ему надо вести себя по-умному. В конце концов, он имеет дело с убийцей мирового класса. Гораздо безопаснее будет, если Неуса сама выведет его на Ангела. «Тогда мне только останется шепнуть адресок друзьям из МОССАДа и забрать миллион долларов награды. Я покажу Неду Тиллингасту и всей его братии из ЦРУ, что старый Гарри Ланц еще не потерял былую хватку. Эти ребята из кожи вон лезут, чт бы найти Ангела, а я единственный, кто поймает его».

Ему показалось, что Неуса пошевелилась. Он посмот рел на нее, но она спала. Ланц подошел к кровати. Глаза Неусы были закрыты. Ланц бесшумно подошел к комоду и стал рыться в ящиках, надеясь найти фотографию Ангела. Это бы ему здорово помогло. Но ему не повезло. Он лег в кровать. Неуса храпела не переставая.

Когда Гарри Ланц наконец заснул, ему приснилось, что он плывет на яхте в окружении обнаженных красавиц с маленькими упругими грудями.

Когда Гарри Ланц проснулся утром, Неусы рядом не было. Его охватила паника. Может, она уже ушла на встречу с Ангелом? Из кухни доносились какие-то звуки. Он быстро встал с постели и оделся. Неуса стояла у плиты.

— Доброе утро, — сказал Ланц.

— Кофе будешь? — пробормотала Неуса. — Мне некогда готовить завтрак. У меня свидание.

«С Ангелом!» Ланц попытался скрыть охвативший его восторг.

— Хорошо. Я не голоден. Давай иди на свое свидание, а вечером поужинаем вместе. — Он обнял ее. — Куда бы ты хотела пойти? Для своей девочки мне ничего не жалко. «Мне можно работать актером», — подумал Гарри Ланц.

— Мне все равно.

— Знаешь ресторан «Чикин» на авенида Кангальо?

— Нет.

— Тебе там понравится. Давай я заеду за тобой сюда в восемь часов. А до этого я постараюсь решить все свои дела. — Никаких дел у Гарри Ланца не было.

— Ладно.

Он собрал всю свою волю и заставил себя поцеловать Неусу. От ее рыхлых мокрых губ его чуть не стошнило.

— Значит, в восемь.

Ланц вышел из дома и остановил такси. Он надеялся, что Неуса следит за ним из окна.

— На следующем повороте — направо, — сказал он таксисту. Когда они повернули за угол, Ланц сказал: — Я выйду здесь.

Водитель удивленно посмотрел на него:

— Вы хотели проехать только один квартал, сеньор?

— Да. Дело в том, что я хромаю. Рана с войны.

Расплатившись, Гарри Ланц повернул обратно и зашел в табачную лавку недалеко от дома Неусы. Он закурил и принялся ждать.

Неуса появилась из дома через двадцать минут. Гарри видел, как она проследовала по улице, и пошел вслед за ней, держась на безопасном расстоянии. Он никак не мог потерять ее из виду. Она двигалась, как океанский корабль.

Похоже, Неуса Муньес никуда не спешила. Она прошлась по авенида Бельграно и свернула на авенида Кордоба. Там она зашла в магазин, торговавший изделиями из кожи. Он смотрел, как она беседовала с продавцом. «Может, она договаривается о встрече с Ангелом?» — подумал Ланц. Он запомнил, где расположен магазин.

Через несколько минут Неуса вышла, держа в руках небольшой сверток. Затем она завернула в кафе и купила мороженое. Она медленно двигалась по улице Сан-Мартин, казалось, что она просто бесцельно гуляет.

«Черт возьми, что случилось с ее свиданием? — подумал Ланц. — И где Ангел?» Он не поверил, что Ангела нет в городе. Он чуял, что Ангел где-то поблизости.

Ланц внезапно осознал, что Неуса Муньес куда-то пропала. Она завернула за угол и исчезла. Он ускорил шаг и тоже завернул за угол, но ее не увидел. По обе стороны улицы располагались магазины, и Ланц внимательно осматривал их, боясь, что Неуса может его заметить.

Наконец он увидел ее в мясной лавке. Для кого она покупала продукты? Для себя? Или она ждала кого-то на обед? Кого-то по имени Ангел? С безопасного расстояния Ланц наблюдал, как Неуса зашла в овощную лавку. Он продолжал следить за ней до самого ее дома. Насколько он мог судить, никаких подозрительных контактов у нее не было.

Последующие четыре часа Гарри Ланц следил за домом Неусы. Наконец он пришел к выводу, что Ангел не придет. «Может, мне удастся выудить у нее сегодня что-нибудь, не трахаясь с ней», — подумал Гарри Ланц. От одного воспоминания ему стало дурно.

В Вашингтоне был вечер. Пол Эллисон сидел в Овальном кабинете. День сегодня выдался долгим. Постоянные совещания, советы, комиссии не давали ему возможности побыть наедине с собой. Не только с собой. Стэнтон Роджерс сидел напротив. Президент увидел, что у того тоже усталый вид.

— Я отрываю тебя от семьи, Стэн.

— Ничего страшного, Пол.

— Я все же хотел спросить тебя про Мэри Эшли. Как проходит проверка?

— Почти закончена. Завтра или послезавтра у нас будут все данные. Пока все идет прекрасно. Я думаю, она подойдет.

— Мы сделаем так, чтобы она подошла. Выпьешь еще?

— Нет, спасибо. Если я тебе больше не нужен, то я пойду. Мы с Барбарой сегодня идем на открытие Центра Кеннеди.

— Ладно, — кивнул Пол Эллисон. — А я сегодня встречаюсь с родственниками Алисы.

— Передавай Алисе от меня привет, — сказал Стэнтон Роджерс. Он встал.

— А ты — Барбаре.

Стэнтон Роджерс ушел, а президент стал думать о Мэри Эшли.

Когда Гарри Ланц пришел вечером к Неусе, чтобы пойти с ней поужинать, на стук в дверь никто не ответил. Сначала он испугался, что она ушла.

Он толкнул дверь. Она была незаперта. Может, Ангел ждет его? Может, он решил лично обсудить с ним условия контракта? Гарри принял деловой вид и вошел.

В комнате было пусто.

— Есть здесь кто-нибудь?

Ответом было лишь эхо. Он прошел в спальню. Поперек кровати лежала Неуса. Она была пьяна.

— Ах ты, тварь... — Он вовремя остановился. Не надо забывать, что эта глупая пьяная стерва была для него источником богатства. Он взял ее за плечи и попытался приподнять.

Она открыла глаза:

Что случилось?

— Я так беспокоился о тебе, — сказал Ланц. Он постарался, чтобы его голос звучал как можно искреннее. — Мне больно смотреть, какая ты несчастная, что ты пьешь потому, что кто-то делает тебя несчастной. Я твой друг. Ты можешь рассказать мне все. Это ведь из-за Ангела, правда?

— Из-за Ангела, — пробормотала она.

— Я уверен, что он прекрасный парень, — успокаивающим тоном сказал Ланц. — Вы, наверно, поссорились из-за какого-нибудь пустяка.

Он попытался посадить ее. Это было все равно что стараться перевернуть кита. Он сел рядом с ней.

— Расскажи мне про Ангела. Что он тебе сделал?

Неуса посмотрела на него мутными глазами.

— Давай потрахаемся.

Господи! Ему предстояло пережить еще одну нескончаемую ночь.

— Конечно. Прекрасная мысль. — Нехотя Ланц принялся раздеваться.

Когда утром Гарри Ланц проснулся, воспоминания нахлынули на него, и его чуть не вырвало.

Неуса разбудила его посреди ночи.

— Я хочу, чтобы ты мне сделал вот что, — пробормотала она. Она объяснила ему, что именно ей хотелось.

Он не поверил своим ушам. Но ему пришлось сделать то, о чем она просила. Он не мог позволить, чтобы она рассердилась на него. Желание было настолько извращенным, что Ланц подумал: «Неужели и Ангел делал ей то же самое?» Вспомнив, что ему пришлось сделать, Ланц почувствовал тошноту.

Он слышал, как Неуса напевает в ванной. Он не знал, как посмотрит ей в глаза. «Хватит, — подумал Ланц. — Если она сегодня не скажет мне, где Ангел, придется отправиться к портному».

Он встал и прошел в ванную комнату. Она стояла перед зеркалом, накручивая бигуди. Она выглядела еще омерзительнее, если это, конечно, было возможно.

— Нам надо с тобой поговорить, — твердо сказал Ланц.

Л но — Неуса указала ему на ванн с водой Это я для тебя приготовила. Пока т будешь мыться, я сделаю завтрак.

Ланцу не терпелось поговорить с ней, но он понимал, что нельзя быть слишком настойчивым.

— Ты любишь омлет?

У него совсем не было аппетита.

— Еще бы.

— Я хорошо готовлю омлет. Меня Ангел научил.

Он залез в ванну.

Неуса взяла фен и стала сушить волосы.

Лежа в теплой ванне, Ланц размышлял: «Может, мне лучше достать пистолет и самому прихлопнуть Ангела? Потому что, если это сделают израильтяне, могут возникнуть сложности с выплатой награды. А так не будет никаких проблем. Я просто скажу, где они могут найти его тело». Неуса что-то сказала, но из-за шума работающего фена Гарри не расслышал ее слов.

— Что ты говоришь? — переспросил он.

Неуса подошла к ванне:

— У меня для тебя подарок от Ангела.

Она бросила фен в воду, наблюдая, как Ланц корчится в смертельных конвульсиях.

Глава 7

Президент Пол Эллисон положил на стол последнее донесение службы безопасности, касающееся Мэри Эшли:

— Все чисто, Стэн.

— Я знаю. Думаю, что она — самая удачная кандидатура. Хотя вряд ли госдепартамент будет в восторге.

— Поплачут и перестанут. Самое главное, чтобы нас поддержал сенат.

* * *

Университетский кабинет Мэри Эшли был небольшим и уютным. Книжные шкафы ломились от справочных изданий по странам Восточной Европы. Мебели было немного: старый письменный стол, два кресла, столик у окна, заваленный экзаменационными работами, настольная лампа. На стене над письменным столом висела карта Балкан, а рядом — старая фотография дедушки Мэри. Она была сделана в начале века, и фигура на карточке застыла в неестественной позе. Мэри очень дорожила этой фотографией. Ведь именно дедушка пробудил в ней интерес к Румынии. Он рассказывал ей романтические истории о королеве Марии, баронессах, принцессах, об английском принце Альберте, русском царе Александре II и о других исторических персонажах.

«В наших жилах есть немного королевской крови, — говорил он. — Если бы не произошла революция, ты была бы принцесссой».

Она часто мечтала об этом.

Мэри проверяла экзаменационные работы, когда дверь открылась и вошел декан Хантер.

— Доброе утро, миссис Эшли. Я бы хотел поговорить с вами. — Впервые за все время декан зашел к ней в кабинет. Мэри охватил восторг. Причина могла быть только одна — ее оставляют в должности на следующий срок. И декан сам решил сообщить ей об этом.

— Проходите, — сказала она. — Присаживайтесь.

Он сел в кресло.

— Как идут занятия?

— Хорошо. — Ей не терпелось скорее рассказать о приятной новости Эдварду. Он будет гордиться ею. Никогда таких молодых преподавателей, как она, не удостаивали такой чести.

Декан Хантер, казалось, чувствовал себя неловко.

— У вас какие-то неприятности, миссис Эшли?

Вопрос был настолько неожиданным, что она растерялась.

— Неприятности? У меня? Нет. Почему вы об этом спрашиваете?

— Ко мне приходили люди из Вашингтона и расспрашивали про вас.

В голове у Мэри эхом раздались слова Флоренс Шайфер: «Федеральный агент из Вашингтона... задавал разные вопросы про Мэри... Такое впечатление, что речь шла о международной шпионке... Лояльная ли она американка? Хорошая ли она жена и мать? Употребляет ли наркотики?»

Значит, речь вовсе не о профессорской должности. Она почувствовала ком в горле.

— Что... что они хотели про меня знать?

— Их интересовала ваша профессиональная подготовка. Они также задавали вопросы, касающиеся вашей личной жизни.

— Не понимаю. Я действительно не знаю, что происходит. У меня нет никаких неприятностей. Насколько я знаю, — тихо добавила она.

Он смотрел на нее с явным недоверием.

— Они сказали, почему они задают вам такие вопросы?

— Нет. Кстати, меня предупредили, чтобы я никому об этом не говорил. Но я доверяю своим сотрудникам и думаю, что вы должны об этом знать. Если у вас что-то произошло, я хочу услышать об этом от вас. Скандал, в котором замешаны наши преподаватели, может бросить тень на университет.

Она беспомощно покачала головой:

— Я... я действительно не знаю, в чем дело.

Он посмотрел на нее, как будто собирался что-то сказать, а затем кивнул:

— Ну что ж, миссис Эшли.

Глядя, как он выходит из кабинета, она подумала: «Господи, что же я могла сделать?»

За ужином Мэри почти не разговаривала. Она ждала, пока Эдвард поест, чтобы потом рассказать неприятную новость. Они постараются придумать что-то вместе. Дети снова вели себя просто невыносимо. Бет отказалась прикасаться к ужину:

— Сейчас уже никто не ест мясо. Это варварский обычай пещерных людей. Цивилизованные люди не едят живых животных.

— Почему живых? - возразил Тим. — Это мертвое животное, так что можешь есть спокойно.

— Дети! — воскликнула Мэри. — Хватит пререкаться. Бет, сделай себе салат.

— Пусть пойдет попасется на лугу, — предложил Тим.

— Тим, смотри в свою тарелку! — У нее застучало в висках. — Эдвард...

Зазвонил телефон.

— Это меня, — заявила Бет. Она вскочила и помчалась к телефону. Сняв трубку, она проворковала томным голосом: — Вирджил? — Она послушала ческолько секунд, и выражение ее лица изменилось. — Ну да, конечно, — недовольно сказала она. С силой опустив трубку на рычаг, она вернулась за стол.

— Что случилось? — спросил Эдвард.

— Какой-то шутник. Сказал, что это звонят маме из Белого дома.

— Из Белого дома? — переспросил Эдвард.

Снова зазвонил телефон.

— Я отвечу. Мэри встала и подошла к телефону. — Алло. — По мере того как она слушала, лицо у нее становилось все серьезнее. — Мы сейчас ужинаем, и я думаю, что это совсем не смешно. Вы можете... Что? Президент? — В комнате внезапно воцарилась тишина. — Подождите, я... Добрый вечер, господин президент. — На ее лице появилось удивление. Вся семья смотрела на нее широко открытыми глазами. — Да, сэр, конечно. Я узнала ваш голос. Я... Извините, что повесили трубку. Бет думала, что это звонит Вирджил... Да, сэр. Спасибо. — Она молча слушала. — Кем, вы сказали, хотите меня назначить? — Ее лицо залила краска.

Эдвард встал и подошел к телефону. Дети тоже встали рядом.

— Это, наверно, ошибка, господин президент. Меня зовут Мэри Эшли. Я преподаватель Канзасского университета и... Вы читали? Спасибо, сэр. Очень любезно с вашей стороны. Да, я вам верю. Конечно, но ведь это не значит, что я... Да, сэр. Конечно, я польщена. Это действительно прекрасная возможность, но... Хорошо. Я поговорю с мужем и позвоню вам. — Она записала номер на листке бумаги. — Спасибо, господин президент. До свидания.

Она медленно положила трубку и стояла, не в силах пошевелиться.

— Объясни, ради Бога, что происходит, — потребовал Эдвард.

— Это действительно был президент? — спросил Тим.

Мэри устало опустилась на стул.

— Действительно.

Эдвард взял ее за руку.

— Мэри, что он тебе сказал? Что он хотел?

Мэри сидела, думая: «Так вот зачем понадобились эти расспросы».

Она посмотрела на Эдварда и медленно произнесла:

— Президент читал мою книгу и статью в журнале. Он сказал, что они ему очень понравились. Он сказал, что они полностью отвечают его программе «народной дипломатии». Он хочет назначить меня послом в Румынию.

— Тебя? Почему? — недоверчиво спросил Эдвард.

Мэри и сама задавала себе подобный вопрос, но ей хотелось, чтобы Эдвард спросил об этом в более тактичной форме. Ведь он мог сказать: «Как прекрасно! Ты будешь замечательным послом!» Но он был реалистом. А действительно, почему ее?

— Ведь у тебя нет никакого опыта.

— Я и сама это знаю, — колко сказала она. — Действительно, все это просто смешно.

— Ты будешь послом? — спросил Тим. — Мы поедем в Рим?

— В Румынию.

— А где Румыния?

Эдвард повернулся к детям:

— Быстро заканчивайте ужин. Нам с мамой надо поговорить.

— Мы что, не будем принимать участия в голосовании?

— У вас совещательный голос.

Эдвард взял Мэри за руку и повел в библиотеку. Он повернулся к ней и сказал:

— Извини, я вел себя как осел. Все это так...

— Ничего. Ты абсолютно прав, Эдвард. Но почему выбрали меня?

Если Мэри называла его Эдвард, значит, она была раздосадована.

— Дорогая, я уверен, что ты станешь великим послом. Но ведь все это так неожиданно.

— Я никак не могу в это поверить, — мягко сказала она и рассмеялась. — Флоренс умрет, когда я ей все расскажу.

Эдвард внимательно смотрел на нее.

— Тебя это действительно радует?

Она удивленно посмотрела на него.

— Конечно. А ты сам не обрадовался бы?

— Это большая честь. — Эдвард тщательно подбирал слова. — Я думаю, у них есть веские основания предлагать тебе такой пост. — Он колебался. — Надо все хорошенько обдумать, как нам дальше быть.

Она уже знала, что он скажет, и подумала: «Эдвард прав. Конечно, он прав».

— Я не могу бросить свою врачебную практику и своих больных. Мне нужно остаться здесь. Не знаю, на какой срок тебе придется уехать, но, если это действительно так важно для тебя, дети могут отправиться с тобой, а я буду прилетать к тебе иногда...

— Ты с ума сошел, — ласково сказала Мэри. — Неужели ты думаешь, что я смогу жить без тебя?

— Ну, это такая большая честь поехать...

— Быть твоей женой тоже большая честь. Самое дорогое, что у меня есть, — это ты и дети. Я никогда не оставлю тебя. В этом городе другого такого врача не будет, а правительство сможет легко найти гораздо лучшего посла, чем я.

Он обнял ее.

— Ты уверена?

— Вполне. Мне достаточно лестно, что меня попросили. Этого вполне...

Дверь распахнулась, и в комнату ворвались дети. Бет заявила:

— Я только что позвонила Вирджилу и сказала, что ты будешь послом.

— Тогда перезвони ему и скажи, что не буду.

— Почему? — спросила Бет.

— Ваша мама решила, что останется здесь.

— Почему? Я ведь никогда не была в Румынии. Я вообще нигде не была, — обиженно заметила Бет.

— Я тоже, — сказал Тим. Он повернулся к Бет: — Я же говорил тебе, что из этого города нам не вырваться.

— Вопрос решен, — объявила Мэри детям.

На следующий день Мэри позвонила по телефону, который ей дал президент. Когда на том конце провода ответили, Мэри сказала:

— Это звонит Мэри Эшли. Я хочу поговорить с помощником президента... мистером Грином.

— Минутку, пожалуйста.

Мужской голос ответил ей:

— Слушаю вас, миссис Эшли.

— Можете передать господину президенту мои слова?

— Конечно.

— Скажите ему, что я очень-очень тронута его предложением, но мой муж в силу своих профессиональных обязанностей не может поехать со мной. Боюсь, что мне придется отказаться. Надеюсь, господин президент поймет меня.

— Я передам ему ваши слова, — ответил голос. — Спасибо, миссис Эшли. — В трубке раздались гудки отбоя.

Мэри медленно опустила трубку. Дело было сделано. На короткое время ей подарили мечту. Да, это была только мечта, и больше ничего. «А это мой реальный мир. Лучше подготовлюсь к завтрашнему занятию по политологии».

Манама, Бахрейн

Дом из белого камня ничем не выделялся среди десятков подобных домов, расположенных недалеко от рынка. Он принадлежал одному торговцу, поддерживающему дело организации, известной как «Патриоты свободы».

— Нам он будет нужен только на один день, — сказал ему голос по телефону.

79

Все было улажено. И теперь председатель обращался к сидящим за столом людям:

— У нас возникли проблемы. Решение, которое мы приняли в прошлый раз, под угрозой срыва.

— Что произошло? — спросил Бальдр.

— Связной — Гарри Ланц — мертв.

— Мертв? Как это произошло?

— Его убили. Тело было обнаружено в воде в бухте Буэнос-Айреса.

— Полиции известно, кто это сделал? Я имею в виду, они могут выйти на нас?

— Нет. Мы в полной безопасности.

— А как наш план? — спросил Тор. — Он будет выполнен?

— Пока неизвестно. Мы не знаем, как войти в контакт с Ангелом. Правда, Контролер дал Гарри Ланцу разрешение назвать его имя. Если Ангел заинтересован в нашем предложении, он сам свяжется с нами. Нам остается только ждать.

Аршинный заголовок в «Дейли юнион», газете, выходящей в Джанкшн-Сити, гласил: «МЭРИ ЭШЛИ ОТКАЗЫВАЕТСЯ ОТ ДОЛЖНОСТИ ПОСЛА».

Дальше шли на двух столбцах статья про Мэри и ее фотография. Местная радиостанция целый день сообщала новости о новой знаменитости города. То, что Мэри Эшли отказалась от предложения, делало новость еще интереснее. В глазах гордых горожан Джанкшн-Сити в Канзасе был гораздо важнее, чем Бухарест в Румынии.

Направляясь за покупками, Мэри постоянно слышала свое имя по радио.

«...Ранее президент Эллисон объявил, что назначение посла США в Румынию будет началом программы «народной дипломатии», краеугольным камнем его внешнеполитического курса. Как отказ Мэри Эшли скажется на...»

Она переключила радио на другую станцию.

«...Замужем за доктором Эдвардом Эшли. Полагают, что...»

Она выключила радио. Сегодня утром было не менее сорока звонков от друзей, соседей, студентов и просто любопытных. Ей позвонили репортеры даже из Токио и Лондона. «Они раздули из этого целую историю, — подумала Мэри. — Ведь это не моя вина, что президент решил, что успех его программы зависит от Румынии. Думаю, через пару дней вся эта шумиха закончится».

Она въехала на заправочную станцию и остановилась возле колонки самообслуживания.

Не успела Мэри выйти из машины, как к ней бегом бросился владелец станции мистер Блонт.

— Доброе утро, миссис Эшли. Послы не должны сами заправлять свои машины. Давайте я.

— Спасибо, — улыбнулась Мэри. — Я уже к этому привыкла.

— Нет-нет. Я настаиваю.

Заправив машину, Мэри отправилась на Вашингтон-стрит и остановилась возле обувного магазина.

— Доброе утро, госпожа посол, — приветствовал ее продавец.

«Это уже начинает надоедать», — подумала Мэри, а вслух сказала:

— Доброе утро, только я совсем не посол. — Она протянула ему пару туфель: — Надо поставить новую подошву на туфли Тима.

Продавец взял их:

— Не те ли это туфли, что мы ремонтировали на прошлой неделе?

— И на позапрошлой тоже, — вздохнула Мэри.

* * *

Затем Мэри заехала в супермаркет. Миссис Хэкер, заведующая отделом готового платья, сказала:

— По радио только про вас и говорят. Вы сделали Джанкшн-Сити знаменитым, госпожа посол.

— Я не посол, — терпеливо объяснила Мэри. — Я отказалась.

— Я же и говорю.

Спорить было бесполезно.

— Мне нужны джинсы для Бет. Желательно самые крепкие.

— Сколько ей уже? Десять?

— Двенадцать.

— Господи, как сейчас дети быстро растут. Не успеешь глазом моргнуть, как они уже взрослые.

— Бет родилась уже взрослой.

— А как Тим?

— Такой же, как и Бет.

Мэри потратила времени на покупки в два раза больше, чем обычно. Всем хотелось поговорить с ней. Она зашла в бакалейную лавку и принялась разглядывать этикетки, когда к ней подошла миссис Дилон, хозяйка.

Доброе утро, миссис Эшли.

— Доброе утро, миссис Дилон. У вас есть какие-нибудь завтраки, в которых бы ничего не было?

— Что?

Мэри посмотрела в список.

— Ни искусственных красителей, ни натрия, ни жиров, ни вкусовых добавок.

Миссис Дилон взглянула в список.

— Это для какого-нибудь медицинского эксперимента?

82

то-то в этом роде. Это для Бет. Она собирается есть только натуральную пищу.

— Почему бы не отвести ее на луг, чтобы она попаслась?

Мэри рассмеялась:

— Мой сын так ей и сказал. — Она взяла банку и посмотрела на этикетку. — Это моя вина. Не следовало учить ее читать.

Мэри осторожно вела машину, направляясь домой. Был небольшой мороз. Дул пронизывающий ветер. Все было покрыто снегом, и Мэри вспомнила, как прошлой зимой обледенели провода высоковольтных линий. Электричества не было почти целую неделю. Каждую ночь они с Эдвардом занимались любовью. «Может, этой зимой нам тоже повезет», — улыбнулась она.

Когда Мэри приехала домой, Эдвард еще не вернулся из больницы. Тим смотрел фильм по телевизору. Мэри положила продукты и подошла к окну.

— Тебе что, не надо делать домашнюю работу?

— Я не могу.

— Это почему?

— Я ничего не понимаю.

— Ты ничего и не будешь понимать, если станешь смотреть телевизор. Ну-ка дай мне учебник.

Тим протянул ей учебник по математике для пятого класса.

— Эти задачи глупые, — сказал он.

— Нет глупых задач. Есть только глупые ученики. Давай посмотрим. — Мэри принялась читать условие вслух: — «Поезд вышел из Миннеаполиса со ста сорока девятью пассажирами. Когда в Атланте сели новые пассажиры, всего их оказалось двести двадцать три. Сколько человек сели в поезд в Атланте?» — Она посмотрела на сына. — Это же так просто, Тим. От двухсот двадцати трех отнимаешь сто сорок девять.

— Нет, так нельзя, — хмуро сказал Тим. — Надо составить уравнение. Сто сорок девять плюс икс равняется двумстам двадцати трем. Икс равняется двумстам двадцати трем минус сто сорок девять. Икс равняется семидесяти четырем.

— Глупая задача, — сказала Мэри.

Проходя мимо комнаты Бет, Мэри услышала шум. Она вошла. Бет сидела на полу, скрестив ноги, смотрела телевизор, слушала проигрыватель и делала домашнюю работу.

— Как ты можешь сосредоточиться в такой обстановке? — прокричала Мэри.

Она подошла к телевизору и выключила его, затем выключила проигрыватель.

Бет удивленно посмотрела на нее:

— Зачем ты это сделала? Ведь это Джордж Майкл.

Вся комната Бет была увешана портретами рок-музыкантов. Здесь были «Кисс», Ван Хален, «Мотли Крю», Альдо Нева и Дэвид Ли Рут. На кровати лежали музыкальные журналы для молодежи. На полу валялась одежда.

Мэри беспомощно смотрела на этот беспорядок.

— Бет, как ты можешь так жить?

Бет непонимающе посмотрела на мать:

— Как — так?

— Ладно, — сказала Мэри. Она посмотрела на конверт, лежащий на столе. — Ты пишешь Рику Спрингфильду?

— Я влюблена в него.

— Я думала, ты влюблена в Джорджа Майкла.

— Я сгораю по Джорджу Майклу, но влюблена в Рика Спрингфильда. Мама, ты в свои молодые годы сгорала по кому-нибудь?

— В мои годы мы об этом не думали.

Бет вздохнула:

— Ты знаешь, что у Рика Спрингфильда было трудное детство?

— Честно говоря, Бет, я понятия об этом не имею.

— Ужас какой-то. У него отец был военным, и они постоянно переезжали. Он тоже вегетарианец. Как и я. Он такой замечательный.

«Так вот откуда у нее страсть к диете!»

— Мама, можно я пойду в субботу в кино с Вирджилом?

— С Вирджилом? А что случилось с Арнольдом?

Бет помолчала, а потом сказала:

— Арнольду захотелось побаловаться. Он маньяк какой-то.

Мэри постаралась, чтобы ее голос звучал ровно:

— «Побаловаться» — это значит...

— Если у меня начинает расти грудь, то мальчишки думают, что со мной все можно. Мама, тебя когда-нибудь смущало твое тело?

Мэри подошла к Бет и обняла ее.

— Да, моя дорогая. Когда мне было столько лет, сколько сейчас тебе, меня очень смущало мое тело.

— Мне не нравится, что у меня начались месячные, растет грудь и волосы на теле. Почему это так?

— Это бывает со всеми девушками, и тебе надо привыкнуть.

— Нет, я не хочу. — Она вырвалась и крикнула: — Я совсем не против любви, но я никогда не буду заниматься сексом. Ни с кем. Ни с Арнольдом, ни с Вирджилом, ни с Кевином.

— Ну, если ты так решила, — сказала торжественно Мэри.

— Именно! Мама, а что сказал президент Эллисон, когда ты сообщила, что отказываешься быть послом?

— Он мужественно воспринял эту новость, — уверила ее Мэри. — Пожалуй, займусь ужином.

Мэри ненавидела готовить и не умела этого делать. А поскольку ей нравилось, чтобы все было как надо, от этого она ненавидела кухню еще больше. Это был какой-то замкнутый круг. Хорошо, что три раза в неделю приходила Люсинда убирать дом и готовить ужин. Сегодня у Люсинды был выходной.

Когда Эдвард вернулся из больницы, Мэри была на кухне, пытаясь спасти подгоревшие бобы. Она выключила плиту и поцеловала Эдварда.

— Привет, милый. Как прошел день?

— Кстати, сегодня ко мне привели тринадцатилетнюю девочку с вагинальным герпесом.

— О Боже. — Она выбросила бобы и открыла банку с помидорами.

— Ты знаешь, я начинаю беспокоиться за Бет

— Не стоит, — заверила его Мэри. — Она собирается умереть   евственницей.

За ужином Тим спросил:

— Папа, может, вы подарите мне на день рождения доску для серфинга?

— Тим, мне не хочется тебя разочаровывать, чо ведь ты живешь в Канзасе.

— Я знаю. Но Джонни пригласил меня провести с ним каникулы на Гавайях. У его предков есть пляжный домик на острове Мауи.

Что же, — сказал Эдвард, — если у Джонни есть пляжный домик, то должна быть и доска.

Тим повернулся к матери:

— Можно мне будет с ним поехать?

— Посмотрим. Тим, не ешь так быстро. Бет, ты совсем ничего не ешь.

— Я не вижу здесь человеческой еды. — Она посмотрела на родителей: — Вот что я вам скажу: я собираюсь поменять имя.

— А в чем дело? — осторожно спросил Эдвард.

— Я решила заняться шоу-бизнесом.

Мэри и Эдвард переглянулись.

— Господи, — произнес Эдвард.

Глава 8

В 1965 году крупный скандал потряс мировые секретные службы. Мехди бен Барку, оппозиционного лидера, боровшегося против марокканского короля Хасана II, выманили в Париж из его убежища в Женеве и с помощью Французской секретной службы убили. После этого инцидента президент Шарль де Голль вывел Французскую спецслужбу из подчинения премьер-министра и передал ее под контроль министерства обороны. Именно поэтому министр обороны Ролан Пасси отвечал теперь за безопасность Марина Грозы, которому Франция предоставила политическое убежище. Жандармы охраняли виллу в Нейи круглосуточно, но министра успокаивал лишь тот факт, что Лев Пастернак лично занимается безопасностью эмигранта. В свою очередь, Ролан Пасси сам ознакомился с системой внутренней безопасности и был твердо уверен, что на виллу проникнуть невозможно.

В последние несколько недель стали циркулировать слухи, что готовится переворот, что Марин Гроза собирается вернуться в Румынию и что военные поддерживают его в стремлении сбросить Александру Ионеску.

Лев Пастернак постучал в дверь и вошел в библиотеку, которая служила Марину Грозе кабинетом. Гроза работал, сидя за письменным столом. Он поднял глаза на Пастернака.

— Все хотят знать, когда произойдет революция, — сказал тот.

— Это самый известный секрет во всем мире. Скажи им, пусть наберутся терпения. Лев, ты поедешь со мной в Бухарест?

Больше всего на свете Пастернак хотел вернуться в Израиль. «Это у меня временная работа, — уже давно сказал он Марину Грозе. — Пока ты не будешь готов к действию». «Временная» работа длилась недели, месяцы, так прошло три года. А теперь надо было принимать еще одно решение.

«В мире пигмеев, — подумал Лев Пастернак, — я удостоился чести служить гиганту». Лев никогда не встречал более бескорыстного и самоотверженного человека, чем Марин Гроза. Когда Пастернак начал работать с Марином Грозой, его заинтересовало, где семья Грозы. Гроза никогда не говорил о своих близких, но один офицер рассказал ему следующее:

— Грозу предали. Секуритате захватила его и пытала несколько дней. Они пообещали отпустить его, если он выдаст своих товарищей по подполью. Он ничего не сказал. Тогда они арестовали его жену и четырнадцатилетнюю дочь и привели в камеру пыток. Грозе сказали: либо он заговорит, либо увидит, как они умрут. Трудно себе представить более страшное испытание для человека. Жизнь жены и дочери против сотен жизней товарищей, которые верили ему. Я думаю, Гроза пришел к выводу, что его семью все равно убьют. Он отказался выдать соратников. Его привязали к стулу и заставили смотреть, как жену и дочь насиловали до тех пор, пока они не умерли. Но и на этом его страдания не закончились — охранники кастрировали его.

— Господи!

Офицер посмотрел в глаза Льва Пастернака и сказал:

— Главное, чтобы вы понимали: Марин хочет вернуться в Румынию не для того, чтобы отомстить. Он хочет дать свободу своему народу. Он хочет, чтобы такое никогда больше не повторилось.

В тот день Лев Пастернак стал работать на Грозу и с каждым днем все больше и больше проникался любовью к революционеру. Теперь ему предстояло решить — возвращаться в Израиль или поехать с Грозой в Румынию.

В тот вечер Пастернак, проходя по коридору мимо спальни Марина Грозы, услышал крики. «Значит, сегодня пятница», — подумал он. День, когда приходили проститутки. Их выбирали наугад в Англии, США, Бразилии, Японии, Таиланде и других странах. Они не знали, куда и к кому поедут. Их встречали в аэропорту Шарль де Голль, везли прямо на виллу, а через несколько часов опять отвозили в аэропорт и сажали в самолет. Каждую ночь по пятницам были слышны крики Марина Грозы. Все полагали, что Марин — извращенец. Единственный человек, кто знал, что именно происходит за дверями спальни, был Лев Пастернак. Визиты проституток не имели ничего общего с сексом. Они были инструментом покаяния. Раз в неделю Гроза раздевался догола, а женщина привязывала его к стулу и истязала до крови кнутом. Каждый раз когда его хлестали, он представлял, как насилуют его жену и дочь. И тогда он начинал кричать: «Простите! Я все расскажу! Господи, сделай так, чтобы я им все рассказал...»

Телефонный звонок раздался через десять дней после того, как было обнаружено тело Гарри Ланца. Контролер проводил совещание со своими подчиненными, когда ему сообщили об этом по внутреннему селектору.

— Я знаю, что вы просили вас не беспокоить, но вам звонят из-за границы. С вами срочно хотят поговорить. Некая Неуса Муньес звонит из Буэнос-Айреса. Я сказал ей...

— Все в порядке. — Контролер умел сдерживать свои чувства. — Я буду говорить из своего кабинета. — Он извинился, прошел к себе, запер дверь на ключ и поднял трубку. — Алло? Это мисс Муньес?

— Ну, — услышал он грубый голос необразованной женщины, говоривший с латиноамериканским акцентом. — У меня к вам послание от Ангела. Ему не понравился посредник, которого вы послали.

Контролер тщательно подбирал слова:

— Извините. Но мы все равно хотим, чтобы Ангел выполнил наше задание. Это возможно?

— Ну. Он согласен.

Контролер облегченно вздохнул:

— Прекрасно. Как мне передать аванс?

Женщина рассмеялась:

— Ангелу не нужен аванс. Ангела никто не обманет. — Ее голос звучал зловеще. — Когда работа будет сделана, он говорит, чтобы вы положили деньги — минутку, я где-то записала, ага — в государственный банк в Цюрихе. Это где-то в Швейцарии. — Она производила впечатление слабоумной.

— Мне нужен номер счета.

— Ах да. Номер... Господи, я забыла. Подождите, где-то он тут записан. — Он услышал шелест бумаги. — Вот он. Д — три — четыре — девять — ноль — семь — семь.

Он повторил номер.

— Когда он сможет это сделать?

— Когда он будет готов, сеньор. Ангел сказал, что вы узнаете об этом из газет.

— Хорошо. Я вам дам свой личный телефон, если Ангелу надо будет связаться со мной

Он медленно продиктовал номер.

Тбилиси, Советский Союз

Встреча проходила на отдаленной даче, стоящей на берегу Куры.

— Появилось два новых вопроса. Сначала хорошие новости. Контролер получил послание от Ангела. Дело продвигается.

— Прекрасная новость! — воскликнул Фрейр. — А какая плохая?

— Боюсь, что это касается президентского кандидата на должность посла в Румынии, но ситуация под контролем...

Мэри Эшли было трудно сосредоточиться на занятиях. Что-то изменилось. В глазах студентов она стала знаменитостью. Это было пьянящее чувство. Она замечала, как все с жадностью ловят ее слова.

— Как вы знаете, 1956 год был переломным для многих восточноевропейских стран. С приходом к власти Гомулки в Польше возрождается национальный коммунизм. В Чехословакии во главе компартии становится Антонин Маворони. В том году в Румынии не произошло никаких крупных изменений..

Румыния... Бухарест... Глядя на фотографии, Мэри видела, что это один из красивейших городов Европы. Она не забыла тех историй, которые рассказывал про Румынию ее дедушка. Она помнила, как в детстве боялась сказок про князя Влада из Трансильвании. Он был вампиром, он жил в своем замке, стоящем высоко в горах Брашова, и пил кровь невинных жертв.

Мэри внезапно почувствовала, что в аудитории воцарилась тишина. «Интересно, долго ли я мечтала?» — подумала она. Она быстро стала диктовать дальше:

— В Румынии Георге Георгиу-Деж укреплял свои позиции в рабочей партии.

Казалось, занятие никогда не закончится, но наконец прозвучал спасительный звонок.

— На дом я задаю вам написать об экономическом планировании в СССР, описать работу государственных органов, сделав упор на партийный аппарат. Я хочу, чтобы вы сделали анализ советской внешней политики, как она сказывается на Польше, Чехословакии и Румынии.

Румыния... Добро пожаловать в Румынию, госпожа посол. Ваш лимузин отвезет вас в посольство. Ваше посольство. Ей предлагалась возможность жить в одной из красивейших стран Европы, докладывать обо всем лично президенту, быть в центре программы «народной дипломатии». «Я могла бы войти в историю».

Звонок прервал ее мечты. Пора было переодеваться и ехать домой. Сегодня Эдвард должен рано приехать из больницы. Он пригласил ее на ужин в загородный клуб.

Подходящее место для неудавшегося посла.

— Внимание! Внимание! — хрипел из динамиков голос. Вскоре послышались сирены машин «скорой помощи», спешивших в больницу. Городская больница в Джери представляла собой трехэтажное здание, стоящее на холме в юго-восточной части Джанкшн-Сити. В больнице было шестьдесят мест, две современные операционные, лаборатории и административные помещения.

Эта пятница выдалась на редкость трудной. Палаты на первом этаже уже были заполнены ранеными солдатами, прибывшими из Форт-Райли, где размещалась первая пехотная дивизия, в Джанкшн-Сити, чтобы повеселиться и отдохнуть.

Доктор Эдвард Эшли накладывал швы на голову солдата, пострадавшего в пьяной драке. Эдвард работал в этой больнице уже тринадцать лет, а до этого был военным врачом в ВВС и носил капитанские погоны. Ему предлагали работать в престижных больницах крупных городов, но он предпочел остаться здесь.

Закончив, он поднял голову и посмотрел по сторонам. По крайней мере еще дюжина солдат ждали своей очереди, чтобы им наложили швы. Он услышал сирены приближавшихся машин «скорой помощи».

— Знакомая мелодия, — сказал он.

Доктор Дуглас Шайфер, занимавшийся огнестрельной раной, кивнул:

— Такое впечатление, что мы на войне.

— Это единственная война, которая у них есть, — сказал Эдвард. — Приехать сюда на выходные и напиться. Им тяжело. — Он похлопал солдата по плечу: — Ну вот и все, сынок. Теперь ты как новый. — Он повернулся к Дугласу Шайферу: — Пойдем посмотрим, кого там привезли.

Раненый был одет в солдатскую форму. На вид ему было не больше восемнадцати лет. Он находился в состоянии шока. Дыхание было затруднено, на лбу выступили капли пота. Доктор Эшли пощупал пульс. Он был слабый и прерывистый. На кителе расползлось кровавое пятно. Доктор Эшли повернулся к одному из санитаров, которые привезли раненого:

— Что с ним случилось?

— Его ударили ножом в грудь, доктор.

— Надо посмотреть, не задето ли легкое. Нужно срочно сделать рентгеновский снимок грудной клетки, — обратился он к сестре.

Доктор Дуглас Шайфер осматривал яремную вену. Он взглянул на Эдварда:

— Она вздута. Похоже, задет перикард. — Это означало, что мешочек, защищавший сердце, был наполнен кровью и теперь давил на сердце, не давая ему биться нормально.

Медсестра, следившая за давлением крови у раненого, сказала:

— Кровяное давление быстро падает.

Монитор, на котором змеилась кривая кардиограммы, показывал, что сердце не справляется. Они теряли больного.

Другая медсестра подбежала со снимком. Эдвард быстро посмотрел на него.

— Перикардиальная тампонада.

Сердце было задето. Одно легкое не работало.

— Вставьте трубку и расширьте легкое. — Голос Эдварда звучал тихо, но в нем чувствовалась тревога. — Вызовите анестезиолога. Придется вскрывать грудную клетку.

Медсестра передала Дугласу эндотрахейную трубку.

Эдвард кивнул ему:

— Давай.

Дуглас принялся осторожно проталкивать трубку в трахею солдата. На другом конце трубки была резиновая груша, и Шайфер стал ритмично сжимать ее, вентилируя легкое. Линия на мониторе была почти прямой. В комнате запахло смертью.

— Готов парень.

Не было времени везти его в операционную. Доктору Эшли надо было срочно принимать решение.

— Будем делать торакотомию. Скальпель!

Скальпель тут же оказался в его руке. Эдвард уверенно разрезал грудную клетку. Крови почти не было, так как сердце уже не работало.

— Ретрактор!

Инструмент сразу вложили ему в руку. Он ввел его внутрь груди и раздвинул ребра.

— Ножницы!

Он должен был найти перикардиальный мешочек. Он надрезал его, и кровь, застоявшаяся там, брызнула так, что попала на него и стоящих рядом медсестер. Доктор Эшли принялся делать массаж сердца. Монитор ожил, и стал прощупываться пульс. На вершине левого желудочка был небольшой разрыв.

— Отвезите его в операционную.

Через три минуты больной уже лежал на операционном столе.

— Переливание крови. Тысячу кубиков.

Не было времени выяснять группу крови, поэтому взяли универсальную донорскую кровь — группа 0, резус отрицательный. Когда началось переливание, доктор Эшли сказал:

— Приготовьте трубку номер тридцать два.

Сестра подала ему трубку.

— Я закончу сам, — предложил Шайфер. — А ты, Эд, пойди вымойся и переоденься.

Хирургический халат Эдварда был весь в крови. Он посмотрел на монитор. Сердце билось сильно и ровно.

— Спасибо.

Приняв душ и переодевшись, доктор Эшли принялся заполнять историю болезни. У него был уютный кабинет, заставленный стеллажами с медицинскими книгами и спортивными кубками. В кабинете стояли стол, кресло и два стула. На стене в аккуратных рамочках висели его дипломы.

У Эдварда ломило все тело. В то же время он чувствовал сексуальное возбуждение, как всегда после сложных хирургических операций. «Встреча один на один со смертью увеличивает жизненную силу, — как-то объяснил ему один психиатр. — А занятия любовью — это утверждение непрерывности жизни». Эдвард подумал: «Что бы там ни было, я хочу, чтобы Мэри была здесь».

Выбрав трубку на полке, он закурил и сел в кресло, вытянув ноги. Мысли о Мэри вызывали в нем чувство вины. Это из-за него она отказалась от предложения президента. Хотя его доводы были резонными. «Но дело не только в этом, — признался себе Эдвард. — Я просто почувствовал ревность. Я вел себя как избалованный ребенок. А что, если бы мне президент предложил нечто подобное? Я прыгал бы до потолка. Господи! Мне просто хотелось, чтобы Мэри осталась дома и заботилась обо мне и о детях. Какая же я свинья!»

Загородный клуб Джанкшн-Сити представлял собой трехэтажное здание, сложенное из известняка и стоящее среди холмов. Здесь были поле для гольфа, два теннисных корта, бассейн, бар, ресторан, зал для игры в карты.

Родители Эдварда и Мэри были членами этого клуба, поэтому они сами были приняты в него еще в детстве. Загородный клуб был символом благосостояния в их маленьком городке.

Когда Эдвард и Мэри приехали, было уже поздно и почти все уже разошлись. Те, кто остался, не сводили глаз с Мэри, перешептываясь. Мэри уже привыкла к этому.

Эдвард посмотрел на жену:

— Не жалеешь?

Конечно, она жалела. Но это все были несбыточные мечты, которые есть у каждого человека. Если бы я была принцессой... Если бы я была миллионершей... Если бы... Если бы...

Мэри улыбнулась:

— Совсем нет, дорогой. Просто приятно, что мне сделали такое предложение. Я бы все равно не смогла оставить тебя и детей. — Она взяла его за руку. — Я не жалею. Я рада, что отказалась.

Он наклонился к ней и прошептал:

— Я хочу сделать одно предложение, от которого ты не сможешь отказаться.

— Тогда пошли, — улыбнулась Мэри.

В самом начале, как только они поженились, их занятия любовью были жаркими и требовательными. Они чувствовали друг к другу непреодолимое физическое влечение и получали удовлетворение, лишь когда совсем выбивались из сил. Время смягчило чувства, но радостные эмоции остались.

Вернувшись домой, они не спеша разделись и легли в постель. Эдвард крепко держал ее в объятиях, лаская ее лицо, грудь, нежно проводя рукой все ниже и ниже.

— Как прекрасно, — простонала Мэри. Она принялась целовать его тело, чувствуя, как он возбуждается все сильнее.

Затем они до изнеможения занимались любовью. Эдвард крепко прижал к себе жену.

— Я так сильно люблю тебя, Мэри.

— Я люблю тебя в два раза больше. Спокойной ночи, дорогой.

В три часа ночи тишину разорвал телефонный звонок. Эдвард снял трубку:

— Алло...

— Доктор Эшли? — произнес взволнованный женский голос.

— Да...

— У Пита Граймса сердечный приступ. У него ужасные боли. Похоже, что он умирает. Я не знаю, что делать.

Эдвард сел в кровати, пытаясь прогнать сон.

— Ничего не делайте. Пусть он не шевелится. Я буду через полчаса.

Он повесил трубку, встал с кровати и принялся одеваться.

— Эдвард...

Он посмотрел на Мэри. Ее глаза были полуоткрыты.

— Что случилось?

— Все в порядке. Спи.

— Разбуди меня, когда вернешься, — пробормотала Мэри. — Я опять тебя хочу.

— Я постараюсь вернуться побыстрее, — улыбнулся Эдвард.

Через пять минут он уже направлялся к ферме Граймса.

Он ехал по Олд-Милфорд-роуд. Ночь была холодная и сырая. Эдвард включил печку. Ведя машину, он думал, что зря не позвонил в «Скорую помощь» перед тем, как выйти из дома. Последние два «сердечных приступа» Пита Граймса оказались обострением язвы.

Он свернул на дорогу номер 18, которая проходила через Джанкшн-Сити. Город спал. Дул пронзительный холодный ветер.

Доехав до 6-й улицы, Эдвард свернул на дорогу 57. Сколько раз он ездил здесь летом, когда с полей доносятся запахи свежести, а вдоль дорог стоят стога сена. А сколько раз он ездил тут зимой, когда все покрыто снегом, а в морозном воздухе поднимается дым из труб. Непередаваемое чувство одиночества, когда в ночной темноте мимо тебя пролетают поля и деревья.

Эдвард быстро вел машину, не спуская глаз с дороги. Он подумал о Мэри, которая ждет его. «Разбуди меня, когда вернешься. Я опять тебя хочу».

Он был так счастлив. Он был готов на все ради нее. «Я приготовлю ей такой медовый месяц, о каком она и не мечтала», — пообещал он себе.

Впереди, на пересечении дорог 57 и 77, стоял знак остановки. Когда Эдвард повернул на дорогу 77, откуда-то появился грузовик. Эдвард услышал шум его двигателя и увидел его фары, надвигающиеся прямо на него. Это был армейский пятитонный грузовик. Последний звук, который услышал Эдвард, был его собственный крик.

Звон колоколов церкви Нейи растаял в воздухе. Жандармы, охранявшие виллу Марина Грозы, не обратили никакого внимания на пыльный «рено», проехавший мимо. Ангел вел машину медленно, но не настолько, чтобы возбудить подозрение. Два охранника у ворот, высокая стена, очевидно, под током. Различные приспособления инфракрасные лучи и тому подобное. Понадобилась бы целая армия, чтобы атаковать такую виллу.

«Мне не нужна армия, — подумал Ангел.   Только мой гений способен на это. Марин Гроза уже не жилец на этом свете. Если бы только моя мать видела, сколько у меня денег. Как она была бы счастлива».

В Аргентине бедные семьи были действительно бедными. А мать Ангела была одной из несчастных матерей-одиночек. Никто не знал, кто отец Ангела. Он видел, как его друзья и родственники умирали от голода и болезней. Смерть была образом жизни. Ангел рассуждал философски: «Раз это все равно должно случиться, почему на этом нельзя заработать?» Вначале многие сомневались в его способностях убивать, но те, кто становился у него на пути, имели обыкновение куда-то исчезать. Слава Ангела как убийцы росла. «Я никогда не допускаю просчетов,   у-мал Ангел. — Я — Ангел. Ангел смерти»

Глава 9

На покрытой снегом дороге было полно машин с красными мигалками, которые окрашивали морозный воздух в кровавый цвет. Пожарная машина, «скорая помощь», тягач, четыре патрульные машины, а в центре — освещаемый фарами пятитонный армейский тягач «М-871» и, практически под ним, искореженная машина Эдварда Эшли. Дюжина полицейских и пожарных стояли в стороне, притопывая ногами, чтобы не замерзнуть в этот предрассветный час. Посреди дороги лежало тело, накрытое брезентом. Подъехала машина шерифа, и не успела она остановиться, как оттуда выскочила Мэри Эшли. Она дрожала так сильно, что едва стояла на ногах. Увидев брезент, Мэри направилась к нему.

Шериф Манстер схватил ее за руку:

— Я бы на вашем месте не стал смотреть на него.

— Пустите меня! — закричала она и, вырвавшись, побежала вперед.

— Пожалуйста, миссис Эшли. Вам не надо смотреть на него.

Он подхватил ее, когда она потеряла сознание.

Она очнулась на заднем сиденье машины шерифа. Манстер сидел на переднем сиденье и наблюдал за ней. Печка была включена, и в машине было жарко.

— Что случилось? — тихо спросила Мэри.

— Вы упали в обморок.

Внезапно она вспомнила. «Вам не надо смотреть на него». Мэри посмотрела в окно на машины с красными мигалками и подумала: «Это сцена из ада». Несмотря на жару в машине, у нее стучали зубы.

— Как это... — Ей было трудно говорить. — Как это с-случилось?

— Он проехал на знак. Армейский тягач, что ехал по дороге 77, пытался свернуть, но ваш муж мчался прямо на него.

Она закрыла глаза и представила эту ужасную сцену. Она увидела, как грузовик врезается в машину Эдварда, и почувствовала его предсмертный страх.

Она с трудом произнесла:

— Эдвард был осторожным в-водителем. Он никогда бы не поехал на з-знак остановки.

— Миссис Эшли, — сочувственно сказал шериф, — у нас есть свидетели. Священник и две монахини видели, как все это случилось, и полковник Дженкинс из Форт-Райли. Все они говорят одно и то же. Ваш муж не остановился перед знаком.

Ей казалось, что время замедлило ход. Она видела, как тело Эдварда перенесли в машину «скорой помощи». Полицейские допрашивали двух монахинь, и Мэри подумала: «Они же там замерзнут».

— Тело отвезут в морг, — сказал шериф Манстер.

«Тело».

— Спасибо, — отозвалась Мэри.

Шериф встревоженно посмотрел на нее.

— Давайте я лучше отвезу вас домой, — предложил он. — Кто ваш семейный доктор?

— Эдвард Эшли, — сказала Мэри. — Эдвард Эшли — мой семейный доктор.

Позже она смутно вспоминала, как шериф привез ее домой. Флоренс и Дуглас Шайферы ждали ее в гостиной. Дети еще спали.

Флоренс обняла ее:

— О дорогая! Какое горе! Какое ужасное горе!

— Все в порядке, — сказала Мэри. — Эдвард попал в аварию. — Она хихикнула.

Дуглас внимательно посмотрел на нее:

— Давай я отведу тебя наверх.

— Со мной все в порядке, спасибо. Может, выпьете чаю?

— Пойдем, — сказал Дуглас, — я уложу тебя.

— Я не хочу спать. Может, вам что-нибудь приготовить?

Когда Дуглас вел ее наверх в спальню, Мэри сказала:

— Это была авария. Эдвард попал в аварию.

Дуглас Шайфер посмотрел в ее глаза. Они были пустыми и невидящими. Он почувствовал, как у него по телу пробежала дрожь.

Он спустился за своим медицинским чемоданчиком. Когда он вернулся, Мэри лежала неподвижно.

— Я дам тебе снотворного.

Он дал ей таблетку и сел рядом на кровати. Прошел час, а Мэри все еще не спала. Еще одна таблетка. Потом еще одна. Наконец она заснула.

Расследование по делу 1048 — об аварии со смертельным исходом — проходило очень строго. Так как здесь были замешаны и военнослужащие, то вместе с шерифом в расследовании принимал участие ОУР — отдел уголовных расследований вооруженных сил.

Шэл Плэнчард из ОУР Форт-Райли, шериф и его заместитель изучали рапорт о происшествии, сидя в кабинете шерифа на 9-й улице.

— Странно, — сказал шериф Манстер.

— Что такое, шериф? — спросил Плэнчард.

Вот, посмотрите. Пять очевидцев видели, как произошел несчастный случай, правильно? Священник и две монахини, полковник Дженкинс и водитель грузовика сержант Уэллис. И все они го орят, что машина доктора Эшли не остановилась перед знаком, повернула на другую дорогу и врезалась в армейский грузовик.

— Так оно и есть, — сказал представитель ОУР. — Что вам кажется странным?

Шериф Манстер почесал затылок.

— Мистер, вы когда-нибудь сталкивались с тем, что хотя бы два очевидца говорили одно и то же? — Он ударил кулаком по столу. — Меня удивляет, что каждый из этих пяти говорит точно так же, как и другие.

Представитель ОУР пожал плечами:

— Это лишний раз доказывает, что все так и случилось.

— Что-то мне здесь не нравится, — сказал шериф.

— Что?

— Что делали священник, две монахини и полковник на дороге 77 в четыре часа утра?

— Тут нет ничего удивительного. Священник и монахини направлялись в Леонардвилль, а полковник возвращался в Форт-Райли.

— Я проверил архив, — сказал шериф. — Доктор Эшли за все время был оштрафован всего один раз — шесть лет назад за неправильную парковку машины. Он никогда не попадал в аварию.

Представитель ОУР пристально посмотрел на него:

— Шериф, на что вы намекаете?

Манстер пожал плечами:

— Я ни на что не намекаю. Просто все это кажется мне странным.

— Речь идет о несчастном случае, который наблюдали пять свидетелей. Если вы полагаете, что здесь какой-то заговор, то ваша теория довольно шаткая. Если...

— Я знаю,   вздохнул шериф.   Если бы это было сделано преднамеренно, то грузовик скрылся бы И не надо было бы никаких свидетелей

103

— Точно. — Представитель ОУР встал и потянулся. — Ну, мне пора возвращаться на базу. Насколько я понимаю, водитель грузовика сержант Уэллис не виноват. — Он посмотрел на шерифа: — Вы согласны?

— Да, — выдавил шериф. — Это был несчастный случай.

Мэри проснулась от плача детей. Она лежала не шевелясь, боясь открыть глаза. «Это просто кошмарный сон. Я сплю, а когда проснусь, Эдвард будет жив». Но плач продолжался. Не в силах выносить его, она открыла глаза и уставилась в потолок. Наконец она заставила себя встать. Мэри чувствовала страшную усталость. Она пошла в спальню Тима. Флоренс и Бет тоже сидели там. Все они плакали.

«Если бы я тоже могла плакать, — подумала Мэри. — Господи, как мне хотелось бы заплакать!»

Бет посмотрела на Мэри:

— Папа действительно мертв?

Мэри кивнула, не в силах сказать ни слова. Она села на край кровати.

— Мне пришлось им все рассказать, — виновато сказала Флоренс. — Они собирались идти гулять.

— Все в порядке. — Мэри погладила Тима по голове. — Не плачь, дорогой. Все будет хорошо.

Ничего уже не будет хорошо.

Никогда.

Отдел уголовных расследований вооруженных сил США в Форт-Райли располагался в корпусе 196, окруженном со всех сторон деревьями. В своем кабинете на первом этаже Шэл Плэнчард, офицер ОУР, беседовал с полковником Дженкинсом.

— Боюсь, что у нас опять неприятности, сэр. Сержан эллис, шофер грузовика, который сбил того доктора...

— Что случилось?

— Умер сегодня от сердечного приступа.

— Жаль.

— Да, сэр, — ровным голосом сказал офицер ОУР. Его тело уже кремировали. Все это произошло так внезапно.

— Бедняга. — Полковник встал. — Меня переводят служить за границу. — Он улыбнулся. — С повышением.

— Поздравляю вас, сэр. Вы это заслужили.

Позднее Мэри поняла, что лишь состояние шока спасло ее от безумия. Ей казалось, что все это происходит с кем-то другим. Она как бы стояла в стороне, голоса доносились издалека, как будто через вату.

Отпевание происходило в небольшой церквушке на Джефферсон-стрит. Это было голубое здание с белым портиком и часами над входом. В церкви было полно друзей и коллег Эдварда, множество букетов и венков. На одном из них была прикреплена карточка: «Примите мои глубочайшие соболезнования. Пол Эллисон». Мэри, Бет и Тим сидели сбоку. Гроб с телом Эдварда был закрыт. Мэри старалась не думать об этом.

— Отче наш, — читал священник, — прими душу раба Божьего в свое царство, из земли рожденные в землю и возвратятся...

Она вспомнила, как они с Эдвардом катались на небольшой яхте по озеру Милфорд.

— Тебе нравится? — спросил он ее в первый день знакомства.

— Я никогда раньше не каталась на яхте.

— Тогда встречаемся в субботу, — сказал он.

Они поженились через неделю.

— Знаешь, почему я женился на тебе? — ехидничал Эдвард. — Ты прошла испытание. Все время смеялась и ни разу не упала за борт.

Когда отпевание закончилось, Мэри с детьми села в длинный лимузин и отправилась на кладбище.

Кладбище, самое старое в Джанкшн-Сити, было похоже на обширный парк, окруженный дорогой. Многие могильные камни были разрушены временем. Было холодно, поэтому погребение прошло быстро. Священник закрыл Библию.

Наконец все закончилось. Мэри с детьми стояли на пронизывающем ветру, глядя, как гроб опускают в могилу, вырытую в промерзшей земле.

«Прощай, мой любимый».

Считается, что смерть — это конец всего, но для Мэри Эшли это стало началом нескончаемых страданий. Они говорили с Эдвардом о смерти, но когда она внезапно стала реальностью, это было ужасно. Это совсем не то, что должно было произойти в каком-то неопределенном будущем. Никак нельзя было примириться, что Эдварда нет. Вся сущность Мэри отрицала его смерть. Когда он умер, все хорошее в мире умерло вместе с ним. Действительность пугала ее. Ей хотелось быть одной. Она чувствовала себя маленьким испуганным ребенком, которого бросили взрослые. Она поймала себя на мысли, что злится на Бога. Почему он не забрал ее первой? Она злилась на Эдварда, что он оставил ее, на детей, на себя.

«Я тридцатипятилетняя женщина с двумя детьми, и я не знаю, кто я такая. Когда я была миссис Эдвард Эшли, я была личностью, я принадлежала человеку, который принадлежал мне».

Время текло медленно, усиливая ее внутреннюю пустоту. Ее жизнь стала похожа на движущийся поезд без машиниста.

Флоренс и Дуглас, друзья Эдварда, приходили, чтобы побыть с ней и облегчить ее страдания. Но ей хотелось, чтобы ее оставили в покое. Однажды Флоренс застала Мэри перед телевизором, она смотрела футбольный матч.

— Она даже не заметила меня, — вечером сказала Флоренс мужу. — Она не сводила глаз с экрана. — Флоренс вздрогнула. — Так страшно.

— Почему?

— Мэри ненавидит футбол. Это Эдвард не пропускал ни одного матча.

Мэри собрала все силы и волю, чтобы покончить с делами, оставшимися после смерти Эдварда. Завещание, страховка, банковские счета, налоги, долги и прочие бумаги. Ей хотелось выгнать всех этих адвокатов и банкиров из дому. Пусть ее оставят в покое.

«Я не хочу с этим мириться», — думала она, заливаясь слезами. Эдвард умер, а их интересовали только деньги.

Наконец она заставила себя поговорить с ними.

Фрэнк Данфи, представитель банка, сказал:

— Боюсь, что после выплаты налогов и долгов от страховки почти ничего не останется, миссис Эшли. Ваш муж довольно небрежно относился к деньгам. Ему многие остались должны. Я договорюсь с судебным исполнителем, чтобы он собрал деньги с должников.

— Нет, — резко произнесла Мэри. — Эдварду это не понравилось бы.

Данфи был в отчаянии:

— Боюсь, что тогда у вас останется всего тридцать тысяч долларов наличными. Есть еще закладная на дом. Если вы его продадите...

— Эдварду бы не хотелось, чтобы я его продавала.

Она сидела прямо, погруженная в свои горестные мысли

«Господи, сделай так, чтобы и моя жена так же заботилась обо мне после моей смерти», — подумал Данфи

Но самое худшее было еще впереди. Надо было избавляться от личных вещей Эдварда. Флоренс хотела ей помочь, но Мэри отказалась:

— Нет, Эдварду это бы не понравилось.

Сколько было всяких вещей! Дюжина курительных трубок, кисет с табаком, две пары очков, конспект лекции, которую он уже никогда не прочтет. Она открыла шкаф Эдварда и провела рукой по костюмам, которые он никогда уже не наденет... Голубой галстук, который был на нем в последний раз. Его перчатки и шарф, которые согревали его зимой. Они не пригодятся ему в холодной могиле. Двигаясь как автомат, она отложила в сторону его бритву, зубные щетки.

Она нашла любовные записки, которые они писали друг другу, и вспомнила о тех счастливых днях, когда Эдвард начал заниматься частной практикой, рождественский вечер без индюшки, летние пикники, зимние катания на санках, ее первую беременность, когда они включили классическую музыку для еще не родившейся Бет, любовное письмо, что написал Эдвард, когда родился Тим, позолоченное яблоко, которое он подарил ей, когда она стала преподавать в университете. Сотни и сотни прекрасных вещей, от которых у нее на глаза наворачивались слезы. Его смерть казалась злой шуткой какого-то колдуна. Еще недавно он был живой, разговаривал, улыбался, любил, и вот он уже лежит в сырой земле.

«Я взрослый человек. Я должна смириться с реальностью. Нет, я не взрослая. Я не хочу мириться ни с чем. Я не хочу жить».

Ночью она лежала с открытыми глазами, думая, как легко будет присоединиться к Эдварду и покончить с невыносимой агонией, успокоиться от всего.

«Мы рождены, чтобы прийти к счастью, — думала Мэри. — Только конец всегда несчастливый. Нас ждет только смерть. Мы любим и радуемся, потом все это рушится без всякой причины. Мы будто на космическом корабле, что бороздит звездные просторы. Весь мир — Дахау, все мы — евреи».

Наконец она заснула, но посреди ночи ее вопли разбудили детей, и они прибежали к ней в спальню. Она обняла их.

— Ты ведь не умрешь, правда? — прошептал Тим.

«Я не могу себя убить, — подумала Мэри. — Я им нужна, Эдвард никогда бы мне этого не простил».

Ей надо было продолжать жить. Для них. Она должна была дать им любовь, которую не мог теперь дать им Эдвард. «Как ты нам всем нужен, Эдвард. Мы так нужны друг другу. Как странно, что смерть Эдварда перенести тяжелее, потому что у нас была такая счастливая жизнь. Столько причин, чтобы страдать без него, столько воспоминаний о том, что уже никогда не произойдет. Где ты, Господи? Ты слышишь меня? Помоги мне. Пожалуйста, помоги. Все мы умрем, и надо к этому привыкнуть. Мне надо привыкнуть. Я чудовищная эгоистка. Я вела себя глупо, будто я единственный в мире человек, который страдает. Бог не собирается наказывать меня. Жизнь огромна, как космос. В эту секунду где-то в мире кто-то теряет ребенка, катается на лыжах с гор, занимается любовью, причесывается, корчится от боли, поет на сцене, женится, умирает от голода. В конце концов, разве мы все не один и тот же человек? Вечность — это тысяча миллионов лет, и вечность назад каждый атом нашего тела был частичкой какой-то звезды. Посмотри на меня, Господи. Мы все часть твоей вселенной, и когда мы умираем, часть вселенной умирает с нами».

Эдвард был повсюду.

Он был в песнях, которые Мэри слушала по радио в дороге, по которой они ездили вместе. Рядом в постели, когда она просыпалась на рассвете.

«Мне сегодня надо встать пораньше, дорогая. Надо делать больному гистероктомию».

Она ясно слышала его голос. Она принималась разговаривать с ним:

— Я так волнуюсь за детей, Эдвард. Они не хотят ходить в школу. Бет говорит, что боится вернуться домой и застать меня мертвой.

Мэри ходила на кладбище каждый день, стоя на холоде, скорбела о том, что она потеряла навсегда. Но это не помогало ей найти душевный покой. «Тебя здесь нет, — думала она. — Скажи мне, где ты? Пожалуйста».

Она вспомнила рассказ Маргерит Юрсенар «Как спасся Ванг-фо». Это была история про китайского художника, которого император приговорил к смерти за ложь. Ведь художник утверждал, что создавал картины, которые были прекраснее действительности. Но художник перехитрил императора. Он нарисовал себе лодку и уплыл на ней. «Я бы тоже хотела уплыть, — подумала Мэри. — Я не могу быть здесь без тебя».

Флоренс и Дуглас пытались утешить ее.

— Ему сейчас хорошо, — успокаивали они ее. Это были простые слова утешения, только они совсем не утешали. Ни сейчас. Никогда.

Она часто просыпалась посреди ночи и мчалась в комнату к детям, убедиться, что они живы. «Мои дети умрут, — думала Мэри. — Все мы умрем. А люди ходят по улицам. Идиоты! Они смеются, но все они умрут. Их часы сочтены, а они проводят их за игрой в карты, смотрят глупые фильмы, бессмысленные футбольные матчи. Очнитесь! Земля — это бойня Господня, а мы все — жертвы. Неужели они не знают, что случится с ними и их любимыми?»

Ответ медленно доходил до нее через плотную пелену скорби. Конечно, они знают. Все их занятия лишь форма вызова, их смех — показная храбрость, происходящая из знания, что жизнь не вечна, что всем уготована одна и та же судьба. Вскоре ее страхи и злость понемногу стали исчезать, уступая место восхищению перед смелостью человеческих созданий. «Мне так стыдно. Я должна пройти свой путь. В конце концов все мы останемся в одиночестве, а пока мы должны давать друг другу тепло и любовь».

Библия гласит, что смерть — это всего лишь переход в другой мир. Эдвард никогда бы не оставил ее. Он где-то там.

Она продолжала вести с ним беседы. «Я разговаривала сегодня с учительницей Тима. У него отметки уже намного лучше. Бет простудилась и лежит в постели. Вчера я была на ужине у Шайферов. Они такая очаровательная пара. Вчера заходил декан. Он хотел узнать, собираюсь ли я дальше преподавать в университете. Я сказала, что пока нет. Я не хочу оставлять детей даже на минуту. Они во мне так нуждаются. А ты как считаешь, мне стоит вернуться в университет? Кстати, Дугласа повысили. Он теперь работает главным врачом».

Слышал ли ее Эдвард? Она не знала. Где Бог и есть ли он на самом деле? Может, его нет? Т.С. Элиот сказал: «Если у человека нет веры в какого-нибудь Бога, он даже не интересен».

Президент Пол Эллисон, Стэнтон Роджерс и Флойд Бейкер проводили совещание в Овальном кабинете. Госсекретарь сказал:

— Господин президент, на вас сильно давят. Думаю, что мы больше не можем тянуть с назначением посла в Румынию. Я хотел бы, чтобы вы еще раз просмотрели список, который я вам давал, и выбрали...

— Спасибо, Флойд. Я ценю твое старание. Но все-таки считаю, что Мэри Эшли — самая подходящая кандидатура. Ее семейные обстоятельства изменились. Ее несчастье может сыграть нам на руку. Я снова хочу попросить ее. — Он повернулся к Стэнтону Роджерсу: — Стэн, я хочу, чтобы ты слетал в Канзас и уговорил ее согласиться.

— Хорошо, господин президент.

Мэри готовила ужин, когда зазвонил телефон. Она сняла трубку, и телефонистка сказала:

— Вам звонят из Белого дома. Президент хочет поговорить с миссис Эдвард Эшли.

«Не сейчас, — подумала Мэри. — Я не хочу говорить ни с ним, ни с кем-либо другим».

Она вспомнила, как когда-то взволновал ее первый звонок.

— Это миссис Эшли, но я...

— Минутку, пожалуйста.

В трубке раздался знакомый голос:

— Миссис Эшли, это президент Пол Эллисон. Примите мои самые искренние соболезнования по поводу смерти вашего мужа. Он был прекрасным человеком.

— Спасибо, господин президент. Очень любезно было с вашей стороны прислать цветы.

— Я не хотел нарушить ваш покой, миссис Эшли. Я понимаю, что прошло так мало времени, но теперь ваши семейные обстоятельства изменились. Я прошу, чтобы вы еще раз обдумали мое предложение стать послом в Румынии.

— Спасибо, но я не думаю, что это возможно.

— Выслушайте меня, пожалуйста. Я посылаю к вам одного человека. Его зовут Стэнтон Роджерс. Я буду вам благодарен, если вы по крайней мере поговорите с ним.

Она не знала, что ответить.

Как объяснить, что весь мир для нее перевернулся, что вся ее жизнь разбита? Теперь ее интересовали только Тим и Бет. Она решила, что, так и быть, встретится с президентским посланником и по возможности тактично откажется от должности посла.

— Я поговорю с ним, господин президент, но вряд ли я изменю свое решение.

На бульваре Бино располагался бар, куда часто приходили отдохнуть охранники Марина Грозы в свободное время. Даже Лев Пастернак изредка заходил сюда. Ангел выбрал столик, откуда хорошо были слышны разговоры вокруг. Охранники расслаблялись здесь после изнурительных дежурств и много пили. А когда они пили, то языки у них развязывались. Ангел слушал, пытаясь определить уязвимое место на вилле. Такое место всегда было. И умный человек непременно мог обнаружить его.

Через три дня Ангел подслушал разговор, который дал ему ключ к решению проблемы.

Один охранник говорил:

— Не знаю, чем занимается Гроза с этими шлюхами, но уверен, что хлещут они его нещадно. Ты бы только слышал, как он кричит. На прошлой неделе я как-то заглянул в комнату, где он держит свои хлысты...

На другой вечер Ангелу удалось услышать следующее:

— У нашего бесстрашного лидера все шлюхи, как на подбор, красавицы. Их привозят со всего света. Лев сам этим занимается. Он парень не промах. Никогда не берет одну и ту же девочку два раза. Поэтому через них нельзя добраться до Марина Грозы.

Больше Ангелу ничего было не нужно.

На следующее утро Ангел заменил машину в пункте проката и поехал в Париж на «фиате». Секс-магазин находился на Монмартре, рядом с площадью Пигаль, районом, где обитали проститутки и сутенеры. Ангел вошел в магазин и, расхаживая между стеллажами, внимательно рассматривал предлагаемые товары. Здесь продавались наручники и цепи, кожаные трусики с разрезом спереди, вибраторы, мази для увеличения потенции, надувные куклы в натуральную величину и порнокассеты. Здесь также продавались хлысты в шесть футов длиной с шипами на конце.

Ангел выбрал хлыст, заплатил наличными и ушел.

На следующий день Ангел принес хлыст обратно. Продавец нахмурился:

— Товар обратно не принимается.

— Я не хочу его возвращать, — объяснил Ангел. — Просто неудобно ходить с ним. Я хотел бы, чтобы вы отослали мне его почтой. Я, разумеется, заплачу.

Вечером того же дня Ангел уже летел на самолете в Буэнос-Айрес.

Аккуратно упакованный хлыст привезли на виллу в Нейи на следующий день. Охранник внимательно осмотрел его. Он прочитал название магазина, развернул упаковку и тщательно проверил хлыст.

«Мало ему хлыстов, что ли?» — подумал он. Позже он отнес его в спальню Марина Грозы и поставил в шкаф рядом с другими хлыстами.

Глава 10

Форт-Райли, один из старейших действующих фортов в США, был построен в 1853 году, когда Канзас был еще индейской территорией. Он предназначался для защиты караванов от нападения индейских племен. Сейчас он использовался в основном как база для вертолетов и небольших военных самолетов.

Когда Стэнтон Роджерс приземлился на «ДС-7», его лично встретил командир базы. Рядом стоял лимузин, готовый отвезти его к Мэри Эшли. Роджерс позвонил Мэри сразу же после звонка президента.

— Я обещаю, что мой визит будет кратким, миссис Эшли. Я прилечу вечером в понедельник, если вам это удобно.

«Он такой вежливый. И такой известный человек. Почему президент решил послать его ко мне?» — подумала Мэри.

— Конечно, — ответила Мэри. — Может, вы с нами поужинаете? — добавила она.

Секунду поколебавшись, он ответил:

— Спасибо.

«Мне предстоит долгий скучный вечер», — подумал он.

Когда Флоренс Шайфер услышала об этом, она была вне себя от восторга:

— Президент послал своего советника по иностранным делам? Значит, ты примешь его предложение?

— Ничего подобного, Флоренс. Я просто пообещала президенту, что поговорю с ним. Вот и все.

Флоренс обняла Мэри.

— Поступай как угодно, лишь бы тебе было хорошо.

— Я знаю.

Стэнтон Роджерс — выдающийся человек, решила Мэри. Она видела его в передаче «Встреча с прессой» и на фотографиях в журнале «Тайм». Про себя она подумала: «Он в жизни гораздо крупнее». Разговаривал он вежливо, но как бы издалека:

— Позвольте мне снова передать вам самые глубокие соболезнования в связи с этой ужасной трагедией, миссис Эшли.

— Спасибо.

Она представила ему Тима и Бет. Они разговаривали на общие темы, пока Люсинда готовила ужин.

Когда Мэри сообщила Люсинде, что у них в гостях будет Стэнтон Роджерс и надо приготовить тушеное мясо, Люсинда ответила:

— Такие люди, как Стэнтон Роджерс, не едят тушеное мясо.

— Вот как? А что же они едят?

— Они предпочитают французскую кухню.

— А мы приготовим тушеное мясо.

— Как хочешь, — сказала Люсинда. — Но ему это не понравится.

Вместе с тушеным мясом она подала вареный картофель, свежие овощи и салат. На десерт испекла тыквенный пирог. Стэнтон Роджерс съел все, что лежало на его тарелке.

Во время ужина они говорили о проблемах фермеров-животноводов.

— Фермеры на Среднем Западе находятся в тисках низких закупочных цен и перепроизводства, — горячо сказала Мэри. — Хотя они и страдают, но не собираются идти с протянутой рукой.

Они говорили об истории Джанкшн-Сити, и наконец Стэнтон Роджерс завел речь про Румынию:

— Как вы относитесь к правительству президента Ионеску?

— В Румынии нет правительства как такового, — ответила Мэри. — Ионеску и есть правительство. Он контролирует все.

— Как вы считаете, там возможна революция?

— В настоящее время нет. Единственный, кто может свергнуть Ионеску, — это Марин Гроза, который сейчас живет во Франции.

Расспросы продолжались. Она была действительно экспертом по странам Восточной Европы, и Стэнтон Роджерс был поражен ее знаниями. У Мэри было неприятное чувство, что ее рассматривают под микроскопом.

«Пол был прав, — подумал Стэнтон Роджерс. — Она действительно крупный специалист по Румынии. Мало того, она прекрасно подходит вместе с детьми на роль представительницы Америки».

Мэри все больше и больше нравилась Стэнтону. Она была самым подходящим кандидатом.

— Миссис Эшли, — сказал Роджерс, — я буду с вами откровенен. С самого начала я был настроен против вас как возможного кандидата на роль посла в такой сложной стране, как Румыния. Я так и заявил президенту. Говорю я вам об этом потому, что теперь я изменил свое мнение. Я уверен, что вы будете превосходным послом.

Мэри покачала головой:

— Извините, мистер Роджерс. Я ведь вне политики. Я не профессионал.

— Как однажды мне сказал президент Эллисон, многие из наших самых блестящих дипломатов не были профессионалами. То есть у них не было опыта дипломатической службы. Уолтер Анненберг, бывший посол в Великобритании, был издателем.

— Но я...

— Джон Кеннет Гэлбрейт, наш посол в Индии, был преподавателем. Майк Мэнсфилд начал свою карьеру журналистом, потом стал сенатором, а после его назначили послом в Японию. Я могу привести вам десятки примеров. Это все люди, которых вы называете непрофессионалами. У них, миссис Эшли, была любовь к родине и добрая воля к людям той страны, в которую их посылали.

— По-вашему, это так просто...

— Как вы догадываетесь, вы прошли самую тщательную проверку. И прошли ее блестяще. По мнению декана Хантера, вы отличный преподаватель, и, конечно же, вы специалист по Румынии. Блестящее начало. И еще — вы как раз соответствуете тому образу, который президент хочет показать странам за «железным занавесом». Ведь их пропаганда делает из нас злодеев.

Мэри слушала его с задумчивым выражением лица.

— Мистер Роджерс, я хочу, чтобы вы и президент знали, как я ценю ваше внимание. Но я не могу. Я должна заботиться о Тиме и Бет. Я же не могу забросить их воспитание...

— В Бухаресте есть отличная школа для детей дипломатов, — сказал Роджерс. — Тим и Бет получат там прекрасное образование. Они научатся тому, чему никогда не научатся здесь.

Мэри совсем не так представляла себе разговор с Роджерсом.

— Не знаю... Мне надо подумать.

— Я останусь здесь до утра, — сказал Роджерс. — Я буду в мотеле «Ол сизонс». Поверьте, миссис Эшли, я понимаю, что вам нелегко принять решение. Но эта программа важна не только для президента, она важна для всей страны. Подумайте, пожалуйста.

Когда Стэнтон Роджерс ушел, Мэри поднялась наверх. Дети не спали, ожидая ее.

— Ну что, ты согласилась? — спросила Бет.

— Мне надо с вами посоветоваться. Если я соглашусь, это значит, что вам придется расстаться со школой и со всеми вашими друзьями. Вам придется жить в чужой стране, языка которой вы не знаете, и ходить в чужую школу.

— Мы с Тимом уже говорили об этом, — сказала Бет, — и знаешь, что мы решили?

118

— Что?

— Что любая страна будет счастлива иметь **такого по-сла**, как ты, мама.

Той ночью она опять разговаривала с Эдвардом: «Ты бы только послушал его, дорогой. Такое впечатление, будто я действительно нужна президенту. Хотя есть миллион людей, которые сделают эту работу лучше меня, все равно приятно. Ты помнишь, как мы думали, насколько будет здорово? Ну вот, у меня опять есть шанс. А я не знаю, что мне делать. Сказать по правде, я боюсь, ведь здесь наш дом. Как я могу оставить его? Здесь мне все напоминает тебя. Это все, что осталось от тебя. Помоги мне. Пожалуйста». Она почувствовала, что плачет.

Сидя в ночной рубашке возле окна, она смотрела на деревья, качающиеся от ледяного ветра.

На рассвете она приняла решение.

В девять утра Мэри позвонила в мотель «Ол сизонс» и попросила позвать Стэнтона Роджерса.

Услышав его голос, она сказала:

— Мистер Роджерс, передайте, пожалуйста, президенту, что я сочту за честь принять его предложение.

Глава 11

Эта красивее, чем все остальные», — подумал охранник. Она совсем не была похожа на проститутку. Скорее на актрису или фотомодель. Лет двадцати, с длинными волосами и светлой кожей. На ней было красивое платье.

Лев Пастернак сам пришел, чтобы проводить ее в дом. Ее звали Бисера, и она была из Югославии. От вида такого количества охранников ей стало не по себе. Все, что

Бисера знала, так это то, что ее сутенер дал ей билет в оба конца и сказал, что за час работы ей заплатят две тысячи долларов.

Лев Пастернак постучал в дверь спальни, и голос Грозы ответил:

— Заходите.

Пастернак открыл дверь и пропустил девушку вперед. Марин Гроза стоял рядом с кроватью. На нем был халат, но девушка видела, что под ним ничего не было.

— Это Бисера, — сказал Пастернак. Имени Грозы он не назвал.

— Добрый вечер, дорогая. Проходи.

Пастернак вышел, тщательно закрыв за собой дверь, и Марин Гроза остался наедине с девушкой.

Она подошла к нему и соблазнительно улыбнулась.

— У тебя здесь так уютно. Давай я разденусь, чтобы было еще лучше. — Она принялась снимать платье.

— Нет. Не раздевайся, пожалуйста.

Она удивленно посмотрела на него:

— Разве ты не хочешь...

Гроза подошел к шкафу и вытащил оттуда хлыст:

— Вот что я хочу.

Понятно. Ему хотелось почувствовать себя рабом. Странно. Он совсем не походил на такой тип мужчин.

«Кто их поймет?» — подумала Бисера, а вслух сказала:

— Конечно, милый. Если тебя это заводит...

Марин Гроза снял халат и повернулся к ней спиной. От вида его израненного тела ей стало не по себе. Вся спина была покрыта зарубцевавшимися шрамами. В его глазах было нечто такое, что поразило ее, а когда она поняла, что это было, она поразилась еще больше. Это была печаль. Этот человек страдал от невыносимой боли. Зачем

120

он хотел, чтобы его отхлестали? Она смотрела, как он подошел к стулу и сел на него.

— Сильно, — приказал он. — Бей меня очень сильно.

— Ладно. — Бисера взяла длинный хлыст. Она и раньше сталкивалась с проявлениями садомазохизма, но здесь было что-то такое, чего она не понимала. «Это не мое дело, — подумала она. — Главное, получить деньги и домой».

Она размахнулась и ударила хлыстом по его спине.

— Сильнее, — простонал он. — Сильнее.

Он корчился от боли всякий раз, когда хлыст опускался на его спину. Раз... Еще раз... Еще и еще... Все сильнее и сильнее. Видение стало появляться перед глазами. Сцены изнасилования его жены и дочери. Хохочущие солдаты со спущенными штанами переходили от женщины к ребенку, ожидая своей очереди. Когда хлыст терзал его тело, он снова услышал умоляющие крики жены и дочери, становившиеся все слабее и слабее. Скоро их окровавленные тела неподвижно замерли на полу.

— Сильнее, — застонал Гроза.

При каждом ударе он чувствовал в паху лезвие ножа, когда его кастрировали. Он еле дышал.

— Позови... — Голос сорвался. Легкие были парализованы.

Девушка остановилась.

— Эй! С тобой все в порядке?

Она увидела, как он рухнул на пол, его открытые глаза смотрели в никуда.

— На помощь! На помощь! — закричала Бисера.

Лев Пастернак вбежал с пистолетом в руке. Он увидел лежащее на полу тело.

— Что случилось?

Бисера билась в истерике:

— Он умер! Он мертв! Я ничего не делала. Я только хлестала его, как он просил. Клянусь!

Живший на вилле врач появился через несколько секунд. Он нагнулся, чтобы осмотреть тело Марина Грозы. Мышцы были твердыми, а кожа посинела.

Он поднял хлыст и понюхал его.

— Ну что?

— Черт возьми! Кураре. Это экстракт из одного южноамериканского растения. Инки смазывали им свои стрелы, чтобы убивать врагов. Через три минуты нервная система полностью парализуется.

Оба мужчины стояли, беспомощно глядя на своего мертвого лидера.

Благодаря спутниковой связи о смерти Марина Грозы узнали во всем мире. Льву Пастернаку удалось скрыть от прессы подробности убийства.

В Вашингтоне президент встретился со Стэнтоном Роджерсом.

— Как ты думаешь, Стэн, кто стоит за этим убийством?

— Или русские, или Ионеску. Впрочем, это одно и то же. Им не хотелось нарушать статус-кво.

— Значит, нам придется иметь дело с Ионеску. Ну что ж. Надо ускорить назначение Мэри Эшли на должность посла.

— Она уже в пути. Никаких проблем не будет.

— Хорошо.

Услышав новость о смерти Грозы, Ангел улыбнулся: «Это произошло раньше, чем я предполагал».

В десять вечера зазвонил личный телефон Контролера. Он снял трубку:

— Алло.

Он услышал гортанный голос Неусы Муньес:

— Ангел прочитал сегодня газету. Он говорит, чтобы деньги положили на его счет.

— Передайте ему, что мы немедленно займемся этим. Мисс Муньес, скажите ему, что я очень доволен его работой. Возможно, нам скоро понадобится вновь воспользоваться его услугами. Дайте мне номер телефона, по которому я могу позвонить вам.

Последовала долгая пауза, и наконец она сказала:

— Да. — Она продиктовала номер.

— Отлично. Если Ангел...

В трубке послышались гудки.

Проклятая стерва.

В то же утро деньги поступили на счет в Цюрихе, а еще через час их перевели в один саудовский банк в Женеве. «Сейчас надо быть осторожным, — размышлял Ангел. — Проклятые банкиры так и стараются ободрать тебя до нитки».

Глава 12

Она не просто упаковывала вещи. Она упаковывала свою жизнь. Она прощалась с тринадцатью годами счастья, памяти и любви. Она навсегда прощалась с Эдвардом. Это был их очаг, а теперь он станет просто домом, в котором будут жить чужие люди, не знающие той радости и печали, слез и смеха, что знали эти стены.

Дуглас и Флоренс Шайферы были в восторге от того, что Мэри согласилась стать послом.

— У тебя все получится, — уверяла Флоренс Мэри. — Мы с Дугом будем скучать по тебе и детям.

— Обещайте, что приедете к нам погостить в Румынию.

— Конечно, приедем!

На Мэри навалилась масса дел, огромное количество всевозможных обязательств. Она составила целый список:

Позвонить в компанию по перевозкам, чтобы они забрали вещи, которые мы пока оставляем.
Позвонить молочнику, чтобы не приносил молоко.
Позвонить, чтобы не приносили газеты.
Оставить на почте новый адрес.
Подписать бумаги на сдачу дома.
Заплатить по счетам.
Перекрыть воду в доме.
Не паниковать!

Декан Хантер помог ей уладить все университетские дела.

— Я найду кого-нибудь, кто будет вести ваши группы. Но студентам будет вас не хватать. — Он улыбнулся. — Я уверен, что мы будем вами гордиться, миссис Эшли. Удачи вам!

— Спасибо.

Мэри забрала детей из школы. Надо было еще решить вопрос с билетами на самолет. В прошлом подобными делами занимался Эдвард, и Мэри воспринимала все как должное. Теперь Эдварда не стало. Но он был в ее памяти, в ее сердце, откуда он не исчезнет никогда.

Мэри беспокоилась о детях. Вначале они с радостью восприняли, что будут жить в другой стране, но теперь их энтузиазм угас. И Тим и Бет пришли посоветоваться к матери.

— Мама, — сказала Бет, — я не могу оставить своих друзей. Может, я уже никогда не увижу Вирджила. Может, мы подождем до каникул?

Тим сказал:

— Меня только что приняли в первую лигу. Если я уеду, они найдут другого игрока. Давай подождем до следующего лета, пока не закончится сезон. Ну, мам!

Они боялись. Как боялась и Мэри. Стэнтон Роджерс говорил так убедительно, но, проснувшись ночью, Мэри подумала: «Я ничего не знаю о дипломатической работе. Я простая канзасская домохозяйка, возомнившая себя политиком. Все поймут, что я ничего не умею. Какая я дура, что согласилась».

Пришло время уезжать.

— Мы с Дугом отвезем тебя в аэропорт, — настояла Флоренс.

Аэропорт, из которого они должны были отправиться на шестиместном чартерном самолете, располагался в городке Манхэттен, штат Канзас. Они должны были прилететь в Канзас-Сити, штат Миссури, а оттуда, на большом лайнере, в Вашингтон.

— Я хочу побыть здесь еще минутку, — сказала Мэри. Она поднялась в спальню, где они с Эдвардом провели столько приятных часов. Она стояла, не в силах пошевелиться. «Я уезжаю, мой дорогой, и хочу попрощаться с тобой. Я думаю, ты бы меня одобрил. Надеюсь, это так. Я только боюсь, что уже никогда не вернусь сюда. Мне кажется, я предаю тебя. Но ты всегда и везде будешь со мной. Ты нужен мне сейчас, как никогда. Будь со мной. Помогай мне. Я так тебя люблю. Иногда я думаю, что без тебя мне не прожить и дня. Ты слышишь меня, дорогой? Где ты?..»

Дуглас Шайфер загрузил ее багаж в маленький самолет. Когда Мэри увидела стоящий на взлетной полосе самолет, она оцепенела.

— О Господи!

125

— Что случилось? — спросила Флоренс.

— Я так была занята, что даже и не подумала об этом.

— О чем?

— О том, что придется лететь. Я в жизни не летала на самолетах. Я не сяду в него.

— Мэри, вероятность того, что что-то произойдет, один к миллиону.

— Не надо никаких вероятностей, — слабым голосом сказала Мэри. — Мы поедем на поезде.

— Ты не можешь этого сделать. Завтра тебя ожидают в Вашингтоне.

— Живой. Не думаю, что я им нужна мертвой.

Шайферам пришлось уговаривать ее пятнадцать минут, прежде чем она согласилась войти в самолет. Через полчаса самолет, рейс 826, был готов к взлету. Когда взревели двигатели и самолет понесся по полосе, Мэри закрыла глаза и вцепилась руками в подлокотники. Через несколько секунд они были в воздухе.

— Мама.

— Тихо. Не разговаривайте!

Она сидела, боясь посмотреть в окно. Дети чувствовали себя прекрасно, разглядывая землю в иллюминатор.

«Дети, — горько подумала Мэри. — Что они понимают?»

В Канзас-Сити они пересели на «ДС-10» и вылетели в Вашингтон. Тим и Бет сидели отдельно, а рядом с Мэри сидела пожилая леди.

— По правде говоря, я немного нервничаю, — призналась соседка Мэри. — Я еще никогда не летала.

Мэри улыбнулась и похлопала ее по руке:

— Не стоит нервничать. Вероятность того, что что-нибудь случится, один к миллиону.

126

КНИГА ВТОРАЯ

Глава 13

Когда их самолет приземлился в вашингтонском аэропорту имени Даллеса, их встретил молодой человек из государственного департамента:

— Добро пожаловать в Вашингтон, миссис Эшли. Меня зовут Джон Бернс. Мистер Роджерс попросил, чтобы я встретил вас и отвез в отель. Я заказал вам номер в «Риверсайд тауэрс». Думаю, вам там понравится.

— Спасибо.

Она представила ему Тима и Бет.

— Давайте ваши квитанции, я получу багаж.

Через двадцать минут они уже ехали в лимузине в центр Вашингтона.

Тим восторженно смотрел в окно.

— Смотри! — закричал он. — Это же мемориал Линкольна!

— А вот памятник Вашингтону! — воскликнула Бет, глядящая в другое окно.

Мэри смущенно взглянула на Джона Бернса.

— Вы уж извините их, — сказала она. — Видите ли, они никогда не выезжали из... — Она посмотрела в окно, ее глаза расширились. — Господи! — воскликнула она. Смотрите! Белый дом!

Лимузин проезжал по Пенсильвания-авеню. Мэри подумала: «Этот город правит миром. Здесь сосредоточена вся власть. И я тоже буду причастна к этому».

Когда лимузин подъехал к отелю, Мэри спросила:

— Когда я увижусь с мистером Роджерсом?

— Он позвонит вам завтра утром.

Пит Коннорс, начальник контрразведки ЦРУ, работал допоздна. Его рабочий день был еще далек от завершения. Каждую ночь в три часа специальная команда готовила разведдонесение президенту. Донесение под кодовым названием «Пиклз» должно было лечь на стол президента в шесть утра. Вооруженный курьер отвозил его в Белый дом. Пит Коннорс сам был заинтересован в шифровках, поступавших из стран за «железным занавесом», потому что большинство из них касались назначения Мэри Эшли послом в Румынию.

Советский Союз был обеспокоен планом президента Эллисона проникнуть в социалистические страны и проводить там шпионскую работу.

«Я волнуюсь не меньше этих коммунистов, — хмуро подумал Пит Коннорс. — Если план президента сработает, вся страна станет открытым домом для их проклятых шпионов».

Как только Мэри Эшли приземлилась в Вашингтоне, Пит Коннорс сразу же получил информацию об этом. Он посмотрел на ее фотографию и фотографии ее детей. «Это будет чудесная кандидатура», — с удовольствием подумал он.

«Рriверсайд тауэрс» был небольшим уютным отелем с прекрасными номерами. Он располагался в квартале от Уотергейтского комплекса.

Коридорный принес багаж. Когда Мэри раскладывала вещи, зазвонил телефон.

— Миссис Эшли? — спросил мужской голос.

— Да.

— Меня зовут Бен Кон. Я журналист из «Вашингтон пост». Не могли бы вы уделить мне несколько минут?

Мэри не знала, что ответить.

— Мы только что приехали, и я...

— Всего пару минут. Я только хотел с вами познакомиться.

— Ну хорошо.

— Сейчас я поднимусь.

Бен Кон был крепким приземистым мужчиной с лицом бывшего боксера. «Он выглядит как спортивный репортер», — подумала Мэри.

Он уселся в кресло напротив нее.

— Вы впервые в Вашингтоне, миссис Эшли? — спросил он.

— Да.

Она заметила, что у него не было ни диктофона, ни записной книжки.

— Я не буду задавать вам глупых вопросов.

— Что это значит? — нахмурилась она.

— Как вам нравится Вашингтон? Это первое, что спрашивают у любой знаменитости. Вам тут нравится?

— Я не знаменитость, — рассмеялась Мэри, — но думаю, что Вашингтон мне понравится.

— Вы преподавали в Канзасском университете?

— Да. Я читала курс политологии. Политика стран Восточной Европы.

— Как я понял, президент узнал про вас, когда прочитал вашу книгу и статьи в журналах?

— Да.

— А остальное, как говорят, это уже целая история.

— Я думаю, что все это так необычно.

— Ничего необычного в этом нет. Президент Рейган таким же образом познакомился с Джин Кирпатрик и сделал ее представителем США в ООН. — Он улыбнулся. — Так что есть прецедент. Это одно из ключевых слов в Вашингтоне. Прецедент. Ваши предки были родом из Румынии?

— Только мой дед.

Пятнадцать минут Бен Кон расспрашивал Мэри о ее жизни и работе.

— Когда это интервью появится в газете? — спросила Мэри. Она хотела послать вырезку Флоренс Шайфер.

Бен Кон встал и уклончиво ответил:

— Я пока воздержусь от его публикации. — Что-то здесь было не так. И он никак не мог понять, что именно. — Мы еще встретимся с вами.

Когда он ушел, Тим и Бет вошли в комнату.

— Тебе он понравился, мама?

— Да. — В ее голосе не было уверенности. — Думаю, что да.

На следующее утро позвонил Стэнтон Роджерс.

— Доброе утро, миссис Эшли. Это Стэнтон Роджерс.

Ей показалось, что она слышит голос старого друга. Может быть, потому, что он был ее единственным знакомым в городе.

— Доброе утро, мистер Роджерс. Спасибо, что вы направили мистера Бернса встретить нас и устроить в отеле.

— Надеюсь, вам нравится?

— Здесь просто чудесно.

— Было бы неплохо, если бы мы встретились и обсудили некоторые процедуры, через которые вам придется пройти.

— Конечно.

— Давайте сегодня пообедаем в «Гранде». Это недалеко от вашего отеля. Итак, в час дня?

— Отлично.

— Я встречу вас в зале.

Мэри сказала, чтобы детям принесли обед в номер, и в час дня подъехала на такси к «Гранд-отелю». Мэри изумленно смотрела на него. «Гранд-отель» был центром власти. Здесь бывали главы государств, дипломаты из всех стран мира, и нетрудно было понять почему. Это было элегантное строение с впечатляющим холлом, где пол был из итальянского мрамора, а величественные колонны подпирали сводчатый потолок. Здесь был ухоженный внутренний дворик с бассейном и фонтаном. Мраморная лестница вела в ресторан, где и ждал ее Роджерс.

— Добрый день, миссис Эшли.

— Добрый день, мистер Роджерс.

Он засмеялся:

— Не будем столь официальны. Как насчет Стэна и Мэри?

— Конечно. — Она была польщена.

Теперь Стэнтон Роджерс выглядел совсем иначе. Мэри было трудно определить, в чем это выражалось. В Джанкшн-Сити он показался ей равнодушным и даже отчужденным. Теперь все это куда-то пропало. Он разговаривал с ней тепло и по-дружески.

«Это потому, что он одобрил меня», — счастливо подумала Мэри.

— Вы будете пить?

— Спасибо, нет.

Они заказали обед. Цены в меню ошеломили ее. «Да, таких цен в Джанкшн-Сити нет. Лишь номер в отеле стоит 250 долларов в день. Так мне и денег не хватит», — подумала Мэри.

— Стэн, извините меня за прямоту, но сколько получает посол?

— Законный вопрос, — рассмеялся он. — Ваша зарплата будет шестьдесят пять тысяч долларов в год плюс деньги на содержание и расходы.

— И когда мне начнут ее платить?

— Как только вы примете присягу.

— А до этого?

— Вам будут платить семьдесят пять долларов в день.

У нее упало сердце. Ей не хватит денег не только заплатить за обед, но и просто на жизнь.

— Я долго буду находиться в Вашингтоне? — спросила Мэри.

— Около месяца. Мы сделаем все возможное, чтобы ускорить ваше назначение. Государственный секретарь отправил телеграмму румынскому правительству, чтобы они подтвердили готовность принять вас. Между нами, мы уже провели переговоры с румынами. С ними проблем не будет, но вам еще надо будет пройти сенат.

«Значит, румынское правительство готово принять меня, — радостно подумала Мэри. — Может, я действительно подхожу для такой работы?»

— Я договорился о вашей неформальной встрече с председателем сенатского комитета по иностранным делам. После этого будут открытые слушания перед всеми членами комитета. Они будут спрашивать вас о работе, подготовке, лояльности к стране и о том, чего вы хотели бы добиться.

— А что потом?

— Комитет будет голосовать, а потом проголосует и сенат.

— Ведь были случаи, когда комитет проваливала кандидата, не правда ли? — медленно сказала Мэри.

— Здесь на карту поставлен авторитет президента. У вас будет мощная поддержка из Белого дома. Президент хочет, чтобы ваше назначение прошло как можно быстрее. Кстати, я подумал, что вам и вашим детям неплохо будет осмотреть достопримечательности города, поэтому заказал вам машину с шофером. Вас также ждет экскурсия в Белый дом.

— Огромное вам спасибо.

Стэнтон Роджерс улыбнулся:

— Пожалуйста.

Экскурсия в Белый дом состоялась на следующее утро. Повсюду их сопровождал гид. Их повели в сад Жаклин Кеннеди, а также в сад, где все было выдержано в духе восемнадцатого века.

— Перед вами, — объявил гид, — Восточное крыло. Здесь находятся кабинеты, где президент встречается с военными и представителями конгресса, здесь также располагаются гостевые комнаты и комнаты обслуги первой леди.

Они прошли по Западному крылу и заглянули в Овальный кабинет президента.

— И сколько тут всего комнат? — спросил Тим.

— Здесь сто тридцать две комнаты, шестьдесят девять вспомогательных помещений, двадцать восемь каминов и тридцать две ванные комнаты.

— Здесь, наверно, часто моются.

— Президент Вашингтон лично следил за постройкой Белого дома. Он был единственным президентом, который не жил в нём.

— Я его не осуждаю, — пробормотал Тим. — Чертовски большой дом.

Покраснев, Мэри толкнула его в бок.

Экскурсия продолжалась почти два часа, и в конце вся семья Эшли была поражена и измотана.

«Здесь все началось, — подумала Мэри, — и я буду частью этого».

— Мам?

— Да, Бет...

— У тебя такое странное выражение лица.

Звонок из канцелярии президента раздался на следующее утро.

— Доброе утро, миссис Эшли. Президент Эллисон спрашивает, не смогли бы вы встретиться с ним во второй половине дня?

Мэри растерялась:

— Да... Я... Конечно.

— Вам будет удобно в три часа?

— Разумеется.

— Лимузин будет ждать вас у входа в отель без четверти три.

Пол Эллисон встал, когда Мэри ввели в Овальный кабинет. Он пожал ей руку, улыбнулся и сказал:

— Наконец-то вы здесь!

— Я очень рада, господин президент. Для меня это очень большая честь.

— Садитесь, миссис Эшли. Можно, я буду называть вас Мэри?

— Конечно.

Они сели на диван.

— Вы будете мой доппельгангер, — сказал президент. — Вы знаете, что это такое?

— Это что-то вроде духа живого человека, идентичного другому.

— Правильно. Это про нас. Вы представить себе не можете, с каким удовольствием я прочитал вашу последнюю статью, Мэри. Такое впечатление, что я сам ее написал. Очень многие не верят, что наш план «народной дипломатии» сработает, но мы с вами покажем, что они ошибаются.

«Наш план «народной дипломатии» Мы с вами а кой очаровательный человек», — подумала Мэри Вслух она сказала:

— Я сделаю все, что может вам помочь господин президент.

— Я рассчитываю на вас. Очень рассчитываю Румыния будет для нас испытанием. После смерти Марина Грозы ваша задача усложняется Если мы сумеем там закрепиться, то сможем усилить наши позиции и в других коммунистических странах.

Полчаса они обсуждали некоторые аспекты плана президента, и наконец Пол Эллисон сказал:

— Стэн Роджерс будет постоянно в контакте с вами Он стал вашим большим поклонником. - Он протянул ей руку: — Удачи.

На следующий день Стэнтон Роджерс позвонил Мэри

— Завтра в девять утра у вас запланирована встреча с председателем сенатского комитета по иностранным делам

Комитет по иностранным делам располагался в Дирксен-билдинг. Над дверью в здание висела табличка: «КОМИТЕТ ПО ИНОСТРАННЫМ ДЕЛАМ СД-419».

Председатель был импозантный мужчина с проницательными зелеными глазами и манерами профессионального политика. Он встретил Мэри в дверях:

— Я — Чарли Кэмпбелл. Рад встрече с вами, миссис Эшли. Я столько слышал о вас.

«Хорошего или плохого?» — подумала Мэри. Он провел ее к креслу.

— Кофе?

— Нет, спасибо, сенатор. — Она так нервничала, что едва ли смогла бы удержать чашку в руках.

— Ну что ж. Приступим к делу. Президент хочет назначить вас послом в Румынию. Мы, конечно, окажем ему всестороннюю поддержку. Один вопрос: как вы сами считаете, вы способны занять этот пост?

— Нет, сэр.

Ее ответ застал его врасплох.

— Извините, миссис Эшли?

— Если вы имеете в виду, есть ли у меня опыт дипломатической работы, тогда я не способна. Однако мне говорили, что треть наших дипломатов были людьми, не имевшими подобного опыта. Чем я располагаю, так это знаниями о Румынии. Я знаю ее экономические и социальные проблемы, политическую обстановку. Я думаю, что смогу улучшить их представления об американцах.

«Да, — удивленно подумал Чарли Кэмпбелл, — я-то ожидал встретить дурочку». Еще до встречи с ней Кэмпбелл настроил себя против Мэри Эшли. Он получил распоряжение сделать так, чтобы комитет одобрил ее назначение, несмотря ни на что. В коридорах власти ходило много разговоров о какой-то деревенщине, которую президент откопал в Богом забытой дыре под названием Джанкшн-Сити.

«Однако она всех нас удивит», — подумал Кэмпбелл.

— Встреча с членами комиссии сената состоится в среду в девять часов утра.

Накануне слушаний в комитете Мэри охватила паника. «Дорогой, когда они будут спрашивать об опыте моей работы, что я им скажу? Что я домохозяйка из Джанкшн-Сити и что три раза подряд занимала первое место по катанию на коньках? Я не знаю, как мне быть. Если бы ты был рядом».

Тут ее словно обожгло. Ведь если бы Эдвард был жив, ее бы тут не было. «Я спокойно сидела бы дома с мужем и детьми».

Слушания проходили в зале сенатского комитета по иностранным делам. Все пятнадцать членов комитета сидели напротив стены, на которой висела огромная карта мира. Слева располагалась пресса, в центре — места для зрителей. По углам стояли телевизионные камеры. Зал был набит до отказа. Пит Коннорс сидел в последнем ряду. Когда вошла Мэри в сопровождении детей, в зале воцарилась тишина.

На ней был темный костюм и белая блузка. Детей удалось заставить снять джинсы и свитера и одеться более пристойно.

Бен Кон, сидевший за столом для прессы, смотрел, как они шли по проходу. «Господи, — подумал он, — прямо как с обложки журнала».

Служащий посадил детей в первый ряд, а Мэри проводил к свидетельской трибуне. Она стояла, освещаемая юпитерами, пытаясь скрыть свое волнение.

Слушания начались. Чарли Кэмпбелл улыбнулся Мэри:

— Доброе утро, миссис Эшли. Спасибо, что пришли на заседание комитета. Приступим к вопросам.

Сначала шли простые вопросы:

— Имя?..

— Вдова?..

— Дети?..

Вопросы были легкие и успокаивающие.

— Согласно тому, что вы только что нам рассказали, миссис Эшли, последние несколько лет вы преподавали политические науки в Канзасском университете?

— Да, сэр.

— Вы родом из Канзаса?

— Да, сенатор.

— Среди ваших предков были румыны?

— Да, сэр. Мой дед.

— Вы написали книгу и несколько статей о сближении США со странами советского блока?

— Да, сэр.

— Последняя ваша статья была напечатана в «Форин афферс» и привлекла внимание президента?

— Да, сэр.

— Миссис Эшли, не могли бы вы рассказать комитету, какая основная предпосылка написания этой статьи?

Все ее волнения быстро исчезли. Это была для нее знакомая обстановка. Она чувствовала себя так, будто проводит семинар со студентами.

— В настоящее время в мире насчитывается несколько экономических союзов. Так как они взаимоисключают друг друга, то вместо того чтобы объединять мир, они разделяют его на антагонистические блоки. Европа имеет «Общий рынок», Восточный блок — СЭВ, существует также ЕАСТ — Европейская ассоциация свободной торговли и движение неприсоединения стран «третьего мира». Предпосылка очень простая: мне хотелось бы, чтобы все эти различные организации были связаны экономическими отношениями. Люди, занимающиеся вместе выгодным бизнесом, не убивают друг друга. Я полагаю, что этот же принцип подходит и для стран. Пусть наша страна сотрудничает и с друзьями, и с противниками. Сегодня, к примеру, мы тратим миллиарды долларов на постройку дополнительных зернохранилищ, в то время как во многих странах люди умирают от голода. Мировой общий рынок мог бы решить эту проблему. Он мог бы сделать так, чтобы продукция распределялась справедливо, исходя из мировых цен. Я хочу содействовать этому.

Сенатор Гарольд Таркл, старший член комитета по иностранным делам и представитель оппозиционной партии, попросил слово.

Бен Кон затаил дыхание. Сейчас начнется.

Сенатору Тарклу было уже за семьдесят, и отличался он своим вредным характером.

— Вы впервые в Вашингтоне, миссис Эшли?

— Да, сэр. Я думаю, что это один из самых...

— Я полагаю, вы много путешествовали?

— Нет. Мы с мужем планировали поехать...

— Вы бывали в Нью-Йорке?

— Нет, сэр.

— В Калифорнии?

— Нет, сэр.

— В Европе?

— Нет. Но я хотела сказать, что мы планировали...

— Вы вообще выезжали когда-нибудь за пределы Канзаса, миссис Эшли?

— Да. Я читала лекции в Чикагском университете, а также в Денвере и Атланте.

— Вероятно, это было очень интересно, миссис Эшли, — сухо сказал Таркл. — Я не помню случая, чтобы комитету приходилось иметь дело с таким неподготовленным кандидатом. Ожидается, что вы будете представлять Соединенные Штаты Америки в такой сложной стране, как Румыния, а вы нам рассказываете, что ваши знания проистекают от коротких поездок в Чикаго, Денвер и Атланту. Так получается?

Мэри видела, как все телекамеры развернулись к ней, и постаралась сдержать свои эмоции.

— Нет, сэр. Мои знания проистекают от анализа и изучения мира. Я доктор политических наук и пять лет преподавала в Канзасском университете. Причем мой предмет

139

касался стран Восточной Европы. Я в курсе всех проблем, существующих в Румынии, знаю, что ее правительство и народ думают о Соединенных Штатах и почему это так происходит. — Голос ее звучал уверенно. — Они знают о нашей стране только то, что заставляет их знать пропагандистская машина. Я бы хотела показать им, что США — не милитаристская держава, всеми силами старающаяся развязать войну. Я бы хотела, чтобы они увидели обычную американскую семью. Я...

Она остановилась, боясь, что зашла слишком далеко в своем гневе. Но к ее удивлению, в зале зааплодировали.

Слушания продолжались. Через час Чарли Кэмпбелл обратился к членам комитета:

— Есть еще вопросы?

— Я полагаю, что все ясно, — сказал один из сенаторов.

— Согласен. Спасибо, миссис Эшли. Заседание объявляется закрытым.

Пит Коннорс внимательно наблюдал за Мэри, а затем спокойно ушел, когда ее обступила толпа журналистов.

— Вас удивило предложение президента?

— Вы полагаете, что вашу кандидатуру одобрят?

— Вы действительно считаете, что способны быть послом?

— Повернитесь вот так, миссис Эшли. Улыбнитесь. Еще раз.

— Миссис Эшли...

Бен Кон стоял в стороне. «Она молодец, — подумал он. — У нее на все есть правильные ответы. Черт возьми, как бы мне узнать правильные вопросы?»

Когда Мэри вернулась в отель, ей позвонил Стэнтон Роджерс:

— Добрый вечер, госпожа посол.

У нее закружилась голова.

— У меня действительно получилось? О, Стэн! Как я вам благодарна. Мне трудно выразить свои чувства.

— Я тоже очень рад, — с гордостью в голосе сказал он. — Очень рад, Мэри.

Когда Мэри рассказала обо всем детям, они повисли на ней.

— Я знал, что у тебя все получится! — закричал Тим.

— Как ты думаешь, — тихо спросила Бет, — папа об этом знает?

— Я уверена в этом, дорогая, — улыбнулась Мэри. — Я не удивлюсь, если это он помог мне.

Мэри позвонила Флоренс, и когда та услышала новость, то воскликнула:

— Поразительно! Я всему городу должна рассказать!

Мэри рассмеялась:

— Я приготовлю для вас комнату в посольстве. Приезжай с Дугласом.

— А когда ты отправляешься в Румынию?

— Ну, сначала еще должен проголосовать сенат, но Стэн говорит, что это формальность.

— А потом?

— Потом мне предстоят встречи с представителями правительства в Вашингтоне. Затем мы с детьми полетим в Румынию.

— Я немедленно звоню в «Дейли юнион»! — воскликнула Флоренс. — Тебе, наверно, тут поставят памятник. Ну все. Я слишком взволнована, чтобы говорить. Я перезвоню тебе завтра.

Бен Кон узнал о результатах голосования, когда вернулся в редакцию. Что-то его беспокоило. Но он не мог понять, что именно.

141

Глава 14

Как и предсказывал Стэнтон Роджерс, голосование в сенате было чистой формальностью. За нее проголосовало абсолютное большинство. Услышав об этом, президент Эллисон сказал Роджерсу:

— Наш план удался, Стэн. Теперь нас никто не остановит.

Стэнтон Роджерс согласно кивнул:

— Никто.

Пит Коннорс сидел в своем кабинете, когда ему сообщили о результатах голосования. Он тут же написал сообщение и закодировал его. Один из его людей дежурил в шифровальной комнате ЦРУ.

— Мне нужен канал «Роджер», — сказал Коннорс. — Подожди за дверью.

Канал «Роджер» был сверхсекретной телеграфной системой ЦРУ, которой пользовались лишь самые высокопоставленные начальники. Послания передавались посредством лазерного луча и на сверхвысокой частоте за долю секунды. Оставшись один, Коннорс отправил послание. Оно было адресовано Сигмунду.

На следующей неделе Мэри встретилась с заместителем госсекретаря по иностранным делам, директором ЦРУ, министром торговли, директорами нью-йоркского банка «Чейз Манхэттен» и представителями нескольких влиятельных еврейских организаций. У всех были свои наставления, советы и просьбы.

Нед Тиллингаст не скрывал своего энтузиазма:

— Это прекрасно, что наши парни смогут опять работать там, госпожа посол. Нам было трудно проникнуть в Румынию с тех пор, как нас объявили персоной нон грата. Один

142

из моих людей будет работать в вашем посольстве под видом атташе. — Он многозначительно посмотрел на нее. — Я уверен, что вы окажете ему максимальное содействие.

Мэри не понимала, что именно она должна будет сделать, но решила не спрашивать.

Обычно церемония принятия присяги новыми послами проходит под председательством государственного секретаря, и присягу принимают одновременно несколько кандидатов. Утром в день присяги Стэнтон Роджерс позвонил Мэри:

— Мэри, президент Эллисон просит, чтобы вы прибыли в Белый дом в двенадцать часов. Он сам примет у вас присягу. Возьмите с собой Тима и Бет.

Овальный кабинет был полон представителей прессы. Когда вошла Мэри вместе с президентом, все телекамеры повернулись к ним, защелкали затворы фотоаппаратов. Мэри только что разговаривала с президентом и теперь чувствовала себя уверенно и спокойно.

— Вы прекрасно подходите на этот пост, — сказал он ей. — Иначе я вас и не выбрал бы. Мы с вами воплотим мечту в жизнь.

«Все это похоже на сон», — думала Мэри, глядя в объективы камер.

— Пожалуйста, поднимите правую руку.

Мэри повторяла за президентом слова присяги:

— Я, Мэри Эшли, торжественно клянусь, что буду всегда чтить и выполнять Конституцию Соединенных Штатов, защищать свою страну от внутренних и внешних врагов. Я также клянусь, что добровольно налагаю на себя обязательство честно и добросовестно выполнять свои обязанности. Да поможет мне Бог.

Она стала послом США в Социалистической Республике Румыния.

Начались будни. Мэри приказали явиться в европейский отдел государственного департамента. Во временное пользование ей выделили крохотный кабинет рядом с румынской секцией.

Джеймс Стикли, заведующий румынской секцией, был профессиональным дипломатом с двадцатипятилетним стажем. Ему было под шестьдесят. Он был небольшого роста, с лисьим лицом и тонкими губами, с холодными водянистыми карими глазами. Он с презрением относился к политическим выдвиженцам, которые вторгались в его мир. Стикли считал себя самым крупным специалистом по Румынии и, когда президент Эллисон объявил, что готов назначить нового посла в эту страну, не сомневался, что выбор падет на него. Назначение Мэри Эшли явилось для него неприятной неожиданностью. Плохо, когда тебя обошли, но когда тебя обошел политический выдвиженец, никому не известная личность из Канзаса, это просто возмутительно.

— Ты только представь себе, — говорил он Брюсу, своему лучшему другу. — Половина наших послов является проклятыми выдвиженцами. В Англии или Франции такое просто немыслимо. Разве военные выбирают себе генералов из любителей? А вот за границей все наши проклятые выдвиженцы являются генералами.

— Ты пьян, Джеймс.

— Я хочу еще больше напиться.

Теперь он изучающе смотрел на Мэри Эшли, сидевшую напротив.

Мэри тоже изучала Стикли. Он показался ей неприятным.

«Не хотела бы я, чтобы он стал моим врагом», — подумала Мэри.

— Нам надо быстро сделать из вас эксперта. А времени в обрез. — Он протянул ей кипу бумаг: — Начните с этих отчетов.

— Я посвящу им целый день.

— Нет. Через тридцать минут у вас начнутся занятия по румынскому языку. Обычно на это уходит несколько месяцев, но у вас есть всего лишь пара дней.

Дни потянулись нескончаемой чередой, и Мэри чувствовала, что выбивается из сил. Каждое утро она вместе со Стикли изучала необходимые бумаги.

— Я буду читать все ваши послания, — сообщил ей Стикли. — Желтого цвета — требующие решения, белого — для информации. Вторые экземпляры будут направляться в министерство обороны, ЦРУ, ЮСИА, казначейство и в десятки других организаций. Один из первых вопросов, которым вам предстоит заняться, — это судьба американцев, находящихся в румынских тюрьмах. Их необходимо освободить.

— А в чем их обвиняют?

— Шпионаж, торговля наркотиками, воровство. Румыны могут обвинить их в чем угодно.

Мэри подумала о том, каким образом можно снять обвинение в шпионаже. «Что-нибудь придумаю».

— Ясно, — коротко ответила она.

— Помните, Румыния — самая независимая страна за «железным занавесом». И мы должны способствовать сохранению ее независимости.

— Понятно.

— Сейчас я кое-что вам дам, — сказал Стикли. — Не выпускайте этих документов из рук. Они секретные. Вернете их мне завтра утром. Вопросы есть?

— Нет, сэр.

Он передал Мэри толстый запечатанный конверт.

— Распишитесь, пожалуйста.

Она расписалась.

Возвращаясь в отель на машине, Мэри крепко сжимала конверт в руках, чувствуя себя персонажем из фильма про Джеймса Бонда.

Дети уже были одеты и ждали ее.

«Господи, — вспомнила Мэри, — я же обещала повести их в китайский ресторан и в кино».

— Ребята, — сказала она, — планы несколько изменились. Придется перенести наш поход на другой раз. Сегодня мы останемся здесь и будем ужинать в номере. У меня срочная работа.

— Ладно.

— Конечно, мама.

«Раньше они бы подняли страшный рев. Но теперь они уже взрослые. Все мы становимся взрослыми».

Она обняла их.

— В следующий раз пойдем обязательно, — пообещала она.

То, что дал ей Джеймс Стикли, было просто невероятным. «Неудивительно, что ему надо завтра вернуть эти документы», — подумала Мэри. Это были подробные досье на всех высокопоставленных румынских деятелей от президента до министра торговли. В них указывались их сексуальные привычки, финансовое положение, друзья и тому подобные детали. Некоторые вещи просто потрясли ее. Например, министр торговли спал со своей любовницей и со своим шофером, в то время как его жена занималась любовью со своей служанкой.

До самого утра Мэри запоминала имена и темные стороны характеров людей, с которыми ей придется иметь дело. «Интересно, смогу ли я посмотреть им в глаза?» — подумала она.

Утром она вернула секретные документы.

— Ну, теперь вы знаете все о румынских лидерах, — сказал Стикли.

— Да уж, — пробормотала Мэри.

— Вам следует постоянно помнить: теперь румыны тоже знают про вас все.

— Вряд ли это им что-то даст.

— Вы так полагаете? — Стикли откинулся в кресле. — Вы женщина, и к тому же одинокая. Они уже сейчас считают вас легкой добычей. Они постараются сыграть на вашем одиночестве. Им будет известно каждое ваше движение. Посольство и ваша резиденция напичканы подслушивающими устройствами. В коммунистических странах нам приходится использовать местную прислугу, поэтому каждый из них — обязательно сотрудник румынской госбезопасности.

«Он пытается напугать меня, — подумала Мэри. — Ничего у него не выйдет».

У Мэри был распланирован каждый час. Кроме занятий румынским языком, в ее расписание входили курс в Институте по иностранным делам в Росслине, брифинги в Агентстве военной разведки, встречи с начальником отдела международной безопасности и с представителями сената. И у всех у них были свои требования, пожелания и советы.

Мэри чувствовала угрызения совести: она совсем забросила детей. С помощью Стэнтона Роджерса ей удалось найти для них воспитателя. К тому же Тим и Бет подружились с другими детьми, жившими в отеле, так что по крайней мере у них появились приятели. Но ей все равно хотелось проводить с ними больше времени.

Мэри успевала лишь завтракать с ними вместе, так как в восемь утра у нее начинались занятия по языку. Он казался ей невозможным. «Удивляюсь, как румыны могут на нем говорить?» Она заучивала фразы на румынском языке, повторяя их вслух:

— Доброе утро.

— Спасибо.

— Добро пожаловать.

— Я не понимаю.

— Мистер.

— Мисс.

И все эти слова произносились совсем не так, как писались.

Бет и Тим наблюдали, как она корпит над домашними заданиями, и Бет улыбнулась:

— Это тебе в отместку за то, что заставляла нас учить таблицу умножения.

При очередной встрече Джеймс Стикли сказал:

— Я хочу представить вам, госпожа посол, вашего военного атташе, полковника Уильяма Маккинни.

Билл Маккинни был одет в гражданский костюм, но по его выправке нетрудно было определить в нем военного. Это был высокий мужчина средних лет с грубым обветренным лицом.

— Рад с вами познакомиться, госпожа посол.

У Маккинни был низкий хриплый голос, как будто у него болело горло.

— Очень приятно, — сказала Мэри.

Полковник Маккинни был первым сотрудником ее штата, и она чувствовала небольшое волнение. Реальность, казалось, стала еще отчетливее.

— С нетерпением жду, когда смогу приступить к работе для вас, — сказал полковник Маккинни.

— Вы бывали раньше в Румынии?

Полковник и Джеймс Стикли переглянулись.

— Он бывал там раньше, — ответил Стикли.

Каждый понедельник в конференц-зале государственного департамента проводились брифинги с новыми послами.

— В дипломатической службе существует строгая система подчинения. Наверху находится посол. Под ним («Под ней», — автоматически отметила Мэри) располагаются политический советник и советник по связям с общественностью. В штате у посла состоят также атташе по торговле и сельскому хозяйству и военный атташе. («Это полковник Маккинни», — подумала Мэри.) Вы будете обладать дипломатической неприкосновенностью. Вас не смогут арестовать за превышение скорости, вождение машины в нетрезвом виде, за поджог и даже за убийство. Если вы умрете, никто не вправе прикоснуться к вашему телу или читать записи, которые вы оставили. Вам не надо даже платить в магазинах — их владельцы не смогут подать на вас в суд.

— Не дай Бог об этом узнает моя жена! — выкрикнул один из присутствующих дипломатов.

— Всегда помните, что посол является личным представителем президента для правительства той страны, в которой он аккредитован. Ожидается, что вы будете вести себя соответствующим образом. — Инструктор посмотрел на часы. — Перед следующим занятием прочитайте «Наставление по внешним сношениям», том второй, раздел трехсотый, в котором идет речь о социальных связях. Спасибо.

* * *

Мэри и Стэнтон Роджерс обедали в отеле «Уотергейт».

— Президент Эллисон хочет, чтобы общественность получше узнала вас, — сказал Роджерс.

— А что от меня требуется?

— Мы организуем национальную кампанию. Интервью для прессы, радио, телевидения.

— Я ведь никогда... Ну, если это так важно, я попытаюсь.

— Отлично. Вам надо обновить свой гардероб. Вы не можете появляться два раза в одном и том же платье.

— Стэн, но ведь это будет стоить огромных денег! К тому же у меня нет времени ходить по магазинам. Я занята с раннего утра до позднего вечера. Если...

— Нет никаких проблем. Нам поможет Элен Моуди.

— Кто?

— Это одна из самых лучших вашингтонских покупательниц. Она сама всем займется.

Элен Моуди была привлекательной негритянкой, которая раньше успешно работала фотомоделью, а потом стала руководить службой персональных покупок. В один из дней она зашла к Мэри и целый час обсуждала с ней ее новый гардероб.

— Прекрасное платье для Джанкшн-Сити, — откровенно сказала она, рассматривая Мэри. — Но нам надо покорить Вашингтон. Правильно?

— У меня нет таких денег...

— Я знаю, где можно купить подешевле, — улыбнулась Элен Моуди. — Итак, вам потребуется вечернее платье до пола, платье для коктейлей и вечерних приемов, платье для чаепития и дневных приемов, деловой костюм для улицы или для работы, черное платье и соответствующий головной убор для участия в траурных мероприятиях или похоронах.

На покупки ушло три дня. Когда все было готово, Элен Моуди оценивающе посмотрела на Мэри Эшли.

— Вы привлекательная женщина, но можно сделать вас еще лучше. Я хочу, чтобы вы сходили к Сюзанне в салон красоты «Рэйнбоу» и к Билли в парикмахерскую «Саншайн».

Через несколько дней Мэри встретилась со Стэном Роджерсом на одном из официальных обедов. Он посмотрел на Мэри и улыбнулся:

— Вы потрясающе выглядите.

Газетное наступление началось. Оно было спланировано Яном Виллерсом, начальником отдела по связям с прессой государственного департамента. Сорокалетний Виллерс в молодости сам был неутомимым журналистом и, казалось, знал всех в мире средств массовой информации.

Мэри сидела перед камерами таких телепередач, как «Доброе утро, Америка», «Встреча с прессой», «Огневой рубеж». Интервью с ней появились в «Нью-Йорк таймс», «Вашингтон пост» и десятках других влиятельных газет. У нее также взяли интервью репортеры из «Тайм», «Шпигель», «Ожжи» и «Монд». Журналы «Тайм» и «Пипл» посвятили ей и ее детям целые разделы. Фотографии Мэри мелькали повсюду, и что бы ни случилось в мире, ее сразу же просили прокомментировать это событие. Мэри Эшли и ее дети стали знаменитостями.

— Мам, — сказал Тим, — просто жутко становится, когда видишь во всех журналах наши фотографии.

— Именно жутко, — согласилась Мэри.

Она чувствовала себя неловко в лучах славы. Так она и сказала Стэнтону Роджерсу.

151

Бен Кон и Акико лежали в постели. Акико была привлекательной японкой, на десять лет моложе репортера. Они познакомились несколько лет назад, когда он писал статью о манекенщицах, и с тех пор не расставались.

Кон был погружен в свои мысли.

— Что-нибудь случилось, милый? — нежно спросила Акико. — Может, мне еще поласкать тебя?

Его мысли витали где-то далеко.

— Нет, у меня и так уже стоит.

— Что-то не заметно, — дразнящим голосом сказала она.

— У меня стоит на один материал для газеты. В этом городе происходит что-то странное.

— Что же в этом необычного?

— Я и сам не знаю, вот в чем дело.

— Ты мне расскажешь?

— Мэри Эшли. За последние две недели ее фотографии появились на обложках шести журналов, а ведь она еще не заняла свой пост. Акико, кто-то усиленно делает из нее суперзвезду. Но почему?

— Не забывай, что у меня восточный склад ума. Наверно, ты просто все усложняешь.

Бен Кон зажег сигарету и глубоко затянулся.

— Может, ты и права, — пробурчал он.

Она провела рукой по его телу и принялась поглаживать его.

— Может, ты отложишь сигарету и лучше зажжешь меня?

— Завтра состоится прием в честь вице-президента Брэдфорда, — сказал Стэнтон Роджерс. — Я достал тебе приглашение. В пятницу, в «Пан-Американ юнион».

«Пан-Американ юнион» располагался в величественном здании с огромным садом. Его часто использовали для различных дипломатических приемов. Обед в честь вице-президента был выдающимся событием, хрусталь и старинное серебро украшали столы. Тихо играл небольшой оркестр. Все приглашенные относились к столичной элите. Кроме вице-президента и его жены, здесь находились сенаторы, послы и всевозможные знаменитости.

Мэри была поражена окружавшей ее роскошью.

«Надо все запомнить, чтобы потом рассказать Тиму и Бет», — подумала она.

Гостей пригласили к столу. Мэри сидела в окружении сенаторов, высокопоставленных чиновников департамента и дипломатов. Обед был изысканным, а люди обаятельными.

В одиннадцать часов Мэри сказала сенатору, сидящему справа от нее:

— Я и не заметила, что уже так поздно. Я обещала детям, что не буду задерживаться. — Она встала и кивнула гостям: — Было очень приятно с вами познакомиться. До свидания.

В зале воцарилась тишина. Все приглашенные смотрели, как Мэри идет к выходу.

— О Господи! — прошептал Стэнтон Роджерс. — Ее ведь никто не предупредил.

На следующее утро Стэнтон Роджерс встретился с Мэри за завтраком.

— Мэри, — сказал он, — в этом городе существуют строгие правила. Многие из них ужасно глупые, но их следует соблюдать.

— Я что-нибудь не так сделала?

— Вы нарушили правило номер один, — вздохнул он. — Никто — абсолютно никто — не может покинуть прием раньше почетного гостя. А им вчера был вице-президент Соединенных Штатов.

— О Господи!

— Сегодня все телефоны звонили не переставая.

— Простите меня, Стэн. Я ведь этого не знала. К тому же я пообещала детям...

— В Вашингтоне не существует детей, здесь есть только избиратели. В этом городе сосредоточена вся власть. Никогда не забывайте об этом.

Появились проблемы с деньгами. Расходы были просто невообразимыми. Цены в Вашингтоне поражали Мэри. Она отдала кое-какие вещи в прачечную отеля, а когда увидела счет, чуть не упала в обморок.

— Пять долларов и пятьдесят центов за то, чтобы постирать блузку? И два доллара, чтобы выстирать лифчик! Нет уж, теперь я займусь стиркой сама.

Она намочила колготки в холодной воде и положила их в морозильник. Так они прослужат дольше. Она стирала вещи детей в раковине. Носовые платки после стирки она сушила на зеркале, а потом тщательно складывала их, чтобы не гладить. Свои платья и брюки Тима она развешивала на плечиках в ванной, затем включала на полную мощь горячую воду и закрывала дверь. Когда однажды Бет открыла утром дверь в ванную, оттуда вырвались клубы пара.

— Мама! Что ты делаешь?

— Экономлю деньги, — гордо ответила Мэри. — Цены в прачечной просто умопомрачительные.

— А если к нам зайдет президент? Как это будет выглядеть? Он посмотрит на тебя как на деревенщину.

— Президент к нам не зайдет. И пожалуйста, закрой дверь, не мешай мне экономить деньги.

Так уж и деревенщина! Если бы президент увидел, чем она занимается, он бы гордился ею. Она бы показала ему счет из прачечной, и он увидел, сколько она сэкономила благодаря американской практичности. Он был бы поражен.

«Если у членов моего правительства было бы столько же воображения, как у вас, госпожа посол, наша экономика находилась бы в лучшем состоянии. Мы потеряли дух пионеров, которые сделали эту страну великой. Люди утратили смекалку. Мы больше полагаемся на электрические приборы, чем на самих себя. Я хочу поставить вас в пример некоторым вашингтонским чиновникам, которые полагают, что наша страна сделана из денег. Это будет для них хорошим уроком. Кстати, Мэри Эшли, у меня возникла замечательная мысль. Я назначу вас министром финансов».

Пар проходил под дверью, Мэри открыла ее, и целое облако ворвалось в гостиную. Раздался звонок в дверь, и Бет крикнула:

— Мама, к тебе пришел Джеймс Стикли.

Глава 15

— С каждым днем это становится все более странным, — сказал Бен Кон. Он сидел голый на кровати рядом с Акико. Они смотрели передачу «Встреча с прессой» с участием Мэри Эшли.

«— Я полагаю, — говорила новый посол в Румынии, — что с присоединением Гонконга и Макао Китай станет более гуманным коммунистическим обществом».

— Откуда, черт возьми, она может знать о Китае? — пробормотал Бен Кон. Он повернулся к Акико: — Перед тобой домохозяйка из Канзаса, которая ни с того ни с сего стала международным экспертом.

— Она довольно умная, — заметила Акико.

— Умная — это одно. Но каждый раз когда она дает интервью, репортеры как с цепи срываются. Как она пробилась во «Встречу с прессой»? Я тебе скажу. Кто-то решил, что Мэри Эшли должна стать знаменитостью. Но кто? Почему? Даже про Чарлза Линдберга* столько не говорили.

— Кто такой Чарлз Линдберг?

Бен Кон вздохнул:

— Вот она, проблема разных поколений. Никакого взаимопонимания.

— Есть другие пути взаимопонимания, — мягко сказала Акико. Она нежно толкнула его на кровать и села на него верхом. Ее длинные шелковистые волосы щекотали его грудь. Когда его возбуждение достигло предела, она погладила его член и сказала: — Привет, Артур.

— Артур хочет войти в тебя.

— Подожди. Я сейчас вернусь.

Она встала и направилась на кухню. Бен Кон посмотрел на экран телевизора и подумал: «Надо будет разобраться с этой леди. Что-то тут не так, и я узнаю, что именно».

— Акико! — закричал он. — Где ты там? Артура клонит ко сну.

— Скажи ему, пусть подождет немного. Я уже иду.

Через несколько минут она вернулась в комнату, неся блюдо с мороженым, взбитыми сливками и вишней.

— Господи, зачем? Я не голоден. Я хочу тебя.

— Лежи, не шевелись. — Она положила под него полотенце, взяла рукой мороженое и принялась намазывать им вокруг члена.

— Эй! Холодно! — завопил он.

— Тихо! — Поверх мороженого она положила взбитые сливки, а член украсила вишенкой. — Обожаю фруктовый салат, — прошептала она.

Затем она принялась слизывать все языком. Бена захлестнула волна невероятных ощущений. И все они были

---

* Знаменитый американский летчик, первым совершивший перелет через Атлантический океан.

156

приятными. Когда он уже больше не мог терпеть, он перевернул Акико на спину и вошел в нее.

С телевизионного экрана Мэри Эшли говорила:

«— Один из лучших способов предотвратить войну со странами, не признающими американскую идеологию, – это развитие торговли с ними...»

В тот же вечер Бен Кон позвонил Яну Виллерсу.

— Привет, Ян!

— Бенджи, приятель! Чем могу быть полезен?

— Окажи мне одну услугу.

— О чем разговор. Всегда пожалуйста.

— Как я понимаю, ты занимаешься организацией интервью с нашим новым послом в Румынии.

— Да, — осторожно ответил Ян.

— Кто за всем этим стоит? Мне хотелось бы знать.

— Извини, Бен. Этим занимается госдепартамент. Я всего лишь мелкая сошка. Поинтересуйся у государственного секретаря.

— Почему тебе просто не послать меня в задницу, Ян? Я думаю, что сам поеду и все разузнаю.

— И куда же ты собираешься поехать?

— В Джанкшн-Сити, Канзас.

Бен Кон провел в Джанкшн-Сити всего один день. Около часа он беседовал с шерифом Манстером и одним из его заместителей, а затем на машине, взятой напрокат, отправился в Форт-Райли, где беседовал с представителем ОУР. В тот же день он вылетел обратно.

Как только его самолет поднялся в небо, из Форт-Райли позвонили в Вашингтон.

Мэри Эшли шла по коридору в кабинет к Джеймсу Стикли, когда услышала за спиной низкий мужской голос:

— Вот это да!

Мэри резко обернулась. Высокий незнакомец стоял, прислонившись к стене, с вызывающей улыбкой на губах. Он был небрит и одет в джинсы, футболку и кроссовки. Его глаза смотрели насмешливо. Его надменный вид вывел ее из себя. Резко повернувшись, Мэри рассерженно пошла дальше, чувствуя на себе его взгляд.

У Джеймса Стикли она пробыла больше часа. Когда Мэри вернулась в свой кабинет, то обнаружила там незнакомца, который сидел в ее кресле, положив ноги на стол и просматривая ее бумаги. Она почувствовала, как краска гнева залила ее лицо.

— Какого черта вы тут делаете?

Мужчина смерил ее долгим взглядом, затем лениво поднялся.

— Я Майк Слейд. Зовите меня просто Майк.

— Чем обязана вашему присутствию, мистер Слейд? — ледяным тоном спросила она.

— В общем-то ничем, — просто ответил он. — Мы с вами соседи. Я работаю здесь в отделе. Дай, думаю, зайду поздороваюсь.

— Вы уже поздоровались. К тому же, если вы действительно работаете в отделе, полагаю, у вас должен быть свой стол. Поэтому в будущем не садитесь за мой стол и не ройтесь в моих бумагах!

— Боже, ну и характер! А я слышал, что канзасцы, или как вы себя там называете, приветливые и дружелюбные люди.

— Мистер Слейд, — процедила она, — я даю вам две секунды, чтобы убраться отсюда, или я позову охранника.

— Я, наверно, что-то не расслышал, — пробормотал он.

— И если вы здесь действительно работаете, то вам следует пойти домой побриться и одеться поприличней.

158

— У меня была жена, которая говорила то же самое, — вздохнул он. — Но ее давно уже у меня нет.

Лицо Мэри полыхнуло от ярости.

— Вон!

— Пока, крошка! — Он помахал ей рукой. — Еще увидимся.

«Нет, — подумала Мэри, — ни за что».

В то утро у нее были одни неприятности. Джеймс Стикли относился к ней с нескрываемой враждебностью. К полудню Мэри чувствовала себя совершенно разбитой. Она решила вместо обеда покататься по вашингтонским улицам и немного разрядиться. Ее лимузин стоял напротив Института по иностранным делам.

— Доброе утро, госпожа посол, — сказал шофер. — Куда вы пожелаете поехать?

— Куда угодно, Марвин. Давай просто покатаемся.

— Да, мадам. — Машина плавно тронулась с места. — Хотите посмотреть на «Посольский ряд»?

— Да. — Она была готова ехать куда угодно, лишь бы избавиться от чувства досады.

Шофер повернул налево и направился к Массачусетс-авеню.

— Он начинается здесь, — сказал Марвин, когда они выехали на широкий проспект. Он двигался медленно, чтобы показать находившиеся здесь посольства.

Мэри узнала японское посольство по флагу с восходящим солнцем. На дверях индийского посольства красовался слон.

Они проехали мимо мечети, во дворе которой, стоя на коленях, молились люди. Миновали 23-ю улицу, на углу которой стояло здание из белого камня.

— Это румынское посольство, — сказал Марвин. — А рядом...

— Остановитесь, пожалуйста.

Лимузин затормозил. Мэри посмотрела в окно на табличку, висевшую у дверей. На ней было написано: «ПОСОЛЬСТВО СОЦИАЛИСТИЧЕСКОЙ РЕСПУБЛИКИ РУМЫНИИ».

Повинуясь внезапному желанию, Мэри сказала:

— Подождите меня здесь. Я хочу зайти в посольство.

Сердце у нее учащенно забилось. Это будет ее первый контакт со страной, о которой она рассказывала студентам и которая на несколько лет станет ее домом.

Глубоко вздохнув, Мэри нажала на кнопку звонка. Тишина. Она толкнула дверь, и та открылась. Мэри вошла. В вестибюле было темно и холодно. Возле стены стояли софа, два кресла и телевизор. Услышав шаги, она обернулась. Высокий худой человек поспешно спускался по ступенькам.

— Да? Да? Что случилось? — повторял он.

Мэри расцвела.

— Доброе утро. Я Мэри Эшли. Я новый посол в...

Мужчина закрыл лицо руками.

— О Господи!

— Что-нибудь не так? — испугалась Мэри.

— Но мы же совершенно не ждали вас, госпожа посол.

— А, я знаю. Я просто проезжала мимо...

— Посол Корбеску будет ужасно, ужасно расстроен.

— Расстроен? Почему? Я ведь просто заехала...

— Конечно-конечно. Простите меня. Меня зовут Габриел Стойка. Я заместитель посла. Позвольте, я включу свет и отопление. Видите ли, мы не ждали вас. Совсем не ожидали.

Видно было, что он в полной растерянности. Мэри хотела уйти, но было уже слишком поздно. Она смотрела, как Габриел Стойка суетился, зажигая лампы, пока зал не был полностью освещен.

— Через несколько минут будет тепло, — извиняющимся тоном сказал он. — Мы стараемся экономить на электроэнергии. Вашингтон — очень дорогой город.

Ей хотелось провалиться сквозь землю от стыда.

— Если бы я знала...

— Нет-нет. Ничего страшного. Посол наверху. Я уведомлю его о вашем приходе.

— Не стоит...

Но Стойка уже помчался наверх.

Через пять минут Стойка вернулся.

— Пожалуйста, проходите. Посол рад вас видеть. Крайне рад.

— Вы уверены, что...

— Он ждет вас.

Стойка проводил ее наверх. Они вошли в конференц-зал, где стоял длинный стол с двенадцатью стульями. Вдоль стены стояли стеллажи с румынскими сувенирами и поделками, на противоположной стене висела рельефная карта Румынии. Над камином красовался государственный флаг Румынии. Застегивая пиджак, к ней спешил посол Раду Корбеску. Это был высокий смуглый мужчина. Слуга зажигал повсюду свет.

— Госпожа посол! — воскликнул Корбеску. — Какая неожиданная честь! Извините, что принимаем вас так неофициально. Ваш государственный департамент не уведомил о вашем визите.

— Это моя вина, — сказала Мэри. — Я проезжала мимо и...

— Я так рад встрече с вами! Так рад! Мы столько раз видели вас по телевизору и столько читали в газетах. Нам так хотелось познакомиться с новым послом. Хотите чаю?

— Ну, если это вас не затруднит...

- Затруднит? Что вы! Извините, что мы не приготовили официальный обед для вас. Извините меня. Я так смущен.

«Это я смущена, — думала Мэри. — Зачем я сюда пришла? Дура, дура, дура! Я даже своим детям не расскажу об этом. Я унесу этот секрет с собой в могилу».

Когда подали чай, румынский посол так волновался, что пролил его.

— Какой я неловкий! Простите меня...

Мэри хотелось, чтобы он перестал извиняться.

Посол стал говорить на светские темы, но это только ухудшило обстановку. Было видно, что он ужасно смущен. При первой же возможности Мэри встала:

— Большое вам спасибо, ваше превосходительство. Была рада с вами познакомиться.

И она быстро ушла.

Когда Мэри вернулась в свой кабинет, Джеймс Стикли немедленно вызвал ее к себе.

— Миссис Эшли, — ледяным тоном сказал он, — что вы себе позволяете?

«Вероятно, мне не удастся сохранить это в секрете», — решила Мэри.

— А, это вы насчет румынского посольства? Я решила просто зайти и познакомиться...

— Это вам не в деревне ходить по гостям, — рявкнул Стикли. — В Вашингтоне не заходят просто так в посольства. Если один посол желает встретиться с другим, он посылает ему приглашение. Вы поставили Корбеску в неловкое положение. Мне еле-еле удалось отговорить его, чтобы он не выразил официальный протест государственному департаменту. Он считает, что вы пришли, чтобы специально застать его врасплох.

- Что? Я только...

162

— Запомните, вы больше не обыкновенный гражданин, вы представитель правительства Соединенных Штатов. В следующий раз, когда у вас возникнет желание сделать нечто более личное, чем почистить зубы, сначала спросите у меня. Надеюсь, я ясно выражаюсь?

— Да, — выдавила Мэри.

— Хорошо. — Он снял трубку и набрал номер. — Миссис Эшли здесь. Ты зайдешь? Хорошо.

Мэри сидела, не говоря ни слова, чувствуя себя наказанным ребенком. Дверь открылась, и вошел Майк Слейд.

Он посмотрел на Мэри и усмехнулся:

— Привет, я последовал вашему совету и побрился.

— Вы что, знакомы? — спросил Стикли.

— Не совсем, — ответила Мэри, глядя на Слейда. — Я застала его у себя в кабинете, когда он рылся в моих бумагах.

— Миссис Эшли, представляю вам Майка Слейда. Он будет вашим заместителем в посольстве.

— Кем?

— Мистер Слейд работает в отделе Восточной Европы. Обычно он не выезжает из Вашингтона, но было принято решение назначить его вашим заместителем.

Мэри вскочила со стула.

— Нет, — запротестовала она. — Это невозможно.

— Я обещаю бриться каждый день, — смиренно сказал Слейд.

Мэри повернулась к Стикли:

— Я полагала, что послу разрешается самому выбирать себе заместителя.

— Это так, но...

— Я отвергаю кандидатуру Майка Слейда. Мне он не нужен.

— При обычных обстоятельствах вы могли бы воспользоваться своим правом, но в данном случае у вас нет выбора. Это приказ Белого дома.

* * *

Мэри встречала Майка Слейда повсюду. В Пентагоне, в столовой сената, в коридорах государственного департамента. Он всегда был одет в неизменные джинсы, футболку и кроссовки. Она не могла понять, как его только пускают в такие учреждения.

Однажды Мэри видела, как он обедал с полковником Маккинни. Они что-то с жаром обсуждали, и Мэри стало любопытно, какие интересы связывали их. «Может, они старые друзья? А может, они что-то замышляют против меня? Я становлюсь параноиком, — подумала Мэри. — А ведь я еще не в Румынии».

Чарли Кэмпбелл, глава сенатского комитета по иностранным делам, устроил прием в честь Мэри. Когда она вошла в зал, то увидела, что все женщины были в изысканных вечерних туалетах. «Я не принадлежу к этому миру, — подумала она. — Они выглядят так, будто родились такими».

Она не знала, что выглядит лучше всех.

На приеме присутствовали несколько фотографов, и ее снимали чаще других. Она танцевала со многими мужчинами, и почти все просили ее дать свой номер телефона. Она относилась к этому безразлично.

— Извините, — говорила она всем, — работа и семья занимают все мое время.

Ей даже в голову не могла прийти мысль, что она может с кем-то встречаться. Кроме Эдварда, у нее не будет другого мужчины.

С ней за столом сидели Чарли Кэмпбелл с женой и несколько человек из государственного департамента. Зашел разговор о комичных ситуациях с послами.

— Несколько лет назад в Мадриде, — рассказывал один из гостей, — сотни воинствующих студентов собрались возле британского посольства, требуя возвращения Гибралтара Испании. Когда они уже почти ворвались на территорию посольства, позвонил один из министров правительства Франко. «Я поражен тем, что происходит у вашего посольства, — сказал он. — Может, прислать побольше полиции?» «Нет, — ответил посол. — Лучше присылайте поменьше студентов».

— А правда, — спросил кто-то, — что древние греки считали Гермеса покровителем послов?

— Да. Он также был покровителем бродяг, воров и лгунов.

Мэри была в восторге от вечера. Все вокруг были такими умными, обходительными, интересными. Она была готова сидеть до утра. Сидящий рядом с ней мужчина спросил:

— Вам завтра не надо вставать рано?

— Нет, — ответила она. — Завтра воскресенье, и я могу выспаться.

Чуть позже одна из женщин зевнула.

— Извините, у меня был такой трудный день.

— У меня тоже, — с улыбкой ответила Мэри.

Вдруг ей показалось, что в комнате воцарилась странная тишина. Она заметила, что все смотрят на нее. «Что такое?» — подумала она. Мэри взглянула на часы. Третий час ночи. И вдруг с ужасом вспомнила, как Стэнтон Роджерс предупреждал ее: «На приемах первым всегда уходит почетный гость».

Ведь почетным гостем была она! «Господи, — подумала Мэри. — Они ведь не могут уйти без меня!»

Она встала и сказала сдавленным голосом:

— Желаю всем спокойной ночи. Вечер был просто великолепный.

Повернувшись, она поспешила к двери, слыша, как все стали собираться.

В понедельник утром она столкнулась в коридоре с Майком Слейдом.

— Я слышал, — усмехаясь сказал он, — что вы половину Вашингтона держали на ногах всю ночь.

Его вид вывел ее из себя.

Пройдя мимо, она зашла в кабинет Джеймса Стикли.

— Мистер Стикли, я считаю, что, если мистер Слейд будет моим заместителем, это негативно скажется на работе нашего посольства в Румынии.

Он оторвался от документа, который читал:

Да? А в чем дело?

В его поведении. Я считаю, что он грубый и высокомерный. Честно говоря, он мне не нравится.

— Да, у Майка есть кое-какие странности, но...

- Странности? Да он грубый и невоспитанный, как носорог. Я официально требую, чтобы мне назначили другого заместителя.

- Вы закончили?

- Да.

Миссис Эшли, так получилось, что Майк Слейд является самым опытным специалистом по восточноевропейским государствам. Ваша задача заключается в том, чтобы наладить дружеский контакт с румынской стороной. А моя работа — в том, чтобы оказывать вам всяческую помощь. Так вот, лучше Майка Слейда никого нет. И я больше ничего не желаю слышать. Я понятно выражаюсь?

«Бесполезно, — подумала Мэри. — Абсолютно бесполезно». Она вернулась в свой кабинет в расстроенных чувствах. «Можно было бы поговорить со Стэном, — подумала она. Он бы помог. Но это будет проявлением слабости

166

с моей стороны. Я сама попытаюсь справиться с Майком Слейдом».

— Мечтаем?

Мэри вздрогнула. Перед ней со стопкой меморандумов стоял Майк Слейд.

— Это отвлечет вас от дурных мыслей, - сказал он кладя бумаги на стол.

— В следующий раз стучите, когда заходите в мой кабинет.

В его глазах светилась насмешка.

— С чего это у меня такое чувство, что я вам не нравлюсь?

Внутри у нее все кипело.

— Я объясню вам, мистер Слейд. Потому что я считаю вас самоуверенным, неприятным, высокомерным.

Он поднял палец.

— Вы повторяетесь.

— Не смейте насмехаться надо мной! — закричала она

— Вы хотите сказать, — он понизил голос, - что я не могу присоединиться к другим? Как вы думаете, что говорят про вас в Вашингтоне?

— Мне все равно, что про меня говорят

— А зря. — Он присел на стол. - Все задают себ вопрос: какое право вы имеете быть послом? Я провел четыре года в Румынии. Это пороховая бочка, а правительство посылает туда какую-то девчонку

Мэри слушала его, стиснув зубы

— Вы не профессионал, миссис Эшли. И уж если вас так хотели сделать послом, лучше бы вас послали в Исландию.

Мэри вышла из себя. Вскочив, она дала ему пощечину

— Вы очень быстрая на ответ, - вздохнул Майк Слейд

Глава 16

В приглашении было написано: «Посол Социалистической Республики Румынии приглашает вас на коктейль и обед в посольство, 1607, 23-я улица, в 19.30, в смокингах, РСВП 555 — 6593».

Мэри вспомнила о последнем посещении румынского посольства. Какая же она была дура! «Нет уж, больше такого не повторится. Я теперь знаю, как себя вести».

Она надела новое вечернее бархатное платье с вырезом, черные туфли на высоком каблуке и скромное жемчужное ожерелье.

— Ты выглядишь лучше Мадонны, — сказала Бет. Мэри обняла ее.

— Я так волнуюсь. Вы ужинайте и смотрите телевизор. Я вернусь рано. Завтра мы пойдем смотреть дом-музей президента Вашингтона в Маунт-Вернон.

— Желаю хорошо повеселиться, мама.

Зазвонил телефон.

— Госпожа посол, мистер Стикли ожидает вас внизу, — сообщил ей портье.

«Жаль, что он пойдет со мной, — подумала Мэри. — Я сама смогу держаться подальше от неприятностей».

В этот раз румынское посольство выглядело совсем по-другому Чувствовалась праздничная обстановка, которой не было в прошлый раз. У дверей их встретил Габриел Стойка, заместитель посла.

— Добрый вечер, мистер Стикли. Рад вас видеть.

— Я хочу представить вам нашего нового посла. — Стикли кивнул в сторону Мэри.

На лице Стойки не отразилось никаких эмоций.

— Рад познакомиться с вами, госпожа посол. Прошу следовать за мной.

Идя по коридору, Мэри заметила, что все комнаты были освещены и было тепло. В зале играл небольшой оркестр. Повсюду стояли вазы с цветами.

Посол Корбеску разговаривал с группой гостей, когда увидел Джеймса Стикли и Мэри Эшли.

— Добрый вечер, мистер Стикли.

— Добрый вечер, господин посол. Разрешите вам представить посла Соединенных Штатов в Румынии.

Корбеску посмотрел на Мэри и сказал ровным голосом.

— Я счастлив познакомиться с вами.

Мэри думала, что по глазам сможет определить настроение Корбеску, но они были непроницаемы.

На приеме присутствовало не менее сотни гостей. Мужчины были в смокингах, а женщины — в вечерних туалетах, созданных французскими модельерами. Теперь, кроме большого стола, который Мэри видела в прошлый раз, здесь было еще несколько небольших столов. Официанты в ливреях обносили гостей шампанским.

— Хотите выпить? — спросил Стикли.

— Нет, спасибо, — ответила Мэри. — Я не пью.

— Действительно? Очень жаль.

— Почему? — удивилась она.

— Потому что это часть вашей работы. На каждом дипломатическом приеме, куда вас будут приглашать, произносятся тосты. Если вы не будете пить, вы оскорбите хозяина. Достаточно лишь слегка пригубить шампанское.

— Я запомню это, — сказала Мэри.

Она посмотрела вокруг и увидела Майка Слейда. Она сначала даже не узнала его. На нем был смокинг, и она была вынуждена признать, что выглядел он весьма привлекательным. Он обнимал пышнотелую блондинку, которая, казалось, вот-вот выпадет из своего платья. «Дешевка, — подумала Мэри. — Как раз в его вкусе. Интересно, сколько подобных подружек ожидают его в Бухаресте?» Она вспомнила его слова: «Вы не профессионал, миссис Эшли. И уж если вас так хотели сделать послом, лучше бы вас послали в Исландию». Ублюдок!

Пока Мэри наблюдала за Майком, к нему подошел полковник Маккинни в парадном мундире. Извинившись перед блондинкой, Майк отошел с ним в сторону. «Надо быть повнимательней к этим двоим», — подумала Мэри.

Мимо проходил официант с подносом.

— Я, пожалуй, возьму шампанское, — сказала Мэри. Джеймс Стикли смотрел, как она выпила полный бокал.

— Ладно, пора за работу.

— За работу?

— На подобных приемах решается много дел.

В течение следующего часа Мэри представляли послам, сенаторам, губернаторам и ведущим политикам Вашингтона. Интерес к Румынии был огромным, и всем влиятельным людям удалось получить приглашение на прием. Майк Слейд подошел к Джеймсу Стикли и Мэри, держа свою блондинку под руку

— Добрый вечер, — весело сказал Майк. — Познакомьтесь с Дебби Деннисон. Это Джеймс Стикли и Мэри Эшли.

Он преднамеренно ошибся. Мэри поправила его ледяным голосом:

— Посол Эшли.

Майк ударил себя ладонью по лбу:

— Извините, госпожа посол. Кстати, отец мисс Деннисон тоже посол. Разумеется, он профессиональный дипломат. За последние двадцать пять лет он служил во многих странах.

— Это было так интересно, — сказала Дебби Деннисон.

— Дебби много путешествовала, — сказал Майк Слейд.

— Да, — равнодушно отозвалась Мэри. — Разумеется.

Мэри молилась, чтобы не оказаться с Майком Слейдом за одним столом, и ее молитвы были услышаны. Он сидел за другим столом вместе со своей полуголой блондинкой. Мэри сидела в окружении двенадцати человек. Многих из них она видела на фотографиях в журналах и на экранах телевизоров. Джеймс Стикли — напротив нее. Слева сидел гость, говоривший на странном языке, который Мэри так и не смогла определить. Справа — высокий, стройный блондин средних лет с красивым выразительным лицом.

— Я просто в восторге, что нахожусь рядом с вами, — сказал он Мэри. — Я ваш горячий поклонник. — Он говорил с легким скандинавским акцентом.

— Спасибо. — «Поклонник чего? — подумала Мэри. — Я ведь ничем пока не занималась».

— Меня зовут Олаф Петерсон, я атташе по культурным связям посольства Швеции.

— Рада с вами познакомиться, мистер Петерсон.

— Вы бывали в Швеции?

— Нет. Честно говоря, я еще нигде не бывала.

— Тогда у вас еще все впереди, — улыбнулся Олаф.

— Возможно, я как-нибудь приеду в вашу страну с детьми.

— О, у вас есть дети? Взрослые?

— Тиму — десять, а Бет — двенадцать. Сейчас я вам их покажу. — Она вытащила из сумочки фотографии.

Сидящий напротив Джеймс Стикли неодобрительно покачал головой.

171

Олаф Петерсон внимательно разглядывал снимки

— Какие очаровательные дети! — воскликнул он. — Совсем как их мама.

— У них глаза отца.

Они с Эдвардом часто шутливо спорили по этому поводу.

«Бет будет такой же красавицей, как и ты, — обычно говорил Эдвард. — А на кого похож Тим, я так и не пойму. Ты уверена, что это мой сын?»

Такие шутливые споры всегда заканчивались занятиями любовью.

Олаф Петерсон что-то говорил ей.

— Извините, я отвлеклась.

— Я слышал, что ваш муж погиб в автокатастрофе. Я вам сочувствую. Женщине так трудно без мужчины.

Мэри взяла бокал с шампанским и немного отпила. Вино было прохладным и освежающим. Она выпила все до дна. Тут же официант в белых перчатках наполнил ее бокал.

— Когда вы займете свой пост в Румынии? — спросил Петерсон.

— Мне сказали, что я поеду туда через несколько недель. — Мэри подняла бокал: — За Бухарест. — Она выпила. Вино было превосходным. Всем известно, что в шампанском почти нет алкоголя.

Когда официант предложил ей снова наполнить бокал, радостно кивнула. Мэри оглядела зал, где изысканно одетые гости разговаривали на разных языках, и подумала: «Да, в Джанкшн-Сити таких банкетов не бывает. Канзас скучный, как деревня. А Вашингтон интересный, как... Как что интересный?» Она нахмурилась, пытаясь найти подходящее сравнение.

— С вами все в порядке? — спросил Петерсон.

Она похлопала его по руке:

— Все отлично. Я бы выпила еще, Олаф.

— Разумеется.

Он сделал знак официанту, и тот снова наполнил ее бокал.

— У себя дома, — доверительно сказала Мэри, — я никогда не пила вина. — Она отпила шампанского. — Я вообще ничего не пила. — Язык у нее стал заплетаться. — Кроме воды, конечно.

Олаф с улыбкой смотрел на нее.

Сидящий во главе стола румынский посол Корбеску встал:

— Леди и джентльмены, уважаемые гости, я хотел бы предложить тост.

Ритуал начался. Они пили за Александру Ионеску, президента Румынии. Они пили за мадам Ионеску. Затем были тосты в честь президента США, вице-президента, за румынский флаг, за американский флаг. Мэри показалось, что тостов было не меньше ста. И каждый раз она пила. «Я ведь посол, — напоминала она себе. — Это моя обязанность».

Затем румынский посол сказал:

— Я уверен, что всем нам будет приятно послушать, что скажет очаровательная миссис Эшли, новый посол США в Румынии.

Мэри подняла бокал и уже собиралась выпить, как вдруг поняла, что все смотрят на нее. Она с трудом встала, держась за стол, чтобы не упасть. Посмотрев на собравшихся, она помахала им рукой:

— Всем привет. Надеюсь, вам тут нравится?

Она никогда не чувствовала себя более счастливой. Все были такие милые. Все улыбались ей, некоторые даже смеялись. Мэри посмотрела на Джеймса Стикли и усмехнулась:

— Отличная вечеринка. Я рада, что вы все собрались здесь. — Она плюхнулась на стул и повернулась к Олафу Петерсону: — Мне что-то подсыпали в вино.

Он взял ее за руку.

— Я думаю, вам стоит освежиться. Здесь так душно.

— Да, действительно душно. По правде говоря, у меня даже кружится голова.

— Давайте выйдем.

Он помог Мэри встать, и, к своему удивлению, она почувствовала, что ей трудно идти. Джеймс Стикли был увлечен беседой со своим соседом и не видел, как они ушли. Мэри и Олаф Петерсон прошли мимо стола, за которым сидел Майк Слейд. Он смотрел на нее, неодобрительно нахмурив брови.

«Он завидует, — подумала Мэри. — Его никто не попросил выступить с речью».

— Знаете, в чем его проблема? — сказала Мэри. — Он хотел быть послом. Теперь не может смириться, что на этот пост назначили меня.

— О ком вы говорите? — спросил Олаф.

— Да так, не важно.

Они вышли на холодный ночной воздух. Мэри была благодарна Петерсону за то, что тот поддерживал ее. Все плыло у нее перед глазами.

— Тут где-то должен стоять мой лимузин, — сказала Мэри.

— Отправьте его, — предложил Олаф Петерсон — Давайте зайдем ко мне и немного выпьем.

— Больше ни капли вина.

— Нет-нет. Просто немного бренди.

«Бренди... В книгах все знаменитые люди пьют бренди. Бренди с содовой».

— С содовой?

— Разумеется.

Олаф Петерсон помог Мэри сесть в такси и назвал адрес шоферу. Когда они остановились возле большого

174

многоквартирного дома, Мэри изумленно посмотрела на Петерсона:

— Где мы?

— Дома, — сказал Петерсон. Он помог ей выйти из такси, держа ее, чтобы она не упала.

— Я пьяная? — спросила Мэри.

— Нет, конечно, — успокоил ее Петерсон.

— У меня странное чувство.

Петерсон ввел ее в дом и вызвал лифт.

— Немного бренди, и все будет в порядке.

— Вы знаете, что я резвая, я хотела сказать, трезвая?

— Конечно. — Петерсон гладил ее руку.

Двери лифта открылись, и они вышли в коридор.

— Вы знаете, что ваш пол неровный?

— Завтра я займусь этим.

Одной рукой Петерсон поддерживал Мэри, а другой нашарил в кармане ключ и вставил его в замок. Они вошли в квартиру, в которой царил полумрак.

— Тут темно, — сказала Мэри.

Олаф Петерсон обнял ее.

— Я люблю темноту, а вы?

Она не могла определить, любила ли она темноту или нет.

— Вы знаете, что вы очень красивая женщина?

— Спасибо. А вы очень красивый мужчина.

Он подвел ее к дивану и усадил рядом с собой. У нее кружилась голова. Он поцеловал ее, гладя рукой по бедру.

— Что вы делаете?

— Расслабься, дорогая. Тебе будет хорошо.

Ей действительно было хорошо. У него были такие ласковые руки. Как у Эдварда.

— Он был прекрасным врачом, — сказала Мэри.

— Несомненно. — Он прижался к ней всем телом.

— Конечно. Когда кому-нибудь надо было сделать операцию, все шли к Эдварду.

175

Она лежала на спине. Нежные руки подняли ей платье и ласкали ее тело. Руки Эдварда. Мэри закрыла глаза, чувствуя, как мягкие губы и язык ласкают ее живот. У Эдварда был такой нежный язык. Как ей это нравилось.

— Мне так приятно, дорогой, — прошептала Мэри. — Войди в меня. Пожалуйста, войди.

— Сейчас, — хрипло прозвучал его голос. Это был голос не Эдварда.

Она открыла глаза и увидела перед собой чужое, незнакомое лицо. Почувствовав, как он входит в нее, она закричала:

— Нет! Остановитесь!

Мэри резко повернулась и скатилась с дивана. С трудом она поднялась на ноги.

Олаф Петерсон удивленно смотрел на нее.

— Но...

— Нет!

Она обвела комнату глазами.

— Простите, — сказала Мэри. — Я совершила ошибку. Не думайте, что я...

Повернувшись, Мэри побежала к двери.

— Подождите! Давайте я отвезу вас домой.

Но ее уже не было.

Мэри шла по пустынным улицам. Ледяной ветер дул ей в лицо. Она чувствовала, что умирает со стыда. Нет объяснения тому, что она сделала. И нет прощения. Она опозорилась. Да еще как глупо! Напилась на виду у всего дипломатического корпуса, пошла домой к незнакомому мужчине и чуть было не дала себя соблазнить. Завтра она станет мишенью для насмешек всех вашингтонских газет.

Бен Кон слышал эту историю от трех человек, которые были в румынском посольстве. Он просмотрел колонки светской хроники во всех вашингтонских и нью-йоркских газетах. Ни слова об этом инциденте. Кто-то замял эту историю. Это мог сделать только кто-то очень влиятельный.

Кон сидел в своем крошечном кабинете в редакции, размышляя. Затем он набрал номер телефона Яна Виллерса.

— Добрый день. Мистер Виллерс на месте?

— Да. Кто его спрашивает?

— Бен Кон.

— Минуточку. — После небольшой паузы секретарь снова взяла трубку. — Извините, мистер Кон. Но мистер Виллерс только что вышел.

— Когда я смогу его застать?

— Боюсь, что сегодня это невозможно.

— Ладно.

Потом он позвонил знакомой журналистке, что вела раздел сплетен в другой газете.

— Линда, — сказал Кон, — как у тебя дела?

— Потихоньку.

— Что-нибудь интересное случилось в этом омуте?

Линда знала все, что происходит в Вашингтоне.

— Ничего, Бен. Все тихо.

— Я слышал, был какой-то скандал в румынском посольстве? — небрежным тоном спросил он.

— Правда? — настороженно спросила она.

— Ага. Ты слышала что-нибудь о новом американском после в Румынии?

— Нет. Извини, Бен, мне звонят по междугородней линии.

В трубке раздались гудки.

Тогда он позвонил своему приятелю, работающему в госдепартаменте. Когда секретарь соединила их, он сказал:

— Привет, Альфред.

— Бенджи! Как твои дела?

— Мы столько времени не виделись. Может, пообедаем вместе?

— Идет. Что ты там задумал?

— Я тебе все расскажу при встрече.

— Ладно. У меня сегодня полно времени. Пообедаем в «Уотергейте»?

— Слушай, давай лучше в «Силвер спринг».

— Но ведь это далеко.

— Да.

— Я все понял, — после паузы сказал Альфред.

— В час дня?

— Идет.

Бен Кон сидел за угловым столиком, когда вошел Альфред Шатлворт. Хозяин ресторана Тони Серхио провел его к столу.

— Что будете пить, джентльмены?

Шатлворт заказал мартини.

— Мне ничего, — сказал Бен Кон.

Альфред Шатлворт был мужчиной средних лет с болезненным цветом лица. Несколько лет назад, управляя машиной в пьяном состоянии, он попал в аварию. Бен Кон получил задание от редакции написать об этом. Карьера Шатлворта была под угрозой.

Кон замял историю, и в благодарность за это Шатлворт иногда снабжал его кое-какой информацией.

— Мне нужна твоя помощь, Ал.

— Всегда пожалуйста.

— Мне нужна полная информация о нашем новом после в Румынии.

— Что ты имеешь в виду? — нахмурился Альфред Шатлворт.

— Три человека позвонили мне и рассказали, что она так надралась на приеме у румынского посла, что вела себя как дура в присутствии вашингтонских «кто есть кто». Ты просматривал утренние газеты?

— Да. Там писали про этот прием, но про Мэри Эшли — ничего.

— Именно. Странное поведение собаки. «Пестрая лента».

— Не понял.

— Это про Шерлока Холмса. Собака не лаяла ночью. Она молчала. Газеты тоже молчат. Почему репортеры отказались от такого лакомого кусочка? Кто-то замял все это. Кто-то очень важный. Если бы какой-нибудь другой политик так опозорился на публике, газеты ликовали бы от восторга.

— Не обязательно, Бен.

— Ал, никому не известная Золушка от магического прикосновения президента внезапно становится Грейс Келли, принцессой Ди и Жаклин Кеннеди в одном лице. Я согласен, что она красива, но ведь не настолько. Она умна, но не настолько. Я так полагаю, что одного преподавания в Канзасском университете маловато, чтобы стать послом в одной из самых взрывоопасных стран мира. Тут что-то не так. Я летал в Джанкшн-Сити и разговаривал там с шерифом.

Альфред Шатлворт залпом выпил мартини.

— Я, пожалуй, закажу себе еще. Ты заставляешь меня нервничать.

— Ради Бога. — Бен Кон заказал мартини.

— Продолжай, — сказал Шатлворт.

— Миссис Эшли отказалась от предложения президента, потому что ее муж не мог оставить свою врачебную практику. Затем он гибнет в автомобильной катастрофе. Вуаля! Леди оказывается в Вашингтоне по пути в Бухарест. Как будто все это было спланировано с самого начала.

— Спланировано? Кем?

— Вот в этом-то и вопрос.

— Бен, что ты хочешь этим сказать?

— Ничего. Послушай лучше, что мне рассказал шериф Манстер. Ему показалось странным, что холодной зимней ночью на шоссе оказалось полдюжины свидетелей автокатастрофы. Но самое странное вот в чем. Все они исчезли. Все до одного.

— Дальше.

— Я отправился в Форт-Райли, чтобы поговорить с водителем грузовика, который столкнулся с машиной доктора Эшли.

— И что он тебе рассказал?

— Ничего. Он мертв. Сердечный приступ. В двадцать семь лет.

Шатлворт играл бокалом.

— Я полагаю, это не все?

— Нет, не все. Я пошел в отдел уголовных расследований, чтобы поговорить с полковником Дженкинсом, который следил за расследованием и одновременно был свидетелем происшествия. Полковника я не нашел. Его повысили по службе и куда-то перевели. Говорят, что он теперь генерал и служит где-то за границей. Но никто не знает где.

Альфред Шатлворт покачал головой.

— Бен, я знаю, что ты чертовски способный репортер, но в этот раз ты, по-моему, на ложном пути. Твой рассказ похож на сценарий Хичкока. Люди действительно гибнут в автокатастрофах. У людей действительно бывают сердечные приступы, офицеры действительно получают повышения по службе. Ты ищешь заговор, которого не существует.

— Ал, ты слышал что-нибудь об организации, которая называется «Патриоты свободы»?

— Нет. Террористы какие-нибудь?

— Они не террористы, — спокойно ответил Бен Кон. — Ходят различные слухи, но ничего точно узнать нельзя.

— Что за слухи?

— Предполагается, что это группа высокопоставленных фанатиков правого и левого толка из западных и восточных стран. Их идеологии диаметрально противоположны, но страх держит их вместе. Коммунисты считают, что план президента Эллисона направлен на подрыв единства Восточного блока. Представители правого крыла полагают, что этот план поможет коммунистам уничтожить нас. Поэтому они и создали необычный альянс.

— Господи! Я не могу в это поверить.

— Мало того. Кроме высокопоставленных чиновников тут замешаны люди из различных служб безопасности западных и восточных стран. Ты не мог бы проверить это для меня?

— Не знаю. Попробую.

— Постарайся сделать это как можно незаметнее. Если такая организация действительно существует, ей не понравится, что кто-то напал на ее след.

— Я тебе позвоню, Бен.

— Спасибо. Давай пообедаем.

Спагетти а-ля карбонари были превосходными.

Альфред Шатлворт скептически отнесся к теории Бена Кона. «Репортеры повсюду ищут сенсацию», — подумал он. Ему хотелось оказать услугу приятелю, но он понятия не имел, как выйти на эту мифическую организацию. Если она действительно существовала, то сведения о ней могли быть заложены в правительственные компьютеры. Однако у него не было к ним доступа. «Но я знаю, у кого есть, - вспомнил Альфред Шатлворт. — Надо ему позвонить».

Альфред Шатлворт допивал второй мартини, когда Пит Коннорс зашел в бар.

— Извини, задержался, — сказал Коннорс. — Небольшие проблемы.

Питер Коннорс заказал неразбавленное виски, а Шатлворт еще один мартини.

Они были знакомы, потому что подруга Коннорса и жена Шатлворта работали в одной компании. Коннорс и Шатлворт были совсем не похожи друг на друга: один играл в смертельные шпионские игры, другой был чиновником-бюрократом. Именно это различие и объединило их, время от времени они обменивались полезной информацией. Когда Шатлворт впервые познакомился с ним, Пит Коннорс был живым, интересным собеседником. Затем что-то сломалось у него внутри, и он превратился в ярого реакционера.

Шатлворт отпил мартини.

— Пит, мне нужна одна услуга. Не можешь ли ты кое-что посмотреть для меня в компьютере? Может, там этого и нет, но я обещал это своему другу.

Коннорс незаметно улыбнулся. «Этот парень хочет узнать, кто трахает его жену».

— Конечно. Я и так у тебя в долгу. Про кого бы ты хотел узнать?

— Не про кого, а про что. Если это на самом деле существует. Организация под названием «Патриоты свободы». Слышал о такой?

Пит Коннорс аккуратно поставил бокал на стол.

— Не припомню. А как зовут твоего друга?

— Бен Кон. Он репортер из «Пост».

На следующее утро Бен Кон принял решение.

— Либо у меня будет самый сенсационный материал века, — сказал он Акико, — либо ничего. Пора это выяснить.

— Слава Богу! — воскликнула Акико. — Артур будет безмерно счастлив.

Бен Кон застал Мэри в ее кабинете.

— Доброе утро, госпожа посол. Это Бен Кон. Помните меня?

— Да, мистер Кон. Вы уже написали свою статью?

— Я как раз и звоню по этому поводу. Я был в Джанкшн-Сити и раскопал кое-какую информацию, которая вас заинтересует.

— Что за информация?

— Мне не хотелось бы говорить об этом по телефону. Может, мы где-нибудь встретимся?

— У меня такой загруженный график. Сейчас посмотрим... В пятницу утром у меня будут свободные полчаса. Вам подойдет?

Еще три дня.

— Да, вполне.

— Вы придете ко мне?

— Внизу в вашем здании есть небольшое кафе. Что, если мы встретимся там?

— Хорошо. До пятницы.

Они попрощались и повесили трубки. Чуть позже на линии раздался третий щелчок.

С Контролером нельзя было связаться напрямую. Он руководил и финансировал «Патриотов свободы», но никогда не принимал участие во встречах. Никто не знал, кто он такой. Существовал телефонный номер (Коннорс пытался выяснить, кому он принадлежит, но безрезультатно), по которому отвечал записанный на пленку голос: «У вас есть шестьдесят секунд, чтобы продиктовать свое сообщение». Этот телефон был на случай непредвиденных обстоятельств. Из телефонной будки Коннорс позвонил по этому номеру и оставил свое сообщение.

Оно было получено в 18.00.

В Буэнос-Айресе было 20.00.

Дважды прослушав сообщение, Контролер набрал номер. Ему пришлось ждать три минуты, прежде чем Неуса Муньес ответила:

— Да?

— Это звонит человек, который раньше имел дело с Ангелом, — сказал Контролер. — У меня есть для него новое задание. Вы можете немедленно связаться с ним?

— Не знаю, — ответила она пьяным голосом.

Он сдержал свои эмоции.

— Когда вы сможете увидеться с ним?

— Не знаю.

— Послушайте, — он говорил медленно и четко, как будто разговаривал с ребенком, — скажите Ангелу, что это срочно. Я хочу...

— Минутку. Мне надо в туалет.

Она положила трубку на стол. Контролер ждал, кипя от злости.

Минуты через три она взяла трубку.

— Я так напилась пива, что просто нельзя было вытерпеть, — сообщила она.

Он сцепил зубы.

— Это очень важно. — Он боялся, что она ничего не запомнит. — Возьмите бумагу и карандаш. Я вам все продиктую.

В тот вечер Мэри была на ужине, организованном канадским посольством. Когда она шла с работы домой, чтобы переодеться, Джеймс Стикли предупредил ее:

— В этот раз, пожалуйста, только делайте вид, что пьете.

«Они с Майком Слейдом стоят друг друга», — подумала Мэри.

Ужин продолжался, но ей хотелось как можно скорее очутиться дома с детьми. Здесь не было ни одного знакомого лица. Справа от нее сидел греческий судовладелец, слева — английский дипломат.

Одна светская дама из Филадельфии обратилась к Мэри:

— Вам нравится в Вашингтоне, госпожа посол?

— Спасибо. Очень нравится.

— Вы, наверно, очень счастливы, что смогли вырваться из Канзаса?

— Вырваться из Канзаса? — Мэри непонимающе смотрела на нее.

— Я никогда не была в Средней Америке, — продолжала дама, — но я думаю, что это ужасно. Все эти фермеры, поля, зерно, кукуруза. Я не представляю, как вы могли это выносить?

Мэри разозлилась, но старалась говорить ровным голосом.

— Зерно и кукуруза, про которые вы говорите, — вежливо сказала она, — кормят весь мир.

Покровительственным тоном дама заметила:

— Наши машины ездят на бензине, но мне бы не хотелось жить на нефтяном месторождении. Однако кто-то ведь должен жить на востоке. Но, честно говоря, чем можно заниматься в Канзасе, если, конечно, вы целый день не собираете урожай?

Гости внимательно прислушивались к разговору.

Чем можно заниматься в Канзасе? Мэри вспомнила августовские сенокосы, ярмарки, театральные представления. Пикники по воскресеньям в Милфорд-парке, рыбную ловлю на озере и катание на лодках. Зимой прогулки на лыжах, летние фейерверки в День независимости.

— Если вы никогда не бывали в Средней Америке, как вы можете иметь представление о ней? Ведь это наша страна. Америка — это не Вашингтон, Лос-Анджелес или Нью-Йорк. Тысячи маленьких городков, о которых вы ни разу не слышали, делают нашу страну великой. Это шахтеры, фермеры и рабочие. Да, кстати, в Канзасе есть театр и балет. Мы выращиваем там, к вашему сведению, не только зерно и кукурузу, но и настоящих американцев.

— Вы, конечно, знаете, что оскорбили вчера сестру одного очень влиятельного сенатора? — проинформировал ее Джеймс Стикли на следующее утро.

— Я ей еще не то хотела сказать, — с вызовом ответила Мэри.

Во вторник утром Ангел был в плохом настроении. Рейс из Буэнос-Айреса в Вашингтон задержался из-за анонимного звонка о том, что в самолете заложена бомба. «Мир изменился, - раздраженно подумал Ангел. — Невозможно спокойно летать на самолетах».

Гостиничный номер, который он зарезервировал в Вашингтоне, был слишком современным, слишком... Слишком пластиковым. Именно так. В Буэнос-Айресе все было настоящим.

«Выполню это задание и вернусь домой, — подумал Ангел. — Работа простая, почти что оскорбление для моего таланта. Но деньги платят хорошие. Надо сегодня вечером потрахаться. Почему, интересно, убийство всегда возбуждает меня?»

Сначала Ангел зашел в магазин электротоваров, затем в магазин, торгующий красками, и, наконец, в супермаркет, где купил шесть лампочек. Остальное оборудование уже ждало его в отеле, упакованное в двух коробках с надписью «Не кантовать». В первой коробке лежали четыре ручные гранаты, во второй — портативный сварочный аппарат.

Ангел осторожно срезал верх у первой гранаты и покрасил оставшуюся часть в цвет, которым были покрашены лампочки. Затем он вытащил из гранаты взрывчатое вещество и заменил его сейсмической взрывчаткой. После этого поместил туда свинец и металлическую шрапнель. Затем Ангел разбил о стол лампочку так, чтобы основание и вольфрамовая нить остались целыми. Ему понадобилось меньше минуты, чтобы приварить нить к электрическому детонатору. Он медленным движением поместил нить в гранату. Когда Ангел закончил, она ничем не отличалась от обыкновенной лампочки.

Он занялся остальными лампочками. Теперь оставалось ждать звонка.

Телефон зазвонил в восемь вечера. Ангел взял трубку и прислонил ее к уху, не говоря ни слова. Голос в трубке произнес:

— Он ушел.

Ангел повесил трубку. Осторожно, очень осторожно он положил лампочки в кейс.

До нужного дома такси довезло его за семнадцать минут.

В вестибюле не было привратника, но, даже если бы он там был, Ангел энал, как с ним справиться. Нужная квартира находилась на пятом этаже в конце коридора. Замок был настолько простым, что его смог бы открыть без ключа любой ребенок. Через несколько секунд он был внутри квартиры. Он остановился, прислушиваясь. Никого. На то, чтобы заменить шесть лампочек, ушло несколько минут. После этого Ангел направился в аэропорт имени Даллеса и вылетел в Буэнос-Айрес.

* * *

У Бена Кона выдался тяжелый день. Сначала он присутствовал на пресс-конференции государственного секретаря, затем обедал с уходящим на пенсию министром внутренних дел, после этого встретился с одним знакомым из министерства обороны. Он вернулся домой, чтобы принять душ и переодеться и снова уйти, на этот раз ужинать с одним из редакторов «Вашингтон пост». Домой Бен Кон возвращался уже около полуночи. «Надо подготовиться к встрече с Мэри Эшли», — подумал он.

Акико уехала и должна была вернуться только завтра. «Вот и хорошо. Надо немного отдохнуть. Однако, — подумал он усмехаясь, — эта подруга умеет есть фруктовый салат». Он достал ключ и открыл дверь. В квартире было темно. Он повернул выключатель. Комната взорвалась, как атомная бомба. Бена Кона буквально разорвало на кусочки. На следующий день пропал без вести Альфред Шатлворт. Его тело так и не удалось обнаружить.

Глава 17

— Мы только что получили официальное подтверждение, — сказал Стэнтон Роджерс. — Румынское правительство одобрило вашу кандидатуру на пост посла Соединенных Штатов.

Это был один из самых волнующих моментов в жизни Мэри Эшли. «Дед мог бы гордиться мной», — подумала она.

— Я лично хотел сообщить вам эту новость, Мэри. Президент хочет встретиться с вами. Я отвезу вас в Белый дом.

— Я... я не знаю, как и благодарить вас за все, что вы для меня сделали, Стэн.

— Я ничего не делал, — запротестовал Роджерс. — Это президент выбрал вас. — Он улыбнулся. — Весьма удачный выбор.

Мэри вспомнила о Майке Слейде.

— Есть люди, которые с этим не согласны.

— Они ошибаются. Мэри, вы можете сделать для страны больше, чем кто-либо другой.

— Спасибо, — произнесла она. — Я оправдаю ваше доверие.

Ей хотелось рассказать ему о Майке Слейде. Стэнтон Роджерс — влиятельный человек. Возможно, ему удастся сделать так, чтобы Слейд остался в Вашингтоне. «Нет, — подумала Мэри, — не стоит. Он и так столько сделал для меня».

— У меня есть одно предложение Может, вы не полетите прямым рейсом в Бухарест, а сначала побудете несколько дней в Париже и Риме, а уже оттуда отправитесь в столицу Румынии?

— О, Стэн! Это будет великолепно. А времени хватит?

— У меня есть влиятельные друзья. — Он подмигнул ей. — Я все устрою.

Она обняла его, повинуясь внезапному порыву. Он стал ей таким близким другом. То, о чем они мечтали с Эдвардом, становилось реальностью. Но без Эдварда.

Мэри и Роджерс вошли в Зеленый зал, где их ожидал президент.

— Извините, Мэри, что все это так задержалось. Стэнтон уже сообщил вам, что румынское правительство одобрило вашу кандидатуру. Вот ваши верительные грамоты.

Он протянул ей письмо. Мэри медленно прочитала:

«Миссис Мэри Эшли назначается главным представителем президента Соединенных Штатов Америки в Румынии, и ей подчиняются все находящиеся там государственные служащие Соединенных Штатов».

— Это тоже вам. — Президент протянул ей паспорт. Он был не синего, а черного цвета. На обложке золотыми буквами было написано: «ДИПЛОМАТИЧЕСКИЙ ПАСПОРТ».

Несколько недель Мэри ждала этой минуты, а теперь не могла в это поверить.

Париж!

Рим!

Бухарест!

Слишком хорошо, чтобы оказаться правдой. Вдруг в голову ей пришли слова матери: «Если что-то тебе кажется слишком хорошим, Мэри, то оно, наверно, так и есть».

В дневных газетах промелькнуло небольшое сообщение, что репортер «Вашингтон пост» Бен Кон погиб в результате взрыва газа в своей квартире. Взрыв произошел из-за неисправности плиты.

Мэри не читала этой заметки. Поэтому, когда Бен Кон не пришел на встречу, Мэри решила, что он, очевидно, забыл о ней. Она вернулась в свой кабинет и продолжала работать.

Взаимоотношения Мэри с Майком Слейдом все больше и больше раздражали ее. «В жизни не встречала таких наглецов, — думала Мэри. — Все-таки придется поговорить о нем со Стэном».

Стэнтон Роджерс поехал в аэропорт имени Даллеса вместе с Мэри и ее детьми. Сидя в лимузине госдепартамента, Стэнтон сказал:

— Мы уже уведомили посольства в Париже и Риме о вашем прибытии. О вас позаботятся.

— Спасибо, Стэн. Это так мило с вашей стороны.

— Делать что-то для вас доставляет мне удовольствие, — с улыбкой сказал он.

— Я смогу посмотреть катакомбы в Риме? — спросил Тим.

— Там довольно страшно, — предупредил его Роджерс.

— Поэтому я и хочу их посмотреть.

В аэропорту их ожидал Ян Виллерс с дюжиной фотографов и репортеров. Окружив Мэри, Бет и Тима, они засыпали их вопросами.

Наконец Стэнтон Роджерс сказал:

— Достаточно.

Два чиновника госдепартамента и представитель авиакомпании отвели Мэри и детей в зал ожидания для высокопоставленных лиц. Дети отошли к журнальному киоску.

— Стэн, — сказала Мэри, — мне не хотелось бы поднимать этот вопрос. Дело в том, что Джеймс Стикли сказал мне, что Майк Слейд будет моим заместителем. Это никак нельзя изменить?

Он удивленно посмотрел на нее.

— Какие-то проблемы со Слейдом?

— По правде говоря, я недолюбливаю его. И не доверяю ему. Сама не знаю почему. Можно его заменить кем-то другим?

— Я не очень хорошо знаю Майка Слейда, — задумчиво сказал Стэнтон Роджерс, — но у него отличный послужной список. Он прекрасно зарекомендовал себя на Ближнем Востоке и в Европе. Это именно тот человек, который сможет оказать вам любую помощь.

— Мистер Стикли тоже такого мнения, — вздохнула Мэри.

— Боюсь, наши мнения совпадают. Слейд — прекрасный специалист. Но если у вас возникнут с ним какие-нибудь проблемы, сразу же сообщите мне. И если с другими людьми — тоже. Я окажу вам любую помощь.

— Огромное спасибо.

— И еще. Вы знаете, что все ваши сообщения будут распространяться по различным министерствам и ведомствам?

— Да.

— Если вы захотите, чтобы какое-нибудь ваше сообщение попало только мне в руки, вместо кода поставьте сверху три буквы X.

— Я запомню это.

Аэропорт Шарль де Голль показался Мэри сценой из научно-фантастического фильма. Десятки эскалаторов, тысячи пассажиров.

— Никуда не отходите, — приказала детям Мэри.

Сойдя с эскалатора, она беспомощно огляделась по сторонам. Остановив проходящего мимо француза, она запинаясь произнесла заученную фразу:

— Pardon, monsieur, ou sont les bagages?*

Он презрительно ответил ей с сильным французским акцентом:

— Извините, мадам. Я не говорю по-английски.

В это время к Мэри подбежал хорошо одетый американец:

— Госпожа посол! Извините меня. Мне было поручено вас встретить, но я опоздал из-за аварии на дороге. Меня зовут Питер Кэллас. Я из американского посольства.

— Я так рада вас видеть, — сказала Мэри. — Я уже думала, что потеряюсь. Как нам найти наш багаж?

— Не волнуйтесь, — уверил ее Питер Кэллас. — Я все сделаю.

Он сдержал слово. Через пятнадцать минут, когда остальные пассажиры все еще стояли в очереди на таможен-

---

* Извините, месье, где можно получить багаж? (фр.)

ном контроле, Мэри, Бет и Тим уже направлялись к выходу из аэропорта.

Инспектор Анри Дюран из французского разведывательного управления наблюдал, как они садились в машину. Когда лимузин тронулся с места, инспектор подошел к телефону-автомату. Он закрыл дверь кабинки, опустил жетон и набрал номер.

Как только ему ответили, он сказал:

— S'il vous plait, dites a Thore que son paquet est arrive a Paris*.

Когда лимузин остановился перед посольством США, их уже ожидали французские репортеры.

Питер Кэллас выглянул в окно.

— Боже мой! Это похоже на демонстрацию.

В здании посольства их встретил Хью Саймон, американский посол во Франции. Это был техасец средних лет, с проницательными глазами и копной рыжих волос.

— Все хотят с вами познакомиться, госпожа посол. Пресса крутится тут с самого утра.

Пресс-конференция длилась больше часа, и, когда она наконец закончилась, Мэри умирала от усталости. Теперь она сидела в кабинете Хью Саймона.

— Ну что ж, — сказал он, — я рад, что все позади. Кстати, когда я приехал сюда на пост посла, мне уделили всего один абзац на последней странице газеты «Монд». — Он усмехнулся. — Конечно, я не такой красивый, как вы. — Он что-то вспомнил. — Мне звонил Стэнтон Роджерс. Он сказал, чтобы я в лепешку разбился, но сделал так, чтобы вы наслаждались каждой минутой пребывания во Франции.

---

* Передайте, пожалуйста, Тору, что его пакет прибыл в Париж (фр.).

— Прямо в лепешку? — спросил Тим.

— Именно так он и сказал, — кивнул посол. — Он так вас любит.

— Мы тоже его любим, — сказала Мэри.

— Я заказал для вас «люкс» в отеле «Ритц». Это на площади Согласия. Я уверен, что вам там понравится.

— Спасибо. — Она взволнованно добавила: — Это очень дорогой отель?

— Да. Но только не для вас. Стэнтон Роджерс договорился, что все расходы оплатит госдепартамент.

— Он просто прелесть, — сказала Мэри.

— Судя по его словам, вы тоже.

Все дневные и вечерние газеты поместили на первых полосах материалы, касающиеся визита американского посла. Новость появилась и на всех телевизионных каналах, а также в утренних выпусках газет на следующий день.

Просмотрев кипу газет, инспектор Дюран улыбнулся. Все шло по плану. Даже лучше, чем он ожидал. Он мог с точностью сказать, где побывает семья Эшли в течение трех следующих дней. «Они посетят все места, куда обязательно водят всех американских туристов», — подумал он.

Мэри с детьми обедала в ресторане «Жюль Верн» на Эйфелевой башне, а затем они осмотрели Триумфальную арку.

Следующее утро они посвятили осмотру Лувра, пообедали в Версале, а ужинали в «Серебряной башне».

Сидя в ресторане, Тим посмотрел в окно на собор Парижской Богоматери и спросил:

— А где у них живет горбун?

Они прекрасно провели время в Париже. Мэри так хотелось, чтобы рядом с ними был Эдвард.

На третий день после обеда их отвезли в аэропор Инспектор Дюран смотрел, как они заходили в самолет, следовавший в Рим.

«А женщина довольно привлекательная, даже красивая. Это факт. Хорошее тело, превосходные ноги и бедра. Интересно, какая она в постели?» — подумал инспектор. Дети удивили его. Слишком воспитанные для американцев.

Когда самолет поднялся в воздух, инспектор подошел к телефонной будке.

— S'il vous plait, dites Thore que son paqiet est en route a Rome*.

...В римском аэропорту Леонардо да Винчи их уже ожидали репортеры. Как только они сошли с трапа, Тим сказал

— Смотри, мама! Они, наверно, прилетели вслед за нами

Действительно, разница была только в итальянском акценте.

Первым делом им хотелось узнать, как ей нравится Италия.

Посол Оскар Винер был поражен не меньше, чем посол США в Париже.

— Даже Фрэнк Синатра не был удостоен такой встречи. Как вы могли их так очаровать, госпожа посол?

— Я объясню вам, — ответила Мэри. — Прессу интересую не я, а президентская программа «народной дипломатии». Скоро наши представители будут во всех странах за «железным занавесом». Это будет шагом к прочному миру Вот что больше всего интересует журналистов

Через секунду посол Винер сказал:

— Не правда ли, на вас слишком много всего обрушилось?

_____
* Передайте Тору, что его пакет на пути в Рим (*фр.*).

195

Капитан Чезаре Барзини, глава итальянской секретной полиции, тоже мог с точностью сказать, какие места посетит Мэри Эшли со своими детьми.

Он приставил к ним двух своих людей, и они каждый день давали ему отчет:

Они ели мороженое в кафе «Доней», гуляли по виа Венето, осматривали Колизей.

- Они любовались фонтаном Треви. Бросали туда монеты.

Они были в Термах Каракаллы и катакомбах. Мальчику стало плохо, и его отвезли в отель.

- Объекты катались в экипаже в парке Боргезе и гуляли по пьяцца Навона.

«Пусть наслаждаются», — с сарказмом подумал капитан Барзини.

...Посол Винер проводил Мэри и детей в аэропорт.

- Мне надо передать в румынское посольство дипломатическую почту. Вы не захватите ее с собой?

- Конечно, сказала Мэри.

Капитан Барзини находился в аэропорту и смотрел, как семья Эшли садится в самолет компании «Таром эйрлайнз», вылетающий в Бухарест. Как только самолет взлетел, он позвонил по телефону:

Il un messaggio per Balder. Il suo pacco e in a via a Bucharest*.

Только когда они были в воздухе, Мэри полностью осознала, куда они летят. Это было так неправдоподобно, что она сказала вслух:

Мы летим в Румынию, где я буду послом Соединенных Штатов.

* У меня сообщение для Бальдра. Его пакет летит в Бухарест (*ит.*).

Бет странно посмотрела на нее.

— Да, мама. Мы это знаем. Поэтому мы и летим туда
Как она могла объяснить им свое состояние?

«Я буду самым лучшим послом в мире, - думала
она. — Скоро Соединенные Штаты и Румыния будут
близкими союзниками».

Когда на табло появилась надпись «Не курить», все ее
мечты куда-то испарились.

«Неужели мы приземляемся? — в панике подумала
Мэри. — Мы ведь только что взлетели. Почему так быстро?»

Ей заложило уши, когда самолет пошел на посадку и
через несколько минут коснулся земли.

«Вот и все, — подумала Мэри. — Я не посол. Я не та,
за которую меня принимают. Из-за меня может разразить-
ся война. Боже, помоги мне! Мне, как и Дороти, не следовало покидать Канзас*».

---

* Дороти — в русском варианте Элли - героиня «Волшебника
Изумрудного города».

КНИГА ТРЕТЬЯ

Глава 18

Аэропорт Отопени, в двадцати милях от Бухареста, был современным комплексом, построенным, чтобы принимать пассажиров из соседних коммунистических стран и в меньшей степени западных туристов.

Внутри аэропорта стояли солдаты в коричневой форме, вооруженные автоматами. Мэри стало холодно, но совсем не от морозного воздуха. Тим и Бет прижались к матери. «Они чувствуют то же, что и я», — подумала Мэри.

К ним приблизились два человека. Один был высокий, стройный, американского типа мужчина, другой постарше — в плохо сидящем костюме.

Американец представился:

Добро пожаловать в Румынию, госпожа посол. Я — Джерри Дэвис, ваш представитель по связям с общественностью. А это Тудор Костаке, начальник протокольного отдела.

- Очень рад видеть вас и ваших детей на нашей земле, — сказал Костаке. — Добро пожаловать в нашу страну.

«В каком-то смысле, — подумала Мэри, — это будет и моя страна тоже».

- Multumesc, domnule*, — сказала Мэри.

_____

* Спасибо, господин (*рум.*).

О, вы говорите по-румынски! · воскликнул Коста
ке. Cu placere*.

— Я знаю всего несколько слов, · поспешно ответила
Мэри.

— Buna dimineata**, произнес Гим.

Мэри даже покраснела от удовольствия. Она представила Тима и Бет.

— Ваш лимузин ждет вас, госпожа посол, — сказал Джерри Дэвис. — Там уже находится полковник Маккинни.

Полковник Маккинни. Полковник Маккинни и Майк Слейд. Ей интересно было узнать, встречает ли ее Майк Слейд, но спрашивать она не стала.

Возле таможенного контроля стояла огромная очередь, но Мэри с детьми вышли из аэропорта уже через несколько минут. Здесь ее тоже ожидали репортеры, но в отличие от своих западных коллег они были сдержанны и организованны. Закончив задавать вопросы, они поблагодарили ее и ушли все вместе.

Полковник Маккинни в военной форме стоял у тротуара. Он протянул ей руку:

— Доброе утро, госпожа посол. Надеюсь, что путешествие было приятным.

Да, спасибо.

— Мистер Слейд тоже хотел встретить вас, но его задержали важные дела.

«Интересно, блондинка или брюнетка?» · подумала Мэри.

Подъехал длинный черный лимузин с американским флажком. Шофер в униформе открыл дверцу.

— Это Флориан.

---

* Добро пожаловать (*рум.*).
** Доброе утро (*рум.*).

Шофер улыбнулся, показав красивые белые зубы:

· Добро пожаловать, госпожа посол, мистер Тим. мисс Бет. Буду рад служить вам.

– Спасибо, – ответила Мэри.

– Флориан будет в вашем распоряжении двадцать четыре часа в сутки. Думаю, что нам стоит сразу отправиться в резиденцию, чтобы вы распаковали вещи и отдохнули. Позже вам, может быть, захочется проехать по городу. Утром Флориан отвезет вас в американское посольство.

Прекрасно, – ответила Мэри.

Она снова подумала: «Где может быть Майк Слейд?»

Дорога из аэропорта в город была восхитительной. Они ехали по двухрядному шоссе, забитому грузовиками и легковыми автомобилями. Движение часто останавливалось из-за небольших цыганских повозок, тащившихся вдоль дороги. По обеим сторонам шоссе рядом с современными заводами ютились убогие домишки, мелькали поля, где работали женщины с цветными косынками на головах.

Они проехали мимо Банася, местного аэропорта. Немного вдали от шоссе стояло низкое двухэтажное строение, покрашенное в серо-голубой цвет.

– Что это?

– Тюрьма, – поморщился Флориан. – Сюда сажают всех, кто не согласен с румынским правительством.

Когда они въехали в город, полковник Маккинни указал на красную кнопку возле дверцы машины.

· Это кнопка тревоги, – объяснил он. – Если случится что-нибудь непредвиденное, скажем, кто-нибудь совершит на вас нападение, нажмите эту кнопку. Она включит датчик в машине, который будет передавать сигнал в посольство. А на крыше машины загорится красная лампа. Мы узнаем о вашем местонахождении через несколько минут.

— Надеюсь, что мне не придется ею воспользоваться, — сказала Мэри.

— Я тоже на это надеюсь, госпожа посол.

Центральная часть Бухареста поражала своей красотой. Повсюду были парки, фонтаны, памятники. Мэри вспомнила слова деда: «Бухарест — это миниатюрный Париж. Здесь даже есть копия Эйфелевой башни». Так оно и было. Она находилась на земле своих предков.

На улицах было полно автобусов и трамваев. Лимузин свернул на небольшую улочку.

— Резиденция перед вами, — сказал полковник. — Улица названа в честь одного русского генерала. Забавно, не так ли?

Резиденция посла представляла собой старинное трехэтажное здание, окруженное садом.

Прислуга выстроилась у дверей, ожидая прибытия нового посла. Когда Мэри вышла из машины, Джерри Дэвис представил ей слуг:

— Госпожа посол, представляю вам вашу прислугу. Михай - ваш дворецкий, Сабина — ваш секретарь, Росика - экономка, Косма - повар, Делия и Кармен — горничные.

Мэри прошла мимо стоящей в ряд прислуги. Глядя, как они кланяются и делают реверансы, она подумала: «О Господи! Что мне с ними делать? Дома мне было достаточно одной Люсинды, которая убирала и готовила три раза в неделю».

— Для нас большая честь служить вам, — сказала Сабина.

Казалось, все они смотрели на нее, ожидая, что она скажет. Мэри глубоко вздохнула.

— Buna ziua... — поздоровалась она.

Все знания румынского языка вылетели у нее из головы. Она беспомощно посмотрела на прислугу.

Дворецкий Михай сделал шаг вперед и поклонился.

Мы все говорим по-английски, госпожа. Мы готовы с удовольствием исполнять все ваши желания.

Спасибо, с облегчением сказала Мэри.

Внутри ее ждал накрытый стол с шампанским и соблазнительными закусками.

Как замечательно! – воскликнула Мэри; слуги с жадностью смотрели на стол. Интересно, им надо что-нибудь предложить? Угощают слуг или нет? Ей не хотелось совершать ошибку.

«Вы слышали про нового американского посла? Она пригласила слуг пообедать с ней, и они были так шокированы, что тут же ушли от нее».

«Вы слышали про нового американского посла? Она объедалась в присутствии голодных слуг и ничего им не предложила».

— Хотя, - сказала Мэри, - я пока не голодна. Я пообедаю потом.

Давайте я покажу вам дом, – предложил Джерри Дэвис.

Она с радостью согласилась.

Дом был просто превосходным. Уютный, несколько старомодный, он очень понравился Мэри. На первом этаже располагались вестибюль, библиотека, музыкальная комната, гостиная, большая столовая с кухней и кладовкой. Все комнаты были прекрасно обставлены. Из столовой можно было выйти на террасу, откуда открывался изумительный вид.

В другом конце дома находились крытый бассейн и сауна.

- У нас свой бассейн! - обрадовался Тим. — Можно пойти поплавать?

Попозже Давай сначала устроимся

Но самым главным украшением дома был танцевальный зал, построенный рядом с садом. Он был необыкновенно большим. На стенах висели итальянские зеркала.

— Здесь проходят дипломатические приемы, — сказал Джерри Дэвис. Смотрите. — Он повернул выключатель. Раздался шум работающего мотора, и потолок стал уходить в стороны. Вскоре они стояли под открытым небом. — Потолок можно открывать и вручную.

— Класс! — воскликнул Тим.

— Этот зал называют «Посольской причудой» — извиняющимся голосом произнес Дэвис — Летом слишком жарко на свежем воздухе, а зимой слишком холодно. Мы пользуемся им в апреле и сентябре

— Все равно класс! — повторил Тим.

А сейчас давайте поднимемся и осмотрим жилые комнаты

По широкой лестнице они поднялись на второй этаж и оказались в большом холле. Здесь размещались две спальни с общей ванной комнатой. Дальше находились главная спальня с приемной для гостей, будуаром, ванной, а также комнатами для шитья и глаженья. Небольшая лестница вела отсюда на террасу, расположенную на крыше.

— На третьем этаже, сказал Джерри Дэвис, — находятся комнаты прислуги, кладовые, прачечная В подвале — винный погреб, а также столовая для прислуги.

— Дом просто... просто огромный, — сказала Мэри. Дети бегали из одной комнаты в другую.

— А какая спальня будет моей? — спросила Бет.

Сами решайте с Тимом, — ответила Мэри

— Можешь взять эту, предложил Тим. — Тут цветастые обои Девчонкам такие нравятся.

Основная спальня была восхитительной. Здесь стояли широкая кровать с резной спинкой, два дивана напротив камина, кресло, туалетный столик с антикварным зеркалом и шкаф. Из окна открывался прекрасный вид.

Делия и Кармен уже разложили вещи Мэри. На кровати лежала сумка с дипломатической почтой, которую посол Виннер попросил отвезти в Румынию. «Завтра я отнесу ее в посольство», — решила Мэри. Она подошла ближе и внимательно осмотрела ее. Красные печати были сломаны. «Когда это могло случиться? — подумала Мэри. — В аэропорту? Здесь? И кто это сделал?»

В комнату вошла Сабина:

— Все в порядке, мадам?

— Да. Вы знаете, у меня никогда не было личного секретаря, — призналась Мэри. — Я понятия не имею, какие у вас обязанности.

— Моя работа заключается в том, чтобы следить за вашей светской жизнью, госпожа посол. Я должна сообщать вам о различных светских раутах, обедах, приемах и так далее. Я также обязана следить за домом. Когда столько слуг, всегда возникают проблемы.

— Да, конечно, — рассеянно ответила Мэри.

— Я могу вам быть чем-то полезна?

«Можешь для начала рассказать, кто вскрыл дипломатическую почту», — подумала Мэри, а вслух сказала:

— Нет, спасибо. Я хочу немного отдохнуть.

Она внезапно почувствовала страшную усталость.

Мэри проснулась среди ночи с чувством одиночества и возбуждения, связанного с началом ее новой работы.

«Я должна рассчитывать только на себя, мой дорогой. Мне не на кого опереться. Как хорошо было бы, если бы ты находился рядом и говорил мне: не бойся, у тебя все будет в порядке».

Когда она наконец заснула, ей приснился Майк Слейд, который говорил ей: «Я ненавижу непрофессионалов. Почему бы тебе не отправиться домой?»

Американское посольство в Бухаресте располагается по улице Киселева, 21. Это белое двухэтажное здание в готическом стиле, обнесенное забором с железными воротами, возле которых постоянно дежурит полицейский в серой шинели и фуражке с красным околышем. Второй охранник сидит в небольшой будке рядом с входом. К зданию ведет дорожка для автомобилей. Поднявшись по ступенькам из розового мрамора, оказываешься в просторном холле.

В холле мраморный пол, две камеры внутреннего телевидения, мониторы на столе у дежурного морского пехотинца, камин с загородкой, на которой нарисован дракон, извергающий дым. На стенах висят портреты президентов. Широкая лестница ведет на второй этаж, где находятся конференц-зал и рабочие кабинеты.

Дежурный морской пехотинец ожидал Мэри.

— Доброе утро, госпожа посол, — сказал он. — Я сержант Хью. Но все меня зовут просто Ганни.

— Доброе утро, Ганни.

— Вас ждут в вашем кабинете. Я провожу вас.

— Спасибо.

Она поднялась за ним наверх и оказалась в приемной, где за письменным столом сидела женщина средних лет.

Женщина встала:

— Доброе утро, госпожа посол. Я Дороти Стоун, ваша секретарша.

— Доброе утро.

— У вас целая толпа в кабинете, — сказала Дороти.

Секретарша открыла дверь, и Мэри вошла в кабинет. За столом сидели девять человек. Когда Мэри вошла, все встали. Они молча смотрели на нее, и Мэри показалось, что все они настроены враждебно. Первый, кого она увидела, был Майк Слейд. Она вспомнила свой сон.

— Я вижу, вы благополучно добрались, — сказал Майк.   Разрешите мне представить вам начальников отделов. Лукас Дженклоу, административный советник; Эдди Мальц, политический советник; Патриция Хэтф:лд, экономический советник; Дэвид Уоллос, начальник административного отдела; Тед Томпсон, отдел сельского хозяйства; Джерри Дэвис, ваш представитель по связям с общественностью, вы с ним уже знакомы; Дэвид Виктор, советник по торговле, и уже знакомый вам полковник Билл Маккинни.

Садитесь, пожалуйста, — сказала Мэри. Она села во главе стола и посмотрела на собравшихся. «Враждебность всех видов, возрастов и размеров», — подумала она.

— Все мы полностью подчиняемся вам, — сказал Майк Слейд. — В любую минуту вы можете заменить кого угодно.

«Ложь, — раздраженно подумала Мэри. — Я уже пыталась заменить одного».

Встреча длилась пятнадцать минут. Беседа была довольно бессвязной.

Наконец Майк Слейд сказал:

— В течение дня Дороти организует вам личные встречи с послом. Спасибо.

Мэри не нравилось, что он взял на себя командование. Когда они остались одни, Мэри спросила:

— А кто из них агент ЦРУ?

Майк странно посмотрел на нее и сказал:

— Почему бы вам не пройти со мной?

Он вышел из кабинета. Поколебавшись, Мэри последовала за ним. Они шли по длинному коридору, по обе стороны которого находились кабинеты сотрудников посольства. Майк подошел к массивной двери, возле которой стоял морской пехотинец. Он отошел в сторону, и Майк толкнул тяжелую дверь. Обернувшись, он жестом пригласил Мэри войти.

Она вошла, озираясь по сторонам. Все стены, пол и потолок были покрыты металлом и стеклом.

Майк Слейд закрыл тяжелую дверь.

— Эта комната называется «Аквариум». Такие помещения существуют во всех посольствах, расположенных в странах за «железным занавесом» Это единственная комната в посольстве, где нет спрятанных микрофонов.

Она недоверчиво посмотрела на него.

— Госпожа посол, подслушивающие устройства стоят не только в посольстве. Они повсюду. Могу поспорить на последний доллар, что и в вашей резиденции полно «жучков». Если вы пойдете в ресторан, будьте уверены, что под столом установлен «жучок». Вы на вражеской территории

Мэри опустилась в кресло.

— Как же вы с этим боретесь? – спросила она.   Я имею в виду, как тогда разговаривать?

— Каждое утро мы проводим электронную чистку. Мы находим их микрофоны и обезвреживаем их. Когда они их снова ставят, мы опять их находим.

— Зачем же мы разрешаем румынам работать в нашем посольстве?

— Мы на их территории. Либо мы будем играть по их правилам, либо все полетит к черту. В этой комнате они не могут установить микрофоны, так как перед дверью круглосуточно дежурят морские пехотинцы. Ну а теперь задавайте вопросы.

— Мне было интересно узнать, кто здесь из ЦРУ?

— Эдди Мальц, ваш политический советник.

Она попыталась вспомнить, как выглядит Эдди Мальц. Тучный и седой. Нет, это начальник сельскохозяйственного отдела. Эдди Мальц... Ага, худой, средних лет, со зловещим выражением лица. Или ей это показалось, потому что она теперь знала, что он из ЦРУ?

— Он единственный, кто работает на ЦРУ?

— Да.

Похоже, его голос прозвучал неуверенно.

Майк Слейд посмотрел на часы:

— Через тридцать минут вам надо вручить верительные грамоты. Флориан ждет вас в машине. Оригинал отдадите президенту Ионеску, а копия будет храниться в сейфе.

— Я знаю сама, — сквозь зубы сказала Мэри.

— Он попросил, чтобы вы взяли с собой детей. Я послал за ними машину.

Даже не посоветовался с ней.

— Спасибо.

Здание, в котором располагалось румынское правительство, было мрачного вида строением из крупных блоков песчаника. Оно находилось в самом центре Бухареста, вокруг шла стальная стена, возле которой круглосуточно дежурили охранники. Перед дверью стояли часовые. Мэри и детей провели наверх.

Президент Александру Ионеску ждал их в длинной прямоугольной комнате на втором этаже. У президента Румынии была впечатляющая внешность: смуглая кожа, ястребиные черты лица и вьющиеся волосы. Крупный нос указывал на властность натуры. Глаза горели ярким огнем.

— Ваше превосходительство, — обратился к президенту сопровождавший их чиновник, — позвольте вам представить госпожу посла Соединенных Штатов Америки.

Президент взял руку Мэри и поцеловал ее.

— Вы еще красивее, чем на фотографиях.

— Спасибо, ваше превосходительство. Это моя дочь Бет и сын Тим.

— Прекрасные дети, — сказал Ионеску. Он выжидающе посмотрел на нее: — У вас что-то есть для меня?

Мэри чуть не забыла. Быстро открыв сумочку, она вытащила оттуда свои верительные грамоты, подписанные президентом Эллисоном.

Александру Ионеску небрежно пробежал глазами письмо.

— Спасибо. Я принимаю ваши верительные грамоты от имени румынского правительства. Теперь вы официально являетесь американским послом в нашей стране. — Он широко улыбнулся. — Сегодня я устраиваю прием в вашу честь. Вы познакомитесь с людьми, с которыми вам предстоит работать.

— Очень любезно с вашей стороны, — сказала Мэри.

Он снова взял ее за руку и сказал:

— У нас есть пословица: «Каждый посол приезжает в страну со слезами, так как знает, что ему придется много лет жить на чужбине, вдали от друзей, но, когда он уезжает, он снова плачет, потому что вынужден покидать новых друзей и страну, которую полюбил». Я надеюсь, вы полюбите нашу страну, госпожа посол. — Он погладил ее руку.

— Я уверена в этом, — сказала Мэри. «Он смотрит на меня просто как на смазливую девчонку. С этим надо что-то делать».

Отослав детей домой, Мэри провела остаток дня в конференц-зале посольства, беседуя с начальниками отделов, советниками и атташе. Среди последних был и полковник Маккинни.

Все они сидели вокруг длинного прямоугольного стола. Вдоль стен на стульях разместились еще человек десять рангом пониже.

Советник по торговле, маленький пухленький человек, так и сыпал цифрами. Мэри подумала, что для начала неплохо было бы запомнить все имена.

Потом слово взял Тед Томпсон советник по сельскому хозяйству:

— Состояние румынского сельского хозяйства гораздо хуже, чем это хотят показать румыны. Урожай в этом году будет просто плачевный, так что мы не можем оставить их без зерна.

Советник по экономике Патриция Хэтфилд запротестовала:

— Они получили от нас достаточную помощь, Тед. Румыния и так находится в списке привилегированных стран. Они пользуются СНБ. — Она бросила взгляд на Мэри.

«Она специально хочет поставить меня в неловкое положение», — подумала Мэри.

В голосе Патриции Хэтфилд зазвучали покровительственные нотки:

— СНБ — это означает...

— ...статус наибольшего благоприятствования, — перебила Мэри. — Мы считаем Румынию развивающейся страной, поэтому у них есть определенные льготы на экспорт и импорт.

Выражение лица Патриции изменилось.

— Правильно, — сказала она. — Мы и так уже открыли закрома...

Дэвид Виктор, советник по торговле, перебил ее:

— Мы не просто их открыли. Мы хотим, чтобы они все покупали у нас. Им понадобятся большие кредиты, чтобы покупать наше зерно. Если мы им его не продадим, они купят его у Аргентины. — Он повернулся к Мэри: — Похоже, нам не удастся продать им соевые бобы. Бразильцы хотят нас обойти. Я был бы вам очень признателен, если бы вы в разговоре с премьер-министром уговорили его вместе с зерном купить и соевые бобы. Это очень важно.

210

Мэри бросила взгляд на Майка Слейда, сидящего на другом конце стола. Он что-то рисовал в своем блокноте и, казалось, совсем не прислушивался к беседе.

— Я постараюсь что-нибудь сделать, — пообещала Мэри.

Она подумала, что стоит позвонить начальнику торгового департамента в Вашингтон и спросить разрешение на предоставление новых кредитов румынскому правительству. Деньги поступают из американских банков, но они делают это только с согласия правительства.

Слово попросил Эдди Мальц, политический советник и агент ЦРУ:

— У меня довольно сложная проблема, госпожа посол. Вчера вечером была арестована девятнадцатилетняя американская студентка. У нее нашли наркотики. Здесь это считается серьезным преступлением.

— А какие наркотики?

— Марихуана. Всего несколько унций.

— А что за девушка?

— Студентка колледжа. Умная. Довольно симпатичная.

— И что, по-вашему, ей грозит?

— Обычно это карается пятью годами тюрьмы.

«Господи, — подумала Мэри, — на кого она будет похожа, когда выйдет?»

— Что мы можем сделать? — спросила она.

— Можете попытаться очаровать главу секуритате. Его зовут Истрасе. Он очень могущественный человек. Девушка утверждает, что все было подстроено, — продолжал Эдди Мальц. — Возможно, она права. Надо же совершить такую глупость — завести роман с полицейским. После того как он ее трах... как они переспали, он выдал ее властям.

— Как он мог так поступить? — ужаснулась Мэри.

— Госпожа посол, — сухо сказал Майк Слейд, — здесь врагами являемся мы, а не они. Румыния заигрывает с нами, все мы друзья-приятели, улыбки, рукопожатия. Мы идем им навстречу, потому что хотим отдалить их от русских. Но когда речь идет о чем-то конкретном, не надо забывать, что они все еще коммунисты.

Мэри сделала пометку в блокноте.

— Хорошо, я подумаю, что можно сделать. — Она повернулась к Джерри Дэвису, представителю по связям с общественностью: — А какие у вас проблемы?

— У нас возникли трудности с ремонтом жилых помещений, в которых проживают наши сотрудники. Квартиры просто в ужасном состоянии.

— А что, самим нельзя починить?

— К сожалению, нет, румынское правительство должно дать на это согласие. В некоторых квартирах испорчено отопление, в других не работают туалеты.

— А вы сообщали об этом?

— Да, каждый день в течение последних трех месяцев.

— Так почему же...

— Это называется «изматывание», — объяснил Майк Слейд. — Война нервов, которую они ведут против нас.

Мэри снова пометила у себя в блокноте.

— Госпожа посол, — сказал Джек Ченселлор, — у меня тоже есть проблемы. Из вашей библиотеки постоянно исчезают книги...

Мэри почувствовала, как у нее начинается головная боль.

Весь день она провела выслушивая различные жалобы. Все чувствовали себя несчастными. А ей необходимо еще заняться чтением. Весь стол у нее был завален бумагами: переводы статей, которые появились днем раньше в румынских газетах и журналах. В статьях из газеты «Скынтейя» речь шла в основном о деятельности президента Ионеску. На каждой странице газеты было по меньшей мере четыре фотографии с изображением президента.

Другие статьи были из «Ромыния либера», еженедельников «Флакара роше» и «Магазинул». И это только начало. Ей также необходимо было просмотреть папку с телеграммами и сводку новостей из Соединенных Штатов, полные тексты речей видных американских деятелей, толстый отчет о переговорах, о контроле над вооружением и сводку о состоянии американской экономики.

«Это и за год не перечитаешь, — подумала Мэри, — а мне надо просматривать такую кипу каждое утро».

Но больше всего Мэри беспокоили отношения с сотрудниками. Этим надо было заняться немедленно.

Она вызвала Хэрриет Крюгер, заведующую протокольным отделом.

— Вы давно работаете в посольстве? — спросила Мэри.

— Пять лет до того, как румыны порвали с нами отношения, и три месяца сейчас. — В ее голосе звучала едва заметная ирония.

— Вам здесь не нравится?

— Как поется в песне, «Ты только покажи мне дорогу домой».

— Можно с вами поговорить неофициально?

— Нет, госпожа посол.

Ах да, ее же предупреждали!

— Почему бы нам не пройти в «Аквариум»?

Когда Мэри и Хэрриет Крюгер сидели в «Аквариуме», за плотно закрытыми дверями, Мэри сказала:

— Мне сейчас пришла в голову одна мысль. Сегодня мы проводили совещание в конференц-зале. Может, там стояли подслушивающие устройства?

— Может быть, — беззаботно сказала Хэрриет. — Но это не имеет значения. Майк Слейд не позволил бы говорить о том, что еще не известно румынам.

Опять Майк Слейд.

— Что вы думаете о Майке Слейде?

Лучше его никого нет.

Мэри решила не высказывать свое мнение.

— Я хотела поговорить с вами, потому что у меня сложилось впечатление, что моральный дух сотрудников не на высоте. Все жалуются. Все выглядят несчастными. Я хочу знать: это всегда так или причина во мне?

Некоторое время Хэрриет Крюгер изучающе смотрела на нее.

— Хотите, чтобы я ответила честно?

— Пожалуйста.

— И то и другое. Мы, американцы, сидим здесь как в скороварке. Стоит нарушить правила игры, и начнутся большие неприятности. Мы не можем поддерживать дружеских отношений с румынами, так как потом выяснится, что они агенты секуритате. Приходится общаться только с американцами. А так как нас тут мало, все это быстро приедается. — Она пожала плечами. — Зарплата маленькая, еда отвратительная, погода мерзкая. — Она посмотрела на Мэри· — Но здесь вашей вины нет, госпожа посол. У вас две проблемы. Первая — это то, что вы политический назначенец, которого поставили во главе посольства, где работают профессиональные дипломаты. — Она замолчала. — Я не слишком разоткровенничалась?

— Нет. Продолжайте, пожалуйста.

— Большинство сотрудников настроились против вас еще до того, как вы приехали. Им хочется, чтобы все шло по-старому, а политическим выдвиженцам нравится все менять. Для них вы любитель, который объясняет профессионалам, как правильно работать. Вторая проблема заключается в том, что вы женщина. Румынам на своем флаге стоило изобразить шовинистическую свинью. Уж если американцам не нравится получать приказы от женщины, то румынам и подавно.

Понятно.

— Однако у вас великолепный пресс-агент, — улыбнулась Хэрриет Крюгер. — За всю свою жизнь не видела, чтобы кому-то уделяли столько внимания, как вам. Как это у вас получается?

Мэри не знала, что ей ответить.

Хэрриет Крюгер посмотрела на часы.

— Ого! Так вы опоздаете. Флориан уже ждет, чтобы отвезти вас домой. Вам надо переодеться.

— Переодеться? Зачем? — спросила Мэри.

— Вы что, не видели распорядок дня, который я положила вам на стол?

— Боюсь, что у меня не было времени. Только не говорите, что мне придется ехать на какой-нибудь прием.

— Прием? Сегодня вы должны быть на трех приемах. На этой неделе вы обязаны присутствовать на двадцати одном приеме.

— Это невозможно. У меня столько .

— Ничего не поделаешь. В Бухаресте семьдесят пять посольств, и каждый вечер в одном из них проводится прием.

— А я могу сказать «нет»?

— Это значит, что Соединенные Штаты скажут «нет». Вы оскорбите их отказом.

Мэри вздохнула:

— Поеду переодеваться.

Прием в тот день проводился в правительственном дворце. Он был в честь прибывшего в Румынию высокопоставленного лица из ГДР.

Как только Мэри вошла в зал, к ней тут же подошел президент Ионеску. Он поцеловал ей руку.

— Я ждал, когда мы встретимся снова.

— Спасибо, ваше превосходительство. Я тоже.

215

У нее было такое чувство, что он пьян. Она вспомнила, что было записано в его досье: «Женат. Сын четырнадцати лет и три дочери. Любитель женщин. Много пьет. Тонкий наблюдатель. Умеет очаровать, когда ему это нужно. Щедр по отношению к друзьям. Беспощаден к врагам».

«Этого человека следует опасаться», — подумала Мэри. Взяв Мэри за руку, Ионеску провел ее в угол зала.

— Вот увидите, как вам понравятся румыны. — Он сжал ей руку. — Мы очень страстные люди. — Он ждал от нее ответа, но, не услышав ничего, продолжил: — Мы потомки древних даков и их завоевателей — римлян. Столетиями о нас вытирала ноги вся Европа. Наши границы постоянно менялись. Гунны, готы, авары, славяне и монголы использовали нас как подстилку, но мы выжили. И знаете почему? — Он наклонился к ней, и Мэри почувствовала, как от него пахнет спиртным. — У нас были сильные правители. Мой народ мне доверяет, и я управляю им.

Мэри вспомнила, что ей рассказывали. Ночные аресты, судебный произвол, пытки, исчезновения людей.

Пока Ионеску говорил, Мэри посмотрела через его плечо на заполненный гостями зал. Их было здесь не меньше двухсот, и каждый представлял какое-то посольство. Скоро она познакомится со всеми. Она проштудировала список, который дала ей Хэрриет Крюгер, и увидела, что одной из первых ее обязанностей была непременная встреча с главами каждого из семидесяти пяти посольств. Кроме того, в списке указывались многочисленные коктейли и обеды шесть дней в неделю.

«Когда же у меня останется время, чтобы выполнять обязанности посла?» — подумала Мэри. Но вскоре она поняла, что это и есть часть ее обязанностей. К Ионеску подошел мужчина и что-то прошептал тому на ухо. Выражение его лица сразу изменилось. Теперь это была холодная маска. Он что-то процедил сквозь зубы на румынском языке. Человек кивнул и ушел. Диктатор повернулся к Мэри, снова расплываясь в улыбке:

— Вынужден вас покинуть. Надеюсь, что скоро встретимся.

Ионеску ушел.

Глава 19

Чтобы побыстрее разобраться с бумагами, Мэри сказала Флориану, чтобы он заехал за ней в половине седьмого утра. По дороге в посольство она просматривала отчеты и коммюнике из других посольств, которые привезли ей ночью в резиденцию.

Проходя по коридору мимо кабинета Майка Слейда, Мэри остановилась в удивлении. Он работал, сидя за письменным столом. Слейд был небрит. Такое впечатление, что он работал всю ночь.

— Вы сегодня рано, — сказала Мэри.

Он поднял глаза.

— Доброе утро. Мне надо с вами поговорить.

— Хорошо. — Она хотела войти.

— Не здесь. У вас в кабинете.

Когда они вошли в кабинет Мэри, Майк подошел к аппарату, стоявшему в углу комнаты.

— Это машина для уничтожения бумаг, — проинформировал он.

— Я знаю.

— В самом деле? Вчера после вашего ухода на столе остались бумаги. Их уже успели переснять и отправить фотографии в Москву.

— Господи! Я, наверное, забыла. А что за бумаги?

217

Список косметики и других женских принадлежностей, которые вы собирались заказать. Но это не важно. Уборщица работает на секуритате. Румыны рады любому клочку бумаги, который попадет им в руки, а они большие мастера составлять все по кусочкам. Урок номер один· уходя, надо запереть все бумаги в сейф или уничтожить.

А урок номер два? — холодно спросила Мэри.

Майк ухмыльнулся:

— Посол начинает день с того, что пьет кофе со своим заместителем. Вы какой предпочитаете?

У нее не было ни малейшего желания пить кофе с этим отвратительным ублюдком.

Я? Черный.

— Правильно. Здесь надо следить за своей фигурой. Пища тут очень жирная. — Он встал и направился к двери. Я сам его варю. Вам понравится

Она села за стол. «Надо быть с ним поосторожнее, решила Мэри. — Я постараюсь все равно избавиться от него».

Он вернулся с двумя чашками ароматного кофе и поставил их на стол.

— Как мне решить вопрос со школой для Тима и Бет? — спросила Мэри.

— Я уже все решил. Флориан будет забирать их по утрам и привозить домой после занятий.

— Я... Спасибо, — ошеломленно сказала она.

— Когда у вас будет возможность. посмотрите на эту школу. Она небольшая. Там всего около сотни учеников. В каждом классе по восемь-девять человек. Там учатся дети из Канады, Израиля, Нигерии, одним словом, отовсюду. Учителя прекрасные.

— Отлично.

Майк отпил кофе.

— Как я понимаю, вчера вы имели беседу с нашим бесстрашным лидером?

— С президентом Ионеску? Да. Он был такой галантный

— Это он умеет. Прекрасный парень. Пока не рассердится на кого-нибудь. Тогда бедняге отрывают голову.

— Может, нам стоит пройти в «Аквариум»? — нервно спросила Мэри.

— Нет необходимости. Сегодня утром ваш кабинет проверили, он чистый. А вот когда здесь побывает прислуга, берегитесь. Кстати, не давайте Ионеску очаровывать вас. Это хитрый сукин сын. Народ презирает его, но сделать ничего не может. Секретная полиция контролирует все. Каждый третий румын работает либо на полицию, либо на госбезопасность. Румынам запрещается входить в контакт с иностранцами. Если иностранец захочет зайти в гости к румынской семье, государство должно дать свое согласие.

Мэри почувствовала, как по телу пробежала дрожь.

— Любого румына могут арестовать за то, что он подпишет петицию, выступит с критикой правительства и так далее.

Мэри и раньше читала в газетах о репрессиях в коммунистических странах, но жить среди всего этого.. У нее появилось чувство нереальности происходящего.

— Но у них же существуют суды.

— Да, иногда они устраивают показательные процессы, куда допускаются западные корреспонденты. Но большинство тех, кто попадает в руки полиции, имеют обыкновение погибать в результате несчастного случая. У них есть концентрационные лагеря, которые нам не показывают. Они находятся возле устья Дуная. Там, где он впадает в Черное море. Я говорил с людьми, которые побывали в них. Трудно передать словами, какие там бесчеловечные условия.

— Им даже некуда бежать, — сказала Мэри. — На востоке — Черное море. На юге — Болгария. Остальные границы проходят с Югославией, Венгрией и Чехословакией. Со всех сторон «железный занавес».

— Вы слышали о декрете о печатных машинках?

— Нет.

— Это последнее изобретение Ионеску. Он приказал зарегистрировать все имеющиеся в стране печатные машинки и копировальные автоматы. Как только их зарегистрировали, он издал указ об их конфискации. Теперь он полностью контролирует всю информацию. Еще кофе?

— Нет, спасибо.

— Ионеску держит народ за горло. Румыны боятся бастовать, так как знают, что из-за этого расстреляют. Уровень жизни — один из самых низких в Европе. В магазинах нет ничего. Если люди видят очередь, они становятся, не спрашивая, что продают. Они купят что угодно, пока есть возможность.

— Мне кажется, — медленно сказала Мэри, — что все это дает нам прекрасную возможность помочь им.

Майк Слейд посмотрел на нее.

— Конечно, — сухо сказал он. — Прекрасную возможность.

Просматривая телеграммы, поступившие утром из Вашингтона, Мэри думала о Майке Слейде. Странный человек. Наглый, вызывающий и в то же время: «Я уже все решил. Флориан будет забирать их по утрам и привозить домой после занятий». И его действительно беспокоили проблемы румынского народа. «Он гораздо сложнее, чем я о нем думала, — решила Мэри. — Но все равно я не доверяю ему».

По чистой случайности Мэри узнала, что сотрудники проводят совещания без нее. Она выехала из посольства на обед с румынским министром сельского хозяйства. Но когда она приехала в министерство, ей сказали, что министра срочно вызвали к президенту. Мэри решила вернуться в посольство. Она сказала секретарше:

— Вызовите ко мне Лукаса Дженклоу, Дэвида Уолло са и Эдди Мальца.

Дороти Стоун нерешительно посмотрела на нее.

— Они на совещании, госпожа посол, — тихо сказала она

— С кем на совещании?

Дороти Стоун глубоко вздохнула:

— С другими сотрудниками.

Мэри потребовалось время, чтобы переварить это

— Вы хотите сказать, что они проводят совещание без меня?

— Да, госпожа посол.

Это было возмутительно.

— Я полагаю, это не в первый раз?

— Нет, госпожа посол.

— Что еще здесь происходит, о чем я не знаю?

Дороти Стоун снова вздохнула:

— Они посылают телеграммы без вашего ведома.

«Забудь о революции в Румынии, — подумала Мэри. - Революция происходит в посольстве».

— Дороти, сообщите всем начальникам отделов, что в три часа состоится совещание в конференц-зале. Я хочу, чтобы там присутствовали все.

— Хорошо, госпожа посол.

Мэри сидела во главе стола, глядя на собравшихся сотрудников. Начальники отделов сидели за столом, а остальные устроились на стульях вдоль стены.

— Добрый день, — резко сказала Мэри. — Я не отниму у вас много времени. Я ведь знаю, как мы все заняты. Мне стало известно, что начальники отделов проводят совещания в мое отсутствие. Отныне каждый, кто примет участие в таком совещании, немедленно будет уволен. Краем глаза она заметила, как Дороти делала заметки в блокноте. - Я также знаю, что вы отправляете телеграммы без моей санкции. Согласно правилам государственного департамента, посол имеет право нанимать и увольнять сотрудников по своему усмотрению. — Мэри повернулась к Теду Томпсону, советнику по сельскому хозяйству: — Вчера вы отправили несанкционированную телеграмму в государственный департамент. Вам заказан билет на самолет, вылетающий в Вашингтон завтра в полдень. Вы больше не работаете в посольстве. — Она обвела взглядом присутствующих. — Если кто-нибудь еще в следующий раз отправит телеграмму без моего разрешения или откажется оказать мне необходимую помощь, тот вылетит в Соединенные Штаты на следующий день. У меня все, леди и джентльмены.

Воцарилась мертвая тишина. Затем люди стали по одному выходить из комнаты. На лице у Майка Слейда было написано удивление.

Мэри и Дороти Стоун остались одни.

— Что вы на это скажете? — спросила Мэри.

— Четко и ясно, — засмеялась Дороти. — Это самое короткое и плодотворное совещание, которое я только видела.

— Прекрасно. Теперь пора навести порядок в отделе связи.

Все сообщения, поступающие из посольств в странах Восточной Европы, сначала шифруются. Все они печатаются на специальной машинке, считываются электронным сканером и шифруются в комнате связи. Шифр меняется каждый день. Существует пять степеней секретности: «секретно», «совершенно секретно», «конфиденциально», «для служебного пользования» и «несекретно». Комната, в которой размещается самое современное электронное оборудование, тщательно охраняется.

Сэнди Пэланс, дежурный офицер, сидел в комнате связи за решетчатым окошком. Когда вошла Мэри, он встал:

222

— Добрый день, госпожа посол. Чем могу вам помочь?

— Это я вам хочу помочь

— Извините, не понял, — изумленно произнес Пэланс.

— Вы отправляли телеграммы без моей подписи. Значит, это были неизвестные мне телеграммы.

— Но ведь начальники отделов говорили... — стал оправдываться он.

— Отныне, если кто-нибудь передаст вам телеграмму без моей подписи, немедленно приносите ее мне. Вы меня поняли?

«Да, с ней шутки плохи», — подумал Пэланс.

— Да, госпожа посол, я все понял.

— Прекрасно.

Мэри повернулась и вышла из комнаты. Она знала, что комната связи также используется ЦРУ для передачи сообщений по «черному каналу». Но тут она ничего не могла сделать. Ей стало интересно, сколько сотрудников посольства были из ЦРУ и сказал ли ей Майк Слейд всю правду об этом. Она подозревала, что не всю.

Вечером Мэри записала, что ей следует сделать на следующий день, и подчеркнула самое главное. Она положила бумаги на стол. Утром она пошла в ванную комнату принять душ. Одевшись, она взяла бумаги. Они лежали совсем не так, как она их оставляла. «Будьте уверены, что посольство и ваша резиденция прослушиваются». Мэри стояла размышляя.

За завтраком, когда она сидела за столом с детьми, Мэри громко сказала:

— Румыны такой замечательный народ. Но у меня такое впечатление, что в некоторых аспектах они отстают от Соединенных Штатов. Вы знаете, что во многих квартирах наших сотрудников нет отопления и не работают туалеты. — Тим и Бет с удивлением посмотрели на нее. — Я думаю, надо научить румын, как чинить такие вещи.

223

На следующее утро к ней подошел Джерри Дэвис.

— Не знаю, как вам это удалось, но в наших кварти-рах полно рабочих, устраняющих неполадки.

Мэри усмехнулась:

— Надо просто говорить с ними по-хорошему.

На очередном совещании Майк Слейд сказал:

— Вам надо засвидетельствовать свое почтение всем послам. Так что лучше начать это прямо сегодня.

Его тон показался ей оскорбительным. К тому же это совершенно его не касалось. За протокольные мероприя-тия отвечала Хэрриет Крюгер, но в тот день ее не было в посольстве.

— Очень важно соблюдать правило первоочереднос-ти, — продолжал Слейд. — Самым главным является...

— ...советское посольство. Я это знаю.

— Я бы посоветовал...

— Мистер Слейд, если мне понадобится ваш совет, я дам вам знать об этом.

— Ладно, — вздохнул Слейд. — Как скажете, госпожа посол.

После визита в советское посольство Мэри была заня-та делами. Она встречалась с одним сенатором, которого интересовала информация о диссидентах, беседовала с но-вым начальником отдела сельского хозяйства.

Когда Мэри уже собиралась ехать домой, ей позвонила Дороти Стоун:

— Срочный звонок из Вашингтона, госпожа посол. С вами будет говорить Джеймс Стикли.

Мэри сняла трубку другого аппарата:

— Добрый день, мистер Стикли.

Стикли прямо кипел от негодования.

— Может, вы мне объясните, чем вы там занимаетесь?

— Я понятия не имею, что вы имеете в виду.

— Что ж, это очевидно. Государственный департамент только что получил формальный протест от посла Габона, касающийся вашего отношения к нему.

— Постойте! — сказала Мэри. — Тут какая-то ошибка. Я даже не разговаривала с послом Габона.

— Вот именно! — рявкнул Стикли. — Но вы разговаривали с послом Советского Союза.

— Да, это так. Я совершила сегодня визит вежливости.

— Вы что, не в курсе, что иностранные посольства имеют определенную степень очередности, согласно дате, когда они вручили свои верительные грамоты.

— Да, но...

— К вашему сведению, Габон стоит первым, а Эстония последней. А между ними находятся больше семидесяти посольств других стран. Вопросы есть?

— Нет, сэр. Извините, если я...

— Надеюсь, такое больше не повторится.

Когда Майк узнал об этом звонке, он зашел в кабинет Мэри.

— Я пытался предупредить вас.

— Мистер Слейд...

— К таким вещам дипломаты относятся чрезвычайно серьезно. Кстати, в 1661 году помощники испанского посла в Лондоне напали на карету французского посла, убили кучера и закололи лошадей, чтобы карета с испанским послом пришла первой. Я бы посоветовал вам направить свои извинения.

Мэри поняла, что ей лучше проглотить обиду.

Мэри волновали комментарии, которые она слышала о своей популярности в прессе. Даже в «Правде» появилась ее фотография с детьми.

В полночь Мэри позвонила Стэнтону Роджерсу. Он как раз должен был начинать свой рабочий день. Он снял трубку.

— Как поживает мой любимый посол?

— Все отлично. А как у вас, Стэн?

Если не считать, что я работаю по сорок восемь часов в сутки, то жаловаться не на что. Но мне это нравится. А как у вас дела? Есть проблемы?

— Не совсем проблемы. Просто мне хотелось бы узнать кое о чем. — Она не знала, как точнее построить фразу, чтобы он правильно ее понял. — Я полагаю, вы видели мою фотографию в «Правде»?

— Это просто замечательно! — воскликнул Стэнтон Роджерс. — Наконец-то русские вас заметили.

— Стэн, разве все послы пользуются такой популярностью, как я?

— Честно говоря, нет. Но босс решил продвигать вас вперед всеми силами. Вы наша витрина. Президент Эллисон действительно хочет, чтобы вы показали им, какие на самом деле американцы. Мы будем и дальше рекламировать вас. Мы хотим, чтобы весь мир хорошенько рассмотрел вас. Через вас они формируют свое мнение о Соединенных Штатах.

— Я... я так польщена.

— Продолжайте работать в том же духе.

Они поговорили еще пару минут и попрощались.

«Значит, за всей этой кампанией в прессе стоит сам президент, — подумала Мэри. — Неудивительно тогда, что появляется столько статей про меня и детей».

Тюрьма «Иван Стелиан» выглядела внутри еще более устрашающе, чем снаружи. Стены узких коридоров были выкрашены в серый цвет. На обоих этажах камеры были полностью забиты заключенными. Вооруженные автоматами охранники следили за порядком. От тяжелого запаха v Мэри закружилась голова.

Охранник провел Мэри в маленькую комнату для свиданий.

— Она здесь. У нее есть десять минут.

— Спасибо. — Мэри вошла в комнату, и дверь за ней закрылась.

Ханна Мэрфи сидела за маленьким обшарпанным столом. Она была в тюремной одежде, руки скованы наручниками. Эдди Мальц сказал, что ей девятнадцать лет. Она выглядела лет на десять старше. Бледное лицо, впалые щеки, красные от слез глаза. Волосы были не расчесаны.

— Здравствуй, — сказала Мэри, — я американский посол.

Ханна Мэрфи посмотрела на нее и зарыдала.

— Не плачь. Все будет хорошо.

— Н-не будет, — простонала девушка. — Меня будут судить на следующей неделе. Я умру здесь! Я не выдержу пять лет в этой тюрьме.

— Не плачь. Лучше расскажи, как все это произошло.

Глубоко вздохнув, Ханна Мэрфи принялась рассказывать:

— Я познакомилась с одним мужчиной - с румыном Мне было одиноко. Он был так ласков со мной, и мы мы занимались с ним любовью. Мне подруга дала две сигареты с марихуаной. Я выкурила одну вместе с ним. Мы снова занимались любовью, а потом я заснула. А когда проснулась, его рядом не было, а в комнате было полно полиции. Я была голая. Они смотрели, как я одеваюсь, а потом привезли меня сюда. — Она беспомощно покачала головой. — Мне сказали, что меня посадят на пять лет

- Не посадят, если я помогу тебе.

Мэри вспомнила, что сказал ей Лукас Дженклоу, когда она собралась ехать в тюрьму: «Вы ничем не сможете помочь ей, госпожа посол. Мы исчерпали все средства Пять лет для иностранца — это стандартный приговор

227

Если бы она была румынкой, то ей грозило бы пожизненное заключение».

Мэри посмотрела на Ханну Мэрфи и сказала:

— Я сделаю все, что в моих силах, чтобы помочь тебе.

Мэри ознакомилась с официальным полицейским рапортом. Он был подписан главой секуритате полковником Аурелом Истрасе. Коротко и ясно описывалась суть дела. Вина девушки была очевидна. «Надо что-то придумать», — решила Мэри. Она постаралась вспомнить, что было написано про Истрасе в секретном досье, которое давал ей Джеймс Стикли. Что же там было про Истрасе? Что-то о... Мэри внезапно вспомнила.

Мэри договорилась, что он придет в посольство на следующий день.

- Вы только потеряете время, — предупредил ее Майк Слейд. — Истрасе — это гора. Вам не удастся сдвинуть его.

Истрасе был невысокого роста, со шрамами на смуглом лице и блестящей лысиной. Когда-то давно ему сломали нос, и он неправильно сросся. Истрасе было интересно, зачем он понадобился американскому послу.

- Вы хотели встретиться со мной, госпожа посол?

- Да. Спасибо, что пришли. Я хотела бы поговорить с вами о Ханне Мэрфи.

- А, торговка наркотиками! У нас в Румынии строгие законы Таких людей мы сажаем в тюрьму.

- Прекрасно, — сказала Мэри. — Я рада это слышать Было бы хорошо, если бы и в Штатах ужесточили закон в отношении продавцов наркотиков.

Истрасе изумленно посмотрел на нее:

— Значит, вы согласны со мной?

— Абсолютно. Все, кто торгует наркотиками, должны сидеть в тюрьме. Но Ханна Мэрфи не продавала наркоти-
Она предложила покурить своему любовнику.

228

— Это то же самое. Если...

— Не совсем, полковник. Ее любовник — лейтенант секретной полиции. Он тоже курил марихуану. Его наказали?

— Зачем? Он просто собирал доказательства преступления.

— У лейтенанта жена и трое детей?

— Да, — нахмурился Истрасе. — Эта американка заманила его в постель.

— Полковник, но ведь Ханна Мэрфи всего-навсего девятнадцатилетняя студентка. А вашему лейтенанту сорок пять лет. Так кто кого заманил?

— Возраст не имеет значения, — упрямо сказал Истрасе.

— А жена лейтенанта знает о его приключении?

— Зачем она должна об этом знать?

— Потому что, по моему мнению, девушку заманили в ловушку. Я хочу предать это дело гласности. Мировая пресса будет в восторге.

— Ничего у вас не получится, — сказал он.

Она решила пойти с козырного туза:

— Потому что этот лейтенант — ваш зять?

— Нет, не потому, — зло ответил полковник. - Просто я хочу, чтобы восторжествовала справедливость.

— Я тоже этого хочу, — уверила его Мэри.

Согласно досье, которое она читала, его зять специализировался на знакомствах с молодыми туристами мужчинами и женщинами, — предлагал им продавать наркотики на черном рынке, спал с ними, а затем выдавал полиции.

— Я думаю, вашей дочери незачем знать о поведении ее мужа, — сказала Мэри. — Будет лучше, если вы освободите Ханну Мэрфи, а я отправлю ее в Штаты. Что вы на это скажете, полковник?

Он смотрел на нее, покраснев от злости.

— В-вы очень интересная собеседница, - наконец сказал он.

— Спасибо. Вы тоже интересный собеседник. Итак, я жду Ханну Мэрфи завтра в своем кабинете. Затем я отправлю ее домой первым же самолетом.

Полковник пожал плечами:

— Я постараюсь что-нибудь придумать.

— Я уверена, что у вас все получится, полковник Истрасе. Спасибо.

На следующий день Ханна Мэрфи уже летела домой.

— Как это вам удалось? — недоверчиво спросил Майк Слейд.

— Я последовала вашему совету и очаровала его.

Глава 20

В тот день, когда Тим и Бет должны были впервые пойти в школу, Мэри вызвали в посольство в пять утра — пришла срочная телеграмма, и надо было немедленно дать ответ День был настолько насыщенным, что Мэри вернулась домой только после семи вечера. Дети ждали ее.

— Ну, — спросила Мэри, — как школа?

— Мне понравилась, — ответила Бет. — Ты знаешь, там учатся дети из двадцати двух стран. Один итальянский мальчик глаз с меня не сводил. Прекрасная школа.

— И лаооратория у них превосходная, — добавил Тим. — Завтра мы будем резать румынских лягушек.

Знаешь, что странно? — спросила Бет. — Все они говорят по-английски с таким смешным акцентом.

— Запомните, — сказала Мэри детям, — если кто-нибудь говорит с акцентом, значит, он умеет говорить на нескольких языках. Ну, я рада, что у вас не было проблем.

Никаких. Майк позаботился обо всем, — заявила Бет.

- Кто?

— Мистер Слейд. Он сказал, чтобы мы звали его Майк.

— А какое отношение имеет Майк Слейд к вашим занятиям?

— А он тебе ничего не рассказывал? Он заехал за мной и Тимом, а потом познакомил со всеми учителями. Он их всех знает.

— И многих детей тоже, — добавил Тим. — Он нас им представил. Все его любят. Чудесный парень.

«Слишком чудесный», — подумала Мэри.

На следующее утро, когда Майк зашел к ней в кабинет, она сказала:

— Я так поняла, что вы отвезли Тима и Бет в школу? Он кивнул:

— Детям трудно адаптироваться в чужой школе. Они у вас такие хорошие.

А есть ли у него дети? Мэри внезапно поняла, как мало она знает о личной жизни Майка Слейда. «Так оно лучше, — подумала она. — Ведь он только и ждет, когда я ошибусь».

Она решила, что все равно у него ничего не выйдет.

В субботу Мэри взяла с собой детей в частный дипломатический клуб, где собирались члены дипкорпуса, чтобы обсудить последние слухи.

Осмотрев зал, Мэри увидела Майка Слейда, сидевшего с какой-то женщиной, и, когда та повернулась, Мэри узнала в ней Дороти Стоун. Мэри остановилась как вкопанная. У нее было чувство, что ее секретарша сотрудничает с противником. Ей стало интересно, насколько близки были Дороти и Майк. «Надо поменьше доверять ей, - подумала Мэри. — И не только ей».

Хэрриет Крюгер сидела одна за столом Мэри подошла к ней:

231

— Вы не против, если я к вам подсяду?

— Буду очень рада. — Хэрриет вытащила пачку американских сигарет: — Закуривайте.

Спасибо. Я не курю.

— В этой стране невозможно прожить без сигарет, — сказала Хэрриет.

Не понимаю.

— Здесь все держится только на «Кенте». В переносном смысле, конечно. Если вы идете к врачу, готовьте пачку сигарет. Если хотите купить мясо, починить автомобиль, заменить перегоревшую лампочку, всем надо давать взятку сигаретами. Один мой знакомый итальянец нуждался в небольшой операции. Ему пришлось дать сигареты медсестре, чтобы она приготовила новый скальпель. За бинты ему тоже пришлось расплачиваться сигаретами. Иначе бы медсестры использовали старые.

— Но почему...

— Потому что в стране не хватает бинтов, — сказала Хэрриет Крюгер, — лекарств тоже не хватает. И так во всех странах Восточной Европы. В прошлом месяце в ГДР была эпидемия ботулизма. Восточным немцам пришлось покупать сыворотку на Западе.

— А люди даже не могут пожаловаться, — сказала Мэри.

— Они находят способы. Вы слышали про Булу?

— Нет

Это герой анекдотов, при помощи которых румынам удается выпускать пар. Например, люди стоят в очереди за мясом. Очередь почти не двигается. Простояв пять часов, Булу разозлился и говорит: «Пойду во дворец и убью Ионеску» Через два часа он возвращается, и друзья спрашивают его: «Ну что, убил?» Була отвечает: «Нет, там тоже была большая очередь».

232

Мэри рассмеялась.

— Вы знаете, что здесь пользуется наибольшим спросом на черном рынке? Видеокассеты с американскими телепрограммами.

— Им нравится смотреть наши фильмы?

— Нет, им больше нравится смотреть рекламу. Все, что нам кажется обычным — стиральные машины, пылесосы, автомобили, — для них недосягаемо. Они глаз с них не сводят. А когда начинается фильм, они уже не смотрят на экран.

Мэри подняла голову и увидела, как Майк Слейд уходит из клуба вместе с Дороти Стоун. Ей стало любопытно, куда они направляются.

Мэри возвращалась домой после долгого тяжелого дня. Единственное, чего ей хотелось так это принять ванну и лечь спать. В посольстве ей ни минуты не удавалось побыть одной. Но вскоре она осознала, что даже здесь ей это тоже не удается сделать. Куда бы она ни пошла, везде встречала слуг, и у нее зародилось подозрение, что они за ней шпионят.

Однажды она проснулась в два часа ночи и спустилась на кухню. Когда она открыла холодильник, то услышала за спиной шум. Обернувшись, Мэри увидела дворецкого Михая, Росику, Делию и Кармен.

— Чем я вам могу помочь, госпожа? — спросил Михай

— Ничем, — ответила Мэри. — Мне просто захотелось поесть.

В кухню зашел Косма и сказал обиженным голосом.

— Госпожа, вам достаточно было сказать, что вы голодны, и я бы вам что-нибудь приготовил.

Все они неодобрительно смотрели на нее

— Вообще-то я не голодна. Спасибо. — И она быстро поднялась к себе

На следующий день она рассказала детям о случившемся.

— Я чувствую себя как вторая жена в «Ребекке».

— А что это — «Ребекка»? — спросила Бет.

— Это чудесная книга, которую вы когда-нибудь прочитаете.

Когда Мэри вернулась в посольство, Майк Слейд уже ждал ее.

— У нас заболел один парень. Пойдите посмотрите.

Он повел ее в один из кабинетов, где на диване лежал морской пехотинец с бледным лицом. Он стонал от боли.

— Что случилось? — спросила Мэри.

— Я полагаю, что это аппендицит.

— Его надо срочно отправить в больницу.

Майк повернулся и посмотрел на нее.

— Только не здесь.

— Что вы имеете в виду?

— Его надо отвезти на самолете в Рим или Цюрих.

Это же просто смешно! — возмутилась Мэри. Она онизила голос: — Вы что, не видите, в каком он состоянии?

— Смешно или не смешно, но никто из работающих в американском посольстве никогда не ложится в больницу в любой из стран за «железным занавесом».

Но почему?

— Иначе он подвергнет нас риску. Мы отдадим его в руки румынского правительства и секуритате. Они могут ввести ему наркотик, скажем скополамин, и выведать все, что им надо. Таковы правила. Надо отправить его в другую страну.

— А почему в нашем посольстве нет своего врача?

Потому что мы относимся к посольствам третьей категории. Нашим бюджетом свой врач не предусмотрен. Каждые три месяца сюда приезжает американский врач. А так у нас есть аптекарь, который заведует лекарствами. —

234

Майк протянул ей листок бумаги: — Распишитесь здесь, и его тут же увезут. Я договорюсь насчет самолета.

— Хорошо.   Мэри поставила свою подпись. Она подошла к молодому солдату и взяла его за руку. – Все будет в порядке.

Через два часа морской пехотинец был уже на пути в Цюрих

Когда на следующее утро Мэри спросила у Майка о самочувствии больного, он только пожал плечами.

— Ему сделали операцию, — безразличным тоном сказал он.

«Какой бесчувственный человек,   подумала Мэри Его ничто не способно взволновать».

Глава 21

В котором бы часу Мэри ни приходила на работу в посольство, Майк Слейд был уже там. Он редко бывал на приемах, и у Мэри было такое чувство, что он искал развлечения совсем в других местах.

Он не переставал удивлять ее. Однажды Мэри отпустила детей с Флорианом на каток в парк Флореаска. В тот день она решила уйти с работы пораньше, чтобы присоединиться к ним, а когда приехала на каток, то увидела там Майка Слейда. Он катался вместе с детьми, и всем им было очень весело. Он терпеливо обучал их кататься «восьмерками» «Надо предупредить детей насчет Майка», — подумала Мэри. Но она очень смутно представляла, насчет чего же следует предупреждать их.

Когда на следующее утро Мэри приехала в посольство, к ней зашел Майк

Делкон прибывает через два часа. Я подумал

— Делкон?

— Мы так сокращенно называем делегацию конгресса. Четыре сенатора с женами и помощниками. Они ожидают, что вы их встретите. Мне надо организовать их встречу с президентом Ионеску и сказать Хэрриет, чтобы она занялась экскурсиями и покупками.

— Спасибо.

— Как насчет моего кофе?

— С удовольствием.

Он пошел к себе, а она посмотрела ему вслед. Странный человек. Грубый, бессердечный. И в то же время... Как терпеливо он учил кататься Тима и Бет.

Когда он вернулся с двумя чашками кофе, Мэри спросила:

— У вас есть дети?

Вопрос застал его врасплох.

— У меня два сына.

— Где?

— Они живут с моей бывшей женой. — Он резко изменил тему: — Надо решить вопрос, когда им организовать встречу с Ионеску.

Кофе был замечательный. Именно в тот день Мэри вдруг осознала, что пить кофе с Майком по утрам стало уже привычкой.

Ангел увидел ее в Ла-Бока, в районе порта, где она стояла с другими проститутками. На ней были облегающая блузка и джинсы. На вид ей было не больше пятнадцати лет, не очень красивая, но Ангелу было все равно.

— Пойдем, дорогая. Немного поразвлекаемся.

Девушка жила неподалеку в маленькой квартирке. В единственной комнате стояли кровать, два стула и лампа на столе.

— Раздевайся. Я хочу посмотреть на тебя голую.

Девушка колебалась. Вид Ангела внушал ей страх. Но сегодня клиентов почти не было, и если она не принесет денег Пепе, тот изобьет ее, как всегда. Она стала медленно раздеваться.

Ангел смотрел на нее. Девушка сняла блузку, потом джинсы. Больше на ней ничего не было. Тело было худым и щуплым.

— Туфли не снимай. Подойди сюда и стань на колени.

Девушка так и сделала.

— А теперь слушай, что я хочу.

Она слушала, широко раскрыв глаза от страха.

— Я никогда такое...

Ангел ударил ее по голове, и девушка со стоном упала на пол. Ангел схватил ее за волосы и швырнул на кровать. Когда девушка закричала, он сильно ударил ее по лицу. Она застонала.

— Отлично, — сказал Ангел. — Мне нравится, когда ты стонешь.

Ударом кулака он сломал ей нос. Получив от нее все, что хотел, он бросил на кровать несколько песо.

— Спасибо, — улыбнулся Ангел.

Девушка лежала без сознания.

Мэри старалась проводить с детьми как можно больше времени. Они часто вместе ходили в музеи и церкви, но дети с нетерпением ждали поездки в замок Дракулы в Брашове, в ста милях от Бухареста.

Он был князем, — объяснял по дороге Флориан. — Князь Влад Тепес. Он был великим героем и боролся с турецкими завоевателями

А я думал, он просто любил убивать людей и пить их кровь, — сказал Тим.

Да, — кивнул Флориан — К сожалению, после войны он стал злоупотреблять властью Превратившись в диктатора, он сажал своих врагов на кол. Стали ходить слухи, что он вампир. Ирландец Брэм Стоукер написал по этой легенде книгу. Книга глупая, но сколько она сделала для туризма!

Величественный замок стоял высоко в горах. Они совсем выбились из сил, пока поднялись туда по крутым ступенькам. Зал с низким потолком был полон старинного оружия, висевшего на стенах.

— Именно здесь Дракула убивал свои жертвы и пил их кровь, — загробным голосом вещал экскурсовод.

Здесь было холодно и сыро. Свисавшая паутина задела Тима по лицу.

— Мне, конечно, не страшно, — сказал он матери, — но, может, пойдем отсюда?

Каждые шесть недель самолет «С-130» американских ВВС приземлялся на маленьком аэродроме недалеко от Бухареста. Самолет был набит продуктами и другими товарами, которые невозможно было достать в Румынии. Сотрудники американского посольства заказывали все это через военный комиссариат во Франкфурте.

Однажды утром, когда они вместе пили кофе, Майк сказал:

— Сегодня должен прилететь самолет с товарами. Почему бы вам не проехать со мной в аэропорт?

Мэри уже хотела отказаться — у нее было слишком много работы и подобное приглашение казалось ей бессмысленным. Однако Майк Слейд был не тот человек, который не умеет ценить время. Любопытство взяло верх.

— Ладно.

По пути в аэропорт они обсуждали текущие проблемы. Беседа была сугубо официальной.

Когда они подъехали к аэропорту, вооруженный морской пехотинец открыл ворота, пропуская лимузин. Через десять минут приземлился «С-130».

238

За ограждением аэропорта собрались сотни румын. Они не сводили глаз с команды, выгружавшей ящики.

— Что они здесь делают? — спросила Мэри.

— Они мечтают. Они смотрят на вещи, которых у них никогда не было и не будет. Они знают, что нам привезли мясо, мыло, духи. Здесь всегда собирается толпа, когда прилетает наш самолет. Непонятно, как они узнают о дне прилета.

Мэри посмотрела на их лица.

— Трудно поверить.

— Они воспринимают этот самолет как символ. Дело не в грузе, для них он олицетворяет свободную страну, которая заботится о своих гражданах.

— Почему вы привезли меня сюда? — спросила Мэри.

— Я не хочу, чтобы Ионеску очаровал вас своими сладкими речами. Вот она — настоящая Румыния.

Каждое утро, когда Мэри ехала на работу, она видела людей, стоящих в очереди, чтобы попасть в консульский отдел посольства. Она полагала, что они приходят сюда решать возникающие у них вопросы. Но в то утро она подошла к окну, чтобы повнимательнее рассмотреть их. То, что она увидела на их лицах, заставило ее пойти к Майку.

— Что это за люди, там, у ворот?

Майк подошел вместе с ней к окну.

— Это в основном румынские евреи. Они ждут очереди, чтобы подать заявление на визу.

— Но ведь в Бухаресте есть израильское посольство. Почему они не обращаются туда?

— По двум причинам, — объяснил Майк. — Во-первых, они считают, что американское правительство имеет больше шансов помочь им выехать в Израиль, чем израильское. А во-вторых, они полагают, что таким образом тайная полиция не узнает об их замысле. Они, конечно, глубоко ошибаются. — Майк показал рукой на жилой дом, стоящий напротив посольства. — В этом доме несколько квартир используется госбезопасностью для слежки. Они фотографируют всех, кто входит в посольство и выходит из него.

— Какой ужас!

— Такие у них правила игры. Когда еврейская семья подает заявление на визу, чтобы выехать из страны, они автоматически лишаются работы, их вышвыривают из квартиры. Соседей заставляют поворачиваться к ним спиной. Им приходится ждать по три-четыре года, прежде чем правительство соизволит дать ответ. Обычно он отрицательный.

— Неужели мы ничего не можем сделать?

— Мы все время пытаемся им помочь. Но Ионеску играет с евреями в кошки-мышки. Лишь единицам удалось уехать отсюда.

Мэри посмотрела на лица людей, на них была написана безнадежность.

— Должен же быть какой-то выход.

— Не травите себе душу, — посоветовал Майк.

Разница во времени изматывала ее. Когда в Вашингтоне был день, в Бухаресте стояла глубокая ночь, и Мэри постоянно будили в три или четыре часа утра, чтобы ответить на телеграмму или телефонный звонок.

Каждый раз когда приходила ночная телеграмма, дежурный морской пехотинец звонил дежурному офицеру, и тот посылал своего помощника, который будил Мэри. После этого она обычно уже не спала.

«Это так интересно, дорогой. Я действительно думаю, что смогу что-то сделать. По крайней мере я пытаюсь. Мне нельзя ошибаться. Все рассчитывают на меня. Как было бы хорошо, если бы ты увидел меня и сказал: «Молодец, старуха». Я так страдаю без тебя. Ты слышишь, Эдвард? Может, ты где-то здесь? Я иногда просто с ума схожу без тебя...»

Они пили утренний кофе.

— У нас проблемы, — сказал Майк.

— Какие?

— С вами хотят увидеться двенадцать высокопоставленных представителей румынской церкви. Они получили приглашение от церкви в Юте. А румынское правительство отказывается дать им выездную визу.

— А почему?

— Мало кому из румын позволяют выезжать из страны. Есть анекдот. Когда Ионеску пришел к власти, он смотрел в окно и видел, как встает солнце. «Доброе утро, товарищ солнце», — сказал Ионеску. «Доброе утро, — ответило солнце. — Все так счастливы, что вы стали новым румынским президентом». Вечером Ионеску посмотрел в окно, выходящее на запад, и увидел, как садится солнце. «Добрый вечер, товарищ солнце», — говорит он. Но солнце не отвечает. «Что случилось, утром ты так со мной хорошо разговаривало, а сейчас молчишь?» Солнце отвечает: «Я уже на Западе. Пошел к черту». Поэтому Ионеску и боится, что, как только священники окажутся за границей, они пошлют его к черту.

— Я поговорю с министром иностранных дел по этому вопросу.

Майк встал.

— Вам нравятся народные танцы?

— Почему вы об этом спрашиваете? — удивилась Мэри.

— Завтра открытие сезона Румынского народного театра. Хотите пойти?

Мэри не знала, что ответить. Она совсем не ожидала подобного предложения от Майка. И еще больше удивилась, когда ответила ему: «Да».

241

— Хорошо. — Майк протянул ей небольшой конверт. — Здесь три билета. Можете взять с собой Тима и Бет.

Мэри покраснела, чувствуя себя неловко.

— Спасибо, — выдавила она.

— Я скажу, чтобы Флориан заехал за вами в восемь вечера.

Бет и Тим не выказали никакого желания идти в театр. Бет пригласила школьного товарища на ужин.

— Это мой итальянский друг, — сказала она. — Ты не против?

— Честно говоря, меня никогда не привлекали народные танцы, — добавил Тим.

— Ладно, — засмеялась Мэри. — Как хотите.

Ей стало интересно, чувствовали ли ее дети такое же одиночество, как она. Мэри подумала, кого бы пригласить с собой. Полковника Маккинни, Джерри Дэвиса, Хэрриет Крюгер? «Пойду одна», — решила она.

Когда Мэри вышла из резиденции, Флориан уже ждал ее у ворот.

— Добрый вечер, госпожа посол. — Он с поклоном открыл ей дверцу.

— Я вижу, у вас сегодня хорошее настроение, Флориан.

Он усмехнулся:

— У меня всегда хорошее настроение, госпожа. — Он закрыл дверцу и сел за руль. — У нас, румын, есть такая пословица: «Целуй руку, которую не можешь укусить».

— Вы хорошо здесь живете, Флориан? — осмелилась спросить его Мэри.

Он посмотрел на нее в зеркало заднего вида.

— Вам дать ответ, как учит нас партия, или вы хотите услышать правду?

— Правду, пожалуйста.

— Меня могут расстрелять за такие слова, но ни один румын не живет здесь счастливо. Только иностранцы. Вы

242

можете приезжать и уезжать, когда вам заблагорассудится. А мы здесь как в тюрьме. Нам всего не хватает. — Они проезжали мимо магазина, возле которого стояла длинная очередь. — Видите? Они будут стоять три часа, чтобы купить немного баранины, и то не всем хватит. И так везде. А знаете, сколько домов у Ионеску? Двенадцать! Я возил туда гостей. Каждый из них — настоящий дворец. А простые люди живут по три-четыре семьи в крошечных квартирках, и даже отопления у них нет. — Флориан внезапно замолчал, опасаясь, что сказал лишнее. — Я думаю, вы никому не расскажете о нашем разговоре?

— Конечно, нет.

— Спасибо. Мне не хотелось бы, чтобы моя жена осталась вдовой. Она молодая. К тому же она еврейка. У нас тут сильно развит антисемитизм.

Мэри уже об этом знала.

— Есть такой анекдот про то, как в одном магазине должны были появиться в продаже яйца. В пять утра, несмотря на сильный мороз, у дверей магазина выстроилась очередь. Восемь часов. Очередь еще длиннее, а яйца еще не привезли. Директор магазина говорит: «На всех все равно не хватит. Евреи могут не стоять». Два часа дня. Очередь еще длиннее, а яиц все нет. Директор магазина говорит: «Пусть останутся только члены партии. Остальные могут уходить». Полночь. Мороз. Директор закрывает магазин и говорит: «Яйца так и не привезли. Евреям опять повезло».

Мэри не знала, смеяться ей или плакать. «Надо что-то предпринять», — подумала она.

Народный театр находился на шумной улице, где стояло множество киосков, торговавших цветами, изделиями из пластмассы и другой мелочью. Театр был небольшой, в лепных украшениях и напоминал о более безмятежном прошлом

Представление было скучным, костюмы плохими, танцоры неловкими. Казалось, всему этому не будет конца. Когда все же представление завершилось, Мэри с удовольствием вышла на свежий воздух. Флориан стоял рядом с машиной.

— Боюсь, что придется задержаться, госпожа посол. Спустило колесо. А запасное украли. Я позвонил, чтобы срочно привезли еще одно. Я думаю, через час оно уже будет здесь. Вы подождете в машине?

Мэри посмотрела на небо. Сияла луна. Вечер был тихий и морозный. Она вдруг вспомнила, что еще никогда не ходила по улицам Бухареста.

— Я, пожалуй, вернусь в резиденцию пешком, — сказала она.

Он кивнул:

— Прекрасный вечер для прогулки.

Повернувшись, Мэри пошла по улице к центру. Бухарест казался ей замечательным, экзотическим городом. Мелькали надписи на витринах: «Табак», «Аптека».

Мэри прошлась по калеа Мошилор и свернула на страда Мария Россети, по которой шли битком набитые автобусы. Даже в этот поздний час возле магазинов стояли очереди. В кафе продавали гогоаше — вкусные румынские пончики. По тротуарам ходили люди с сетками в руках. Мэри казалось, что все смотрят на нее. Женщины с завистью разглядывали ее одежду. Мэри ускорила шаг.

Дойдя до угла улицы Виктория, она остановилась в нерешительности, не зная, куда идти дальше. Она обратилась к прохожему:

Извините, как мне пройти?.

Испуганно посмотрев на нее, тот быстро перешел на другую сторону.

«Им не разрешается разговаривать с иностранцами», вспомнила Мэри.

Куда же идти? Она попыталась вспомнить, какой дорогой ехала сюда с Флорианом. Резиденция должна была находиться в восточной стороне. Скоро она оказалась на узкой улочке. Вдали виднелся освещенный проспект. «Там я поймаю такси», — с облегчением подумала Мэри.

Сзади послышались шаги, и Мэри невольно обернулась. К ней приближался высокий мужчина в пальто. Мэри ускорила шаг.

— Извините! — крикнул мужчина с сильным румынским акцентом. — Вы заблудились?

Она облегченно вздохнула. Это, наверно, полицейский. Может, он шел следом, чтобы с ней ничего не случилось.

— Да, — благодарно сказала Мэри. — Я хотела вернуться...

Внезапно раздался шум приближающейся машины. Поравнявшись с ней, машина резко затормозила. Мужчина схватил Мэри. Она чувствовала, как у него пахло изо рта и как его руки щупают ее тело. Он стал толкать ее к открытой дверце машины. Мэри отчаянно сопротивлялась.

— В машину! — рявкнул мужчина.

— Нет! — кричала она. — На помощь!

На другой стороне улицы появился человек. Державший ее мужчина не знал, что ему делать.

— Ну-ка отпусти ее! — закричал незнакомец.

Он подбежал, схватил мужчину за воротник и с силой рванул на себя. Мэри почувствовала, что ее уже никто не держит. Водитель стал вылезать из машины, чтобы помочь своему напарнику.

Послышалась сирена. Мужчина в пальто что-то крикнул своему напарнику, оба уселись в машину, и она рванула с места.

Белая машина с голубыми полосами и мигалкой на крыше остановилась рядом с Мэри. Сбоку была надпись «МИ-

ЛИЦИЯ». Оттуда поспешно вылезли два милиционера в форме.

— С вами все в порядке? — спросил один из них по-румынски, а потом на ломаном английском добавил: — Что случилось?

Мэри никак не могла справиться с эмоциями

— Да... Двое мужчин... Они х-хотели затащить меня в машину. Если бы не этот джентльмен... — Она обернулась. Незнакомец исчез.

Глава 22

Всю ночь ее преследовали кошмары. Во сне она отбивалась от мужчин. Она просыпалась и засыпала снова. И опять просыпалась. Перед глазами стояла одна и та же сцена: шаги за спиной, подъезжающая машина, мужчина заталкивает ее в автомобиль. Знали они, кто она такая? Или просто хотели ограбить туристку в заграничной одежде?

Когда Мэри зашла к себе в кабинет, Майк Слейд уже ждал ее. Он принес две чашки кофе и поставил их на стол.

— Ну, как прошла поездка в театр? — спросил он.

— Прекрасно. — То, что случилось потом, его совершенно не касалось.

— Вы не ранены?

— Что? — удивленно спросила она.

Он терпеливо повторил:

— Когда они вас хотели похитить, они вас не ранили?

— Как... Откуда вы об этом знаете?

— Госпожа посол... — В его голосе звучала ирония. - В Румынии не существует секретов. Даже если вы идете принимать душ, об этом все знают. Вы поступили довольно неразумно, возвращаясь домой пешком.

— Я и сама теперь понимаю, — холодно ответила Мэри. — Больше такого не повторится.

— Хорошо. Что у вас отняли?

— Ничего.

Он нахмурился:

— Если бы их интересовала ваша сумочка или шуба, они могли бы отнять их на улице. А так получается, что они хотели похитить вас.

— Кому надо было похищать меня?

— Это были не люди Ионеску Он старается поддерживать ровные отношения с нами. Может быть, какая-нибудь диссидентская группа.

— Или бандиты, которые хотели получить за меня выкуп.

— В этой стране не похищают людей ради выкупа. За это даже не судят, а сразу расстреливают — Он отпил кофе. — Хотите совет?

— Я вас слушаю.

— Уезжайте домой.

— Что?

Майк Слейд поставил чашку на стол.

— Вам всего лишь потребуется написать заявление об отставке, забрать детей и вернуться в Канзас, где вы будете вне опасности.

Лицо Мэри залила краска.

— Мистер Слейд, я совершила ошибку. Она не первая и скорее всего не последняя. Но на этот пост меня назначил президент Соединенных Штатов. И пока он сам меня не уволит, я не желаю слышать, чтобы мне советовали отправляться домой. — Она с трудом сдерживалась, чтобы не закричать. — Я считаю, что сотрудники посольства должны работать со мной, а не против меня. Если вам это не под силу, может, вы сами поедете домой? — Ее трясло от ярости

Майк Слейд встал.

— Я прослежу, чтобы вам принесли утренние сводки, госпожа посол.

В то утро в посольстве только и говорили о попытке похищения. «Интересно, откуда они об этом знают? — поражалась Мэри. — И как об этом узнал Майк Слейд?» Мэри жалела, что не знает имени своего спасителя, чтобы поблагодарить его. Она лишь мельком разглядела его. Ей показалось, что это был привлекательный мужчина лет сорока, с ранней сединой. Он говорил с акцентом, возможно, с французским. Если это был турист, то он скорее всего уже улетел домой.

Мэри преследовала мысль. Одна и та же мысль. Единственный человек, который хотел от нее избавиться, — это Майк Слейд. А что, если это он все подстроил, чтобы напугать ее и заставить вернуться домой? Ведь это он дал ей билеты в театр. Он знал, где она будет. Эта мысль никак не выходила из головы.

Мэри долго думала — рассказать детям о происшествии или нет. Наконец она решила, что не стоит этого делать. Ей не хотелось пугать их. Она решила, что теперь они никуда не будут ходить одни.

В тот вечер во французском посольстве должен был состояться прием в честь известной французской пианистки. Мэри так устала, что отдала бы что угодно, лишь бы не идти туда, но выхода у нее не было.

Она приняла ванну, выбрала вечернее платье, но когда взяла туфли, увидела, что один каблук сломан. Она позвала Кармен.

— Слушаю вас, госпожа посол.

— Кармен, отнесите это в мастерскую, пусть починят.

— Хорошо, госпожа. Что-нибудь еще?

— Нет, спасибо. Больше ничего не надо.

Когда Мэри приехала в посольство Франции, там уже было полно гостей. У дверей ее встретил помощник посла.

Он поцеловал ей руку:

— Добрый вечер, госпожа посол. Благодарю вас, что пришли.

— Очень любезно с вашей стороны было послать мне приглашение.

Они оба улыбнулись этим пустым фразам.

— Разрешите, я проведу вас к послу. — Он провел ее через зал, где большинство лиц ей уже были знакомы. Мэри поздоровалась с французским послом, и они обменялись любезностями.

— Вы будете в восторге от мадам Дофэн. Она великолепная пианистка.

— Мне так хочется ее услышать, — солгала Мэри.

Рядом прошел официант, неся поднос с шампанским. Мэри уже научилась пить вино на приемах. Она повернулась, чтобы поздороваться с австрийским послом, как вдруг увидела незнакомца, который спас ее от похитителей. Он стоял в углу, беседуя с итальянским послом и его помощником.

— Извините, пожалуйста, — сказала Мэри и направилась к французу.

— Да, конечно, я скучаю по Парижу, — говорил он, - но надеюсь, что в следующем году... - Увидев Мэри, он замолчал. — А, бедная леди.

— Вы знаете друг друга? - спросил итальянский посол.

— Мы не были официально представлены, - ответила Мэри.

— Госпожа посол, могу я вам представить доктора Луи Дефорже?

Француз изменился в лице.

— Госпожа посол? Простите меня, пожалуйста. Я понятия не имел. — В его голосе звучало смятение. — Как я мог вас не узнать?

— Вы сделали нечто гораздо большее, — улыбнулась Мэри. — Вы спасли меня.

Итальянский посол посмотрел на доктора и сказал:

— Так это были вы? — Он повернулся к Мэри. — Я слышал об этом печальном происшествии.

— Оно действительно было бы печальным, если бы не доктор Дефорже. Я вам так благодарна.

Луи Дефорже улыбнулся:

— Я так счастлив, что оказался в нужном месте в нужное время.

Посол и его помощник увидели, как пришел английский посол.

— Извините, пожалуйста, — сказал итальянский посол. — Мы ненадолго вас покинем.

Они поспешили навстречу англичанину Мэри осталась вдвоем с доктором.

Почему вы скрылись, когда приехала полиция?

— Видите ли, нам не следует попадать в руки полиции. У них есть привычка арестовывать свидетелей и выкачивать из них информацию. Я работаю врачом во французском посольстве, и у меня нет статуса дипломатической неприкосновенности. А так как я в курсе всего, что происходит в посольстве, я мог бы стать ценным источником информации для румын. Он улыбнулся. Так что простите, если вам показалось, что я бросил вас.

Ей понравилась прямота, с которой он говорил. Он чем-то напоминал ей Эдварда Может, тем, что Дефорже был врачом. Нет, не только этим Он говорил так же откровенно, как и Эдвард Даже улыбка была немного похожа.

Извините, сказал Дефорже, - мне пора выполнять функции социального животного

— Вам не нравятся приемы?

Он подмигнул ей:

— Я их ненавижу

— А ваша жена?

Он что-то хотел сказать, но затем передумал.

— Да, ей нравились приемы. Даже очень.

— Она сегодня здесь?

— Ее убили вместе с обоими детьми.

Мэри побледнела:

— О Господи! Извините. Как?..

Его лицо было похоже на застывшую маску.

— Это я виноват во всем. Мы тогда жили в Алжире. Я работал в подполье, боролся с террористами. — Его речь стала отрывистой. - Они выследили меня и взорвали наш дом. Меня там в то время не было.

— Извините меня, — повторила Мэри. Пустые, ненужные слова.

— Ничего. Говорят, что время лечит все, но я этому уже не верю. — В его голосе звучали горькие нотки.

Мэри вспомнила Эдварда — как ей было тяжело без него. Но этот человек еще дольше живет с постоянной болью.

Он посмотрел на нее и сказал:

— Извините, госпожа посол... — Повернувшись, он направился к новым гостям.

«Он немного похож на тебя, Эдвард. Он бы тебе понравился. Он очень мужественный человек. Он страдает, и это притягивает меня к нему Я ведь тоже очень страдаю, дорогой. Я всегда буду страдать без тебя. Мне здесь так одиноко. Не с кем даже поговорить. Мне так хочется, чтобы у меня все получалось. Майк Слейд старается отправить меня домой. Но я не поеду. Как ты мне нужен, дорогой. Спокойной ночи, мой милый».

На следующее утро Мэри позвонила Стэнтону Роджерсу. Так было приятно услышать его голос. «Это как нить, что соединяет меня с домом», — подумала она.

— Мы доволыны вашей работой, — сказал Стэнтон Роджерс. — Про Ханну Мэрфи здесь много писали в газетах. Прекрасная работа.

— Спасибо, Стэн.

— Мэри, расскажите, как вас хотели похитить.

— Я уже разговаривала с премьер-министром и начальником секуритате, но у них нет никаких следов.

— Разве Майк Слейд не предупреждал вас, чтобы вы не ходили одна?

— Да, он предупреждал меня. — «Может, рассказать ему, что Майк Слейд настроен отправить меня домой? Нет. Я сама с ним справлюсь», — решила Мэри.

— Запомните, в случае чего я всегда готов помочь вам. В любое время.

— Я знаю, — благодарно сказала Мэри. — Это так много для меня значит.

После этого звонка она почувствовала себя гораздо лучше.

— У нас проблемы. В посольстве происходит утечка информации.

Мэри и Майк Слейд пили кофе перед началом рабочего дня.

— Насколько это серьезно?

— Очень серьезно. Наш советник по торговле Дэвид Виктор встречался с румынским министром торговли.

— Я знаю. Мы обсуждали этот вопрос на прошлой неделе.

— Правильно, — сказал Майк. — Когда Дэвид встретился с ним во второй раз, у румын были готовы ответы на все наши предложения. Они точно знали все наши планы.

252

— Может, они просто догадались?

— Может быть. Но у нас были новые предложения, о которых они уже не знали заранее.

Мэри задумалась.

— Вы полагаете, что это кто-нибудь из персонала?

— Не просто кто-нибудь. Мы обсуждали эти предложения в «Аквариуме». Туда имеют право заходить только восемь человек — начальники отделов.

— Кто бы это ни был, у него должно находиться электронное подслушивающее устройство, очевидно, миниатюрный магнитофон. Я предлагаю сегодня созвать совещание в «Аквариуме» и пригласить туда всех, кто там был в последний раз. Наши приборы укажут на виновного.

За столом в «Аквариуме» сидели восемь человек: Эдди Мальц, политический советник и агент ЦРУ; Патриция Хэтфилд, экономический советник; Дэвид Виктор, советник по торговле; Джерри Дэвис, представитель по связям с общественностью; Лукас Дженклоу, начальник административного отдела, и полковник Маккинни. Мэри сидела на одном конце стола, Майк Слейд — на другом.

Мэри обратилась к Дэвиду Виктору:

— Как проходят переговоры с румынским министром торговли?

Торговый советник покачал головой:

— Честно говоря, совсем не так, как я надеялся. Они уже знают все, что я скажу, прежде чем я открою рот. Я сделал им новые предложения, но у них уже были готовы аргументы на этот счет. Такое впечатление, что они читают мои мысли.

— Может, так оно и есть, — заметил Майк.

— Что вы хотите сказать?

— Что они читают мысли одного из нас. — Он снял трубку стоящего перед ним телефона. — Пусть заходит

Через секунду дверь открылась, и в комнату вошел человек с прибором. На приборе была шкала со стрелкой.

— Минутку, — сказал Эдди Мальц. — Сюда нельзя.

— Все в порядке, — успокоил Майк Слейд. — Это поможет нам решить одну проблему. — Он посмотрел на мужчину с прибором: — Начинайте.

— Хорошо. Пожалуйста, оставайтесь на своих местах.

Все наблюдали, как он подошел к Майку Слейду и поднес к нему прибор. Стрелка осталась на нуле. Затем он поднес прибор к Патриции Хэтфилд. Стрелка не шелохнулась. Он подошел к Эдди Мальцу, Джерри Дэвису, Лукасу Дженклоу. Стрелка не двигалась. Человек проверил Дэвида Виктора и, наконец, полковника Маккинни. Осталась только Мэри. Когда он приблизился к ней, стрелка резко дернулась.

— Что за черт! — сказал Майк Слейд. — Вы уверены? Стрелку зашкалило.

— Скажите что-нибудь, — попросил ее специалист по электронике.

Мэри встала, растерянно глядя на прибор.

— Может, прекратим совещание? — предложил Майк.

— На сегодня все. Спасибо, — сказала Мэри.

— Вы останьтесь, — сказал Майк специалисту.

Когда все остальные ушли, Майк спросил:

— Вы можете указать, где находится «жучок»?

— Конечно. — Специалист стал медленно опускать прибор, держа его в нескольких сантиметрах от Мэри.

Как только он опустил его на уровень стопы, стрелка ушла за красную полосу.

Специалист выпрямился.

— Подслушивающее устройство в ваших туфлях.

Мэри недоверчиво посмотрела на него.

— Вы ошибаетесь. Эти туфли я купила в Вашингтоне.

— Будьте добры, снимите их, — попросил Майк Слейд.

— Но я... — Все это было просто смешно. Прибор наверняка неправильно работал. Или кто-то хотел заманить ее в ловушку. Скорее всего это штучки Майка Слейда. Он хочет избавиться от нее, поэтому передаст в Вашингтон: ее поймали на том, что она передавала врагам информацию.

Она сняла туфли и сунула их в руки Майку.

— Держите, — раздраженно сказала она.

Он покрутил их в руках и спросил:

— Это новый каблук?

— Нет, это... — И тут она вспомнила, что просила Кармен отнести туфли в ремонт.

Майк отломал каблук. Внутри находился миниатюрный магнитофон.

— Вот мы и обнаружили нашего шпиона, — сухо заметил Майк. — Где вам поставили этот каблук?

— Не знаю. Я попросила служанку отнести туфли в ремонт.

— Чудесно, — с сарказмом сказал Майк. — Мы будем вам очень благодарны, если в будущем, госпожа посол, вы будете поручать подобные дела своей секретарше.

Мэри принесли телеграмму:

«Сенатский комитет по иностранным делам решил предоставить Румынии заем, который вы просили. Сообщение об этом будет сделано завтра. Поздравляю. Стэнтон Роджерс».

Майк Слейд прочитал телеграмму.

— Хорошие новости. Негулеску будет в восторге.

Мэри знала, что положение Негулеску, румынского министра финансов, довольно шаткое. Этот заем сделает его героем в глазах Ионеску.

— Значит, они объявят об этом только завтра. — Мэри задумалась. — Я хочу, чтобы вы сегодня устроили мне встречу с Негулеску.

— Мне тоже пойти с вами?

— Нет, не надо.

Через два часа Мэри сидела в кабинете румынского министра финансов. На его лице была довольная улыбка.

— Я вижу, у вас для меня хорошие новости?

— Боюсь, что нет, — с сожалением сказала Мэри. Она смотрела, как улыбка сползла с лица министра.

— Как? Я понял, что все уже было решено?

Мэри вздохнула:

— Я тоже так полагала.

— Что случилось? Почему ничего не вышло? — Его лицо посерело.

Мэри пожала плечами:

— Не знаю.

— Я ведь обещал нашему президенту... — Он замолчал, ошеломленный новостью. Посмотрев на Мэри, он хрипло сказал: — Президенту это не понравится. Неужели ничего нельзя сделать?

— Я тоже расстроена, — кивнула Мэри. — Все шло нормально, как вдруг перед голосованием один из сенаторов узнал, что румынским священникам, которых пригласили в Юту, отказали в визе. Сам сенатор — мормон, и он был крайне возмущен.

— Из-за священников? — фальцетом произнес Негулеску. — Вы хотите сказать, что они проголосовали против из-за?..

— Так мне передали.

— Но, госпожа посол, в Румынии все делается для церкви. У них здесь полная свобода. — Язык у него заплетался. — Мы просто обожаем священников!

Он сел рядом с Мэри.

— Госпожа посол, если мне удастся сделать так, что этим священникам разрешат посетить вашу страну, как вы думаете, может финансовый комитет сената дать нам заем?

Посмотрев ему в глаза, Мэри ответила:

— Господин Негулеску, я вам это гарантирую. Но вы должны дать мне ответ до вечера.

Негулеску позвонил в половине третьего.

— Госпожа посол! Великолепные новости! Священники могут ехать, когда захотят. А у вас что?

Мэри позвонила ему через час:

— Я только что получила телеграмму. Решено предоставить вам заем.

Глава 23

Мэри постоянно думала о Луи Дефорже. Он спас ей жизнь и исчез. Она была рада, что увиделась с ним на приеме. Повинуясь внезапно возникшему желанию, Мэри пошла в магазин, торгующий на валюту, купила для него красивый серебряный кубок и попросила отправить его во французское посольство. Это была ее скромная благодарность за то, что он сделал.

Дороти Стоун сказала ей:

— Вам звонит доктор Дефорже. Будете говорить с ним?

— Конечно, — улыбнулась Мэри. Она сняла трубку. — Добрый день.

— Добрый день, госпожа посол. — Как приятно было слышать его голос с французским акцентом. — Я хочу поблагодарить вас за такой изысканный подарок. Хотя это совсем не обязательно было делать. Я и так рад, что мог оказать вам услугу.

— Это была не просто услуга, — ответила Мэри. — Мне бы хотелось как-нибудь выразить вам свою благодарность.

Он молчал.

— Может быть... — Он снова замолчал.

— Да?

— Да нет. Ничего, — смущенно сказал он.

— Ну пожалуйста.

— Ладно. — Он напряженно рассмеялся. — Может, мне удастся пригласить вас как-нибудь поужинать. Я знаю, как вы заняты...

— С удовольствием, — быстро сказала Мэри.

— Правда? — В его голосе звучала радость.

— Правда.

— Вы знаете ресторан «Тару»?

Мэри была там два раза.

— Нет, — ответила она.

— Отлично. Мне доставит удовольствие показать его вам. В субботу вечером вы, наверно, заняты?

— В шесть часов я должна присутствовать на коктейле, но потом мы сможем вместе поужинать.

— Великолепно. Я знаю, у вас двое детей. Может, вы возьмете их с собой?

— Спасибо, но в субботу вечером они будут заняты. — Она сама не знала, зачем сказала неправду.

Прием проводился в швейцарском посольстве. Это, несомненно, было посольство первой категории, так как на приеме присутствовал президент Ионеску.

Увидев Мэри, он подошел к ней.

— Добрый вечер, госпожа посол. — Он взял ее руку и задержал в своей дольше, чем это было надо. — Как я рад, что ваша страна согласилась предоставить нам этот заем.

— А мы рады, что вы разрешили представителям духовенства посетить Соединенные Штаты, ваше превосходительство.

Он небрежно махнул рукой:

— Румыния — не тюрьма. Здесь каждый может ездить куда захочет. Моя страна является символом социальной справедливости и демократии.

Мэри подумала о длинных очередях у магазинов, толпе в аэропорту, евреях, стремящихся эмигрировать

— Вся власть в Румынии принадлежит народу.

«В Румынии есть концентрационные лагеря, которые нам не показывают».

— Со всем уважением к вам, господин президент, хочу заметить, что сотни, а может, и тысячи евреев хотят покинуть Румынию. Ваше правительство не дает им визы

Он нахмурился:

— Это диссиденты. Возмутители спокойствия. Мы оказываем миру услугу, что не выпускаем их, держим все время под контролем.

— Господин президент...

— Здесь к евреям относятся лучше, чем в любой другой стране за «железным занавесом». В 1967 году после арабо-израильской войны Советский Союз и все остальные страны Восточной Европы разорвали дипломатические отношения с Израилем. Все, кроме Румынии.

— Я знаю об этом, господин президент, но факт остается фактом...

— Вы уже попробовали черную икру? Она просто великолепна.

Луи Дефорже предложил заехать за Мэри, но она сказала, что ее довезет Флориан. Она позвонила доктору и предупредила, что задержится. Ей надо было вернуться в посольство и написать отчет о беседе с президентом Ионеску

В посольстве дежурил Ганни. Морской пехотинец отдал ей честь и открыл дверь. Мэри прошла в свой кабинет и зажгла свет. Она остановилась как вкопанная. На стене было написано красной краской: «ОТПРАВЛЯЙСЯ ДОМОЙ, ПОКА ЖИВА». С побелевшим лицом она выскочила из кабинета и побежала вниз.

— Что-нибудь случилось, госпожа посол? — спросил Ганни.

— Ганни, кто был в моем кабинете?

— Никто, госпожа посол.

— Где журнал записи посетителей? — Она старалась говорить спокойным голосом.

— Вот, пожалуйста. — Ганни протянул ей журнал.

Здесь отмечалось время посещений. Она посмотрела, кто приходил в посольство после пяти тридцати, когда ее уже не было в кабинете. Она насчитала двенадцать имен.

Мэри посмотрела на дежурного:

— Люди, которые здесь записаны, — их всех сопровождали?

— Конечно, госпожа посол. Посетители не могут подниматься наверх без сопровождения. Что-нибудь не так?

Что-то было не так.

— Пусть кто-нибудь закрасит надпись на стене в моем кабинете, — сказала Мэри.

Она развернулась и быстро вышла из посольства. Отчет мог подождать до утра.

Луи Дефорже уже ждал ее в ресторане. Когда она подошла к столику, он встал.

- Извините за опоздание. — Мэри старалась, чтобы голос не дрожал.

Он пододвинул ей стул.

Ничего страшного. Я рад, что вы пришли.

Мэри уже жалела, что согласилась поужинать с ним. Нервы у нее были напряжены до предела.

Дефорже посмотрел на нее:

— С вами все в порядке, госпожа посол?

— Да, — ответила она. — Все прекрасно. — «Отправляйся домой, пока жива». — Я, пожалуй, выпью виски. — Она ненавидела виски, но надеялась снять напряжение.

Сделав заказ, Дефорже сказал:

— Быть послом в этой стране, наверно, нелегко. Особенно женщине. Румыны с пренебрежением относятся к женщинам.

Мэри улыбнулась через силу.

— Лучше расскажите о себе. — Ей хотелось сменить тему разговора.

— Боюсь, вам будет неинтересно.

— Вы говорили, что воевали против террористов в Алжире. Расскажите.

Он пожал плечами:

— Мы живем в страшное время. Я думаю, каждый человек должен рисковать чем-то, чтобы не рисковать всем. Я считаю, что с терроризмом необходимо покончить, — страстно сказал он.

«Он похож на Эдварда, — подумала Мэри. — Эдвард всегда страстно говорил о своих убеждениях». Доктор Дефорже был человеком, которого трудно переубедить. Он был готов рисковать жизнью ради своих идеалов.

— Если бы я знал, что мне придется заплатить за это жизнью своих близких... — Он замолчал. — Извините, я пригласил вас сюда не затем, чтобы рассказывать о своих горестях. Здесь прекрасно готовят барашка. Рекомендую попробовать.

— Хорошо, — сказала Мэри.

Дефорже заказал ужин и бутылку вина. Они продолжали разговор. Мэри уже успокоилась и не думала про угрожающую надпись на стене. Она с удивлением отметила, как ей легко разговаривать с этим обаятельным французом. Он так напоминал ей Эдварда. Поразительно, насколько интересы и убеждения Мэри совпадали с интересами Дефорже. Хотя Мэри родилась в маленьком городке в Канзасе, а Луи — за пять тысяч миль от него, их жизнь была во многом одинакова. Его отец был фермером и, накопив денег, отправил Луи в медицинский институт в Париже.

— Мой отец был замечательным человеком, госпожа посол.

— «Госпожа посол» звучит слишком официально.

— Миссис Эшли?

— Мэри.

— Спасибо, Мэри.

Она улыбнулась:

— Пожалуйста, Луи.

Ей было интересно узнать о его личной жизни. Он такой умный и красивый. Наверняка у него было много женщин. Ей захотелось узнать, есть ли у него женщина.

— Вы не собираетесь жениться? — Она сама удивилась своей смелости.

Он покачал головой:

— Нет. Если бы вы знали мою жену, вы бы поняли. Она была необыкновенной. Никто не сможет мне ее заменить.

«Именно так и я отношусь к Эдварду, — подумала Мэри. — Никто не сможет мне его заменить. Он был особенным. И все-таки человек нуждается в друге. Не только для того, чтобы быть любимым. Просто чтобы делиться своими чувствами».

— ...Тогда мне и представилась такая возможность, — продолжал Луи. — Мне было интересно поработать в Румынии. — Он понизил голос: — Признаюсь, мне она кажется страшной страной.

— Правда?

— Дело не в людях. Они прекрасные. Но я ненавижу их правительство. Здесь нет свободы. Румыны — самые настоящие рабы. Если кто-нибудь хочет иметь приличную еду и предметы роскоши, его принуждают работать на секуритате. За иностранцами ведется постоянная слежка. — Он посмотрел по сторонам. — Я жду не дождусь, когда мой контракт закончится и я смогу вернуться во Францию.

Не подумав, Мэри сказала:

— Есть такие люди, которые хотят, чтобы я отправилась домой.

— Извините?

Не в силах сдержать свои чувства, Мэри рассказала о том, что произошло в ее кабинете, о том, что было написано на стене.

— Какой ужас! — воскликнул Луи. — Вы кого-нибудь подозреваете?

— Нет.

— Можно я сознаюсь вам кое в чем? — спросил Луи — С тех пор как я узнал, кто вы, я навел о вас кое-какие справки. Все, кто вас знает, испытывают к вам глубочайшее уважение.

Она внимательно слушала его.

— Для всех вы являетесь образом Америки. Вы умная и красивая женщина. Если вы верите в то, что делаете, вам надо бороться. Вы обязаны остаться. Не дайте себя никому запугать.

Ночью Мэри размышляла о словах Луи. «Он был готов умереть за свои идеалы. А я? Я не хочу умирать. Но меня никто не убьет. Мне совсем не страшно».

Она лежала в темноте с открытыми глазами. Ей было страшно.

На следующее утро Майк, как всегда, принес две чашки кофе. Он кивнул в сторону свежевыкрашенной стены

— Я слышал, вам оставили послание?

— Уже известно, кто это сделал?

Майк отпил кофе.

— Нет. Я лично проверил список. Никто из них не мог этого сделать.

— Значит, это кто-то из посольства?

— Да. Или кто-нибудь прошел незамеченным мимо охранников.

— Вы в это верите?

Майк поставил чашку на стол.

— Нет.

— Я тоже.

— Что там было написано?

— «Отправляйся домой, пока жива».

Майк промолчал.

— Кому надо убивать меня?

— Не знаю.

— Мистер Слейд, скажите откровенно: неужели мне на самом деле грозит опасность?

Он внимательно посмотрел на нее.

— Госпожа посол, были убиты Авраам Линкольн, Джон Кеннеди, Роберт Кеннеди, Мартин Лютер Кинг, Марин Гроза. Так что ответ на ваш вопрос — «да».

«Если вы верите в то, что делаете, вам надо бороться. Вы обязаны остаться. Не дайте себя никому запугать».

Глава 24

В восемь сорок пять утра, когда Мэри проводила совещание, в кабинет ворвалась Дороти Стоун:

— Ваших детей похитили!

эри вскочила с места

— О Господи!

— Сработала сирена в автомобиле. Скоро станет известно, где находится машина. Они не смогут уехать далеко.

Мэри побежала по коридору в комнату связи. Перед пультом стояли несколько человек. Полковник Маккинни говорил в микрофон:

— Да, я понял. Я сообщу об этом послу.

— Что произошло? — с трудом произнесла Мэри. — Где мои дети?

— С ними все в порядке, — успокоил ее полковник. — Кто-то из них случайно нажал на кнопку тревоги. Сработали сирена и аварийный передатчик. Через два квартала лимузин уже был окружен полицейскими машинами.

Мэри прислонилась к стене. Только сейчас она осознала, в каком нервном состоянии она находится. «Теперь я хорошо понимаю, — подумала она, — почему живущие здесь иностранцы в конце концов начинают увлекаться наркотиками или алкоголем... или любовными приключениями».

...В тот вечер Мэри не отходила от детей. Ей хотелось побыть с ними как можно дольше. Глядя на них, она думала: «Неужели им грозит опасность? Неужели нам всем грозит опасность? Кто хочет причинить нам боль?» Она не могла ответить на эти вопросы.

Через три дня Мэри снова ужинала вместе с Луи Дефорже. В этот раз он выглядел более раскрепощенным, и, хотя в его глазах была грусть, он старался развлекать ее. Мэри стало интересно, чувствует ли он к ней такое же влечение, как она к нему. «Я не просто послала ему серебряный кубок, — признавалась она себе, — я послала ему приглашение».

«"Госпожа посол" звучит слишком официально. Зовите меня Мэри». Господи, ей так хотелось быть ближе к нему. «Я просто ему многим обязана. Возможно, своей жизнью. Хотя это не имеет ничего общего с желанием увидеть его снова»

Они поужинали на крыше отеля «Интерконтиненталь», и, когда Луи проводил ее домой, она спросила:

— Не хотите ли зайти?

— Спасибо, — ответил он. — С удовольствием.

Дети делали уроки. Мэри представила их Луи.

Он наклонился к Бет и спросил:

— Можно?

Он обнял ее и крепко прижал к себе. Затем выпрямился.

— Одна из моих дочерей была на два года младше тебя. А другой было столько же. Мне бы хотелось, чтобы они были такими же красивыми, как и ты, Бет.

Бет улыбнулась:

— Спасибо. А они?..

Мэри быстро перебила ее:

— Давайте выпьем горячего шоколада.

Они сидели за кухонным столом, пили шоколад и разговаривали.

Дети были просто в восторге от Луи. Он, казалось, совсем забыл про нее. Все его внимание было приковано к детям. Он рассказывал им смешные истории, и дети хохотали до упаду. Было уже за полночь, когда Мэри посмотрела на часы.

— Господи! Вам уже давно полагается быть в постели.

Тим повернулся к Луи:

— Вы еще к нам придете?

— Надеюсь, что да, Тим. Это зависит от вашей мамы.

— Мам?

Она посмотрела на Луи и сказала:

— Да.

Мэри проводила Луи до дверей. Он взял ее за руку.

— Я не могу вам передать, что значит для меня этот вечер. У меня просто нет слов.

— Я рада. — Она смотрела ему в глаза и почувствовала, как он придвинулся к ней. Она подняла к нему лицо.

— Спокойной ночи, Мэри.

И он ушел...

Когда на следующее утро Мэри зашла в свой кабинет, то увидела, что еще одна стена покрашена заново. Вошел Майк Слейд, неся в руках две чашки кофе.

— Доброе утро. — Он поставил чашки на стол.

— Опять что-то написали на стене?

— Да.

— И что на этот раз?

— Не имеет значения.

— Не имеет значения? — вспылила она. — Для меня имеет. Что же за охрана такая в посольстве? Мне не нравится, что в мой кабинет спокойно заходят и пишут угрозы на стенах. Что там было написано?

— Дословно?

— Да.

— Там было написано: «Уезжай или подохнешь».

Мэри яростно уселась за стол.

— Может, вы мне объясните, как можно незамеченным пробраться ко мне в кабинет и писать угрозы на стенах?

— Если бы я знал, — вздохнул Майк. — Мы делаем все возможное.

— Тогда «всего возможного» явно недостаточно, — отпарировала она. — Я хочу, чтобы дверь в мой кабинет охранялась всю ночь. Ясно?

— Хорошо, госпожа посол. Я передам это полковнику Маккинни.

— Не надо. Я сама ему передам.

Майк Слейд вышел из кабинета, и Мэри подумала: а знает ли он, чьих рук это дело?

А что, если он сам...

— Поверьте мне, госпожа посол, — извиняющимся тоном сказал полковник Маккинни, — я поражен не меньше вашего. Я удвою охрану, а дверь в ваш кабинет будет охраняться двадцать четыре часа в сутки.

Но Мэри это мало успокоило. Это сделал кто-то из сотрудников посольства.

Полковник Маккинни был сотрудником посольства.

Мэри пригласила Луи Дефорже на небольшую вечеринку в резиденции. Присутствовало около десяти гостей, и, когда они все ушли, Луи спросил:

— Можно, я поднимусь к детям?

— Боюсь, что они уже спят, Луи.

— Я не разбужу их, — пообещал он. — Только взгляну на них.

Мэри прошла с ним и, стоя в дверях, смотрела, как он глядел на спящего Тима. Она прошептала:

— Комната Бет напротив.

Мэри открыла дверь в другую спальню. Бет спала, обняв руками подушку, одеяло было скомкано. Луи тихонько подошел к кровати и поправил одеяло. Некоторое время он стоял, закрыв глаза. Затем повернулся и вышел из комнаты.

— Какие замечательные дети, — хрипло сказал он.

Они стояли, глядя друг на друга. «Это должно случиться, — подумала Мэри. — Никто из нас не сможет этого предотвратить».

Они обнялись, и губы их встретились.

Он отстранился.

— Мне не надо было приходить. Вы ведь понимаете, что я делаю? Я воскрешаю свое прошлое. — Он помолчал. — Или мое будущее. Кто знает?

— Я знаю, — тихо сказала Мэри.

Дэвид Виктор, торговый советник, вошел в кабинет Мэри. Выглядел он взволнованно

— Боюсь, что у нас плохие новости. Мне только что стало известно, что президент Ионеску собирается подписать

268

контракт с Аргентиной на покупку полутора миллионов тонн кукурузы и с Бразилией на покупку полумиллиона тонн соевых бобов. Мы очень рассчитывали на эти контракты.

— Насколько это серьезно?

— Переговоры почти закончились. Нас выставили за дверь. Я собирался уже посылать телеграмму в Вашингтон. С вашего разрешения, конечно, — поспешно добавил он.

— Пока не отправляйте,   сказала Мэри. — Надо что-то придумать.

— Президент Ионеску не изменит своего решения. Поверьте мне, каких только аргументов я ему не приводил.

— Тогда мы ничего не теряем, если я попробую что-нибудь сделать. — Она вызвала секретаршу. — Дороти, мне необходимо как можно быстрее встретиться с президентом Ионеску.

Александру Ионеску пригласил Мэри на обед. Когда она вошла во дворец, ее встретил Нику, четырнадцатилетний сын президента.

— Добрый день, госпожа посол, – сказал он. — Меня зовут Нику. Добро пожаловать во дворец.

Это был высокий стройный мальчик с темными вьющимися волосами. Он вел себя как взрослый.

— Я слышал о вас столько хорошего, — сказал Нику.

— Я очень рада, — ответила Мэри.

— Я сообщу отцу о вашем приходе.

Мэри и Ионеску сидели за столом друг напротив друга. Мэри стало интересно, где его жена. Она редко показывалась даже на официальных приемах.

Было видно, что президент выпил и находится в хорошем расположении духа. Он закурил «Снагов» — румынскую сигарету с неприятным запахом.

— Я так понял, вы уже осмотрели кое-какие достопримечательности вместе с детьми?

— Да, ваше превосходительство. Румыния — замечательная страна, и здесь так много всего интересного.

Он обворожительно улыбнулся:

— Как-нибудь позвольте мне показать вам мою страну. — В его глазах светилась неприкрытая похоть. — Я превосходный экскурсовод. Уверяю, что покажу вам много чего интересного.

— Не сомневаюсь, — ответила Мэри. — Господин президент, я сегодня собиралась поговорить с вами по одному серьезному делу.

Ионеску чуть не рассмеялся. Он прекрасно знал, зачем она пришла. «Американцы хотят мне продать свою кукурузу и соевые бобы, но они опоздали». В этот раз американский посол вернется с пустыми руками. Жаль. Она такая привлекательная женщина.

— Слушаю вас, — с невинным видом сказал он.

— Я хочу поговорить с вами о городах-побратимах.

Ионеску заморгал от неожиданности:

— Извините, о чем?

— О городах-побратимах. Как Сан-Франциско и Осака, Лос-Анджелес и Бомбей, Вашингтон и Бангкок...

— Что-то я не понимаю. Какое это имеет отношение к...

— Господин президент, мне пришло в голову, что ваша популярность значительно возрастет во всем мире, если Бухарест породнится с каким-нибудь американским городом. Об этом будут говорить не меньше, чем о программе «народной дипломатии» президента Эллисона. Это будет важный шаг к миру, наведение мостов между нашими странами. Я не удивлюсь, если это принесет вам Нобелевскую премию

Ионеску сидел, размышляя. Затем он осторожно спросил:

— Город-побратим в Соединенных Штатах? Интересная мысль. А что мне это даст?

— В основном великолепную рекламу. Вы станете героем. Это будет ваша мысль. Вы сможете отправиться туда с визитом. Делегация из Канзас-Сити приедет с визитом к вам.

— Из Канзас-Сити?

— К примеру, конечно. Я не думаю, что вы предпочтете большие города типа Нью-Йорка или Чикаго. О Лос-Анджелесе мы уже говорили. Канзас-Сити — это Средняя Америка. Там живут такие же фермеры, как и здесь. Люди, которые любят работать на земле, как и ваши люди. Это будет жест великого политика, господин президент. Ваше имя будет у всех на устах. Никто в Европе еще не додумался до этого.

Ионеску молча размышлял.

— Надо все как следует обдумать.

— Разумеется.

— Канзас-Сити и Бухарест. — Он кивнул. — Наш город гораздо больше.

— Конечно. Бухарест будет старшим братом.

— Должен признаться, что идея меня заинтересовала.

Чем больше Ионеску думал об этом, тем больше ему нравилась идея. «Все будут говорить обо мне. Советскому медведю придется ослабить свои объятия».

— А с американской стороны не будет возражений? — спросил Ионеску.

— Никаких. Это я могу гарантировать.

Он продолжал размышлять.

— И когда это можно будет осуществить?

— Как только вы объявите об этом. Вы и так великий политик, господин президент, а это возвысит вас еще больше.

Ионеску пришла в голову новая мысль:

— Мы можем наладить торговые связи с вашим побратимом. Румынии есть что продавать. Скажите, а что выращивают в Канзасе?

— Среди всего прочего, — простодушно сказала Мэри, — кукурузу и соевые бобы.

— Вы действительно убедили его? Вам удалось его провести? — недоверчиво спросил Дэвид Виктор.

— Ни в коем случае, — ответила Мэри. — Ионеску слишком хитер. Ему просто понравилось, в каком виде я ему преподнесла это. Вы можете заключать контракт. Ионеску уже репетирует свое выступление по телевизору.

Когда Стэнтон Роджерс узнал об этом, он позвонил Мэри.

— Вы просто волшебница, — засмеялся он. — А мы уже смирились, что потеряли такой заказ. Как вам это удалось?

— Все дело в эгоизме. Его эгоизме, — ответила Мэри.

— Президент просил передать вам свое восхищение.

— Поблагодарите его от моего имени, Стэн.

— Хорошо. Кстати, мы с ним отправляемся на несколько недель в Китай. Если я вам понадоблюсь, связаться можно через мою секретаршу.

— Счастливого путешествия.

Недели летели незаметно. Прошла весна, наступило лето. Теплая одежда заняла свое место в шкафу, уступив место легким нарядам. Все зеленело и цвело. Заканчивался июнь.

В Буэнос-Айресе была зима. Неуса Муньес вернулась домой далеко за полночь. Звонил телефон. Она сняла трубку:

— Да?

— Мисс Муньес? — Звонил гринго из Соединенных Штатов.

— Ну.

— Могу я поговорить с Ангелом?

— Его нет, сеньор. Что вам надо?

Контролер подавил растущее раздражение. Как Ангел только может жить с такой женщиной? По описанию, которое Гарри Ланц сделал ему перед смертью, она была не только дурой, но и крайне отталкивающей особой.

— Я хочу, чтобы вы кое-что передали Ангелу.

— Минутку.

Она положила трубку на стол. Контролер терпеливо ждал. Наконец она снова взяла трубку:

— Да.

— Скажите Ангелу, что он мне нужен для дела в Бухаресте.

— Будапеште?

Господи! С ней невозможно было разговаривать.

— В Бухаресте. Награда — пять миллионов долларов. Он должен быть в Бухаресте в конце месяца. Понятно?

— Минутку, я записываю.

Он ждал, пока она запишет.

— Так. И сколько человек Ангел должен убить за пять миллионов долларов?

— Много...

Длинные очереди перед посольством продолжали беспокоить Мэри. Она снова решила поговорить с Майком Слейдом.

— Мы должны как-то помочь этим людям выехать из страны.

— Мы испробовали все средства, — ответил Майк. — Мы пытались нажать на Ионеску, предлагали деньги — ответ один: нет. Его не сдвинуть с места. Он не хочет отпускать их. «Железный занавес» не только вокруг Румынии, он внутри.

— Я все же поговорю с ним.

— Желаю удачи.

* * *

Мэри попросила Дороти Стоун договориться о встрече с президентом. Через несколько минут секретарша возвратилась в кабинет Мэри.

— Извините, госпожа посол. Ничего не получится.

— Что это значит? — удивленно спросила Мэри.

— Не знаю. Во дворце происходит что-то странное. Ионеску никого не хочет видеть. Во дворец никого не пускают.

Что же могло случиться? Может, Ионеску собирался сделать важное сообщение? Может, готовился переворот? Происходило нечто важное. Что бы там ни было, Мэри должна знать.

— Дороти, — сказала она, — ведь у тебя есть связи во дворце?

— Вы имеете в виду «канал сплетен»? Конечно.

— Я бы хотела, чтобы ты узнала, что там происходит...

Через час Дороти вернулась.

— Я все разузнала, — сказала она. — Это держится в большом секрете.

— Что держится в секрете?

— Сын Ионеску умирает.

Мэри была поражена:

— Нику? Что произошло?

— Ботулизм.

— Вы хотите сказать, что в Бухаресте эпидемия? — быстро спросила Мэри.

— Нет. Вы помните, что такая эпидемия была недавно в ГДР? Нику был там в гостях и привез оттуда консервы. Вчера он их поел.

— Но ведь существует сыворотка от ботулизма! — воскликнула Мэри.

— В Европе ее не осталось. Во время последней эпидемии все запасы были истрачены.

274

— Господи!

Когда Дороти ушла, Мэри погрузилась в размышления. Может быть, времени не хватит, и все же... Она вспомнила жизнерадостного Нику. Ему всего четырнадцать лет. На два года старше Бет.

Нажав на кнопку селектора, она сказала:

— Дороти, соедини меня с Центром контроля по болезням в Атланте, штат Джорджия.

Через пять минут она уже разговаривала с директором центра.

— Да, госпожа посол, у нас есть сыворотка от ботулизма, но ведь в Соединенных Штатах не было зарегистрировано ни одного случая.

— Я звоню вам не из Штатов, — объяснила ему Мэри. — Я в Бухаресте. Мне немедленно нужна эта сыворотка.

— Я бы с удовольствием помог вам, — сказал директор после небольшой паузы, — но дело в том, что ботулизм действует очень быстро. Боюсь, что, когда вы ее получите...

— Этим я займусь сама, — ответила Мэри. — Приготовьте ее. Спасибо.

Через десять минут она уже разговаривала с генералом ВВС Ральфом Зукором.

— Доброе утро, госпожа посол. Такой приятный сюрприз. Мы с женой ваши поклонники...

— Генерал, мне нужна ваша помощь.

— Все, что вы хотите.

— Мне нужен самый быстрый реактивный самолет.

— Извините, не понял?

— Мне нужен реактивный самолет, чтобы немедленно доставить одно лекарство в Бухарест.

— Ясно.

— Вы можете это сделать?

— В принципе — да. Я скажу, что вам надо сделать. Надо получить разрешение министра обороны. Вам придется подписать кое-какие бумаги. Один экземпляр мне, другой — в министерство обороны. Мы отошлем их...

— Генерал, — перебила его Мэри, — а теперь я скажу, что вам надо сделать. Довольно разговоров, немедленно готовьте этот чертов самолет. Если...

— Полагаю, что не...

— Жизнь одного мальчика в опасности. А этот мальчик — сын президента Румынии.

— Извините, но я не могу разрешить...

— Генерал, если мальчик умрет из-за какой-то формальной справки, я обещаю собрать такую пресс-конференцию, какую вы еще никогда не видели. И объясню журналистам, как из-за вас умер ребенок. Сын Ионеску.

— Я не могу этого сделать без согласия Белого дома. Если...

— Так получите это разрешение! — рявкнула Мэри. — Сыворотка будет ждать в аэропорту Атланты. И помните, генерал, каждая минута на счету.

Она повесила трубку и принялась молча молиться.

Помощник генерала Ральфа Зукора спросил:

— Что там случилось, сэр?

— Посол хочет, чтобы я дал ей «СР-71», чтобы перевезти какую-то сыворотку в Румынию, — ответил генерал.

— Она просто не представляет, что это практически невозможно, — улыбнулся помощник.

— Конечно. Но на всякий случай надо прикрыть свою задницу. Соедини меня со Стэном Роджерсом.

Через пять минут генерал уже разговаривал с помощником президента по иностранным делам.

— Я просто хотел сообщить вам об этом. Естественно, я ответил отказом.

— Генерал, — сказал Стэнтон Роджерс, — через сколько времени вы можете поднять в воздух «СР-71»?

— Через десять минут. Но...

— Действуйте!

Нервная система Нику Ионеску была поражена. Бледный, он лежал в постели, подключенный к респиратору.

В комнату зашел президент Ионеску:

— Ну что?

— Ваше превосходительство, мы связались с коллегами во всех европейских странах. Нигде нет сыворотки.

— А в США?

Врач пожал плечами:

— К тому времени когда мы договоримся о перевозке сыворотки сюда... — Он помолчал. — Я боюсь, будет слишком поздно.

Ионеску подошел к кровати и взял руку сына. Она была влажная и безжизненная.

— Ты не умрешь, — заплакал Ионеску. — Ты не умрешь.

Когда истребитель коснулся бетонной дорожки в международном аэропорту Атланты, его уже ждал автомобиль с сывороткой против ботулизма, упакованной в лед. Через десять минут самолет снова был в воздухе, направляясь на северо-восток.

«СР-71» — самый современный и самый быстрый сверхзвуковой самолет, в три раза превышающий скорость звука. Лишь посреди Атлантики он чуть замедлил свой полет для дозаправки в воздухе. Пять тысяч миль до Бухареста самолет пролетел за два с половиной часа.

Полковник Маккинни встречал его в аэропорту. Дорога к президентскому дворцу была расчищена военными патрулями.

* * *

Всю ночь Мэри провела в своем кабинете, получая доклад о развитии событий каждые полчаса. Последний поступил в шесть утра.

Позвонил полковник Маккинни:

— Они ввели мальчику сыворотку. Врачи говорят, он будет жить.

— Слава тебе, Господи!

Через два дня Мэри передали ожерелье из бриллиантов и изумрудов вместе с запиской: «Я никогда не смогу Вас отблагодарить. Александру Ионеску».

— Господи, — воскликнула Дороти, когда увидела ожерелье, — да оно стоит полмиллиона долларов!

— По меньшей мере, — ответила Мэри. — Отправьте его обратно.

На следующее утро президент вызвал Мэри во дворец.

— Президент ожидает вас в своем кабинете, — сообщил помощник.

— Можно я сначала зайду к Нику?

— Разумеется. — Он провел ее наверх.

Нику лежал на кровати, читая книгу. Когда Мэри вошла, он поднял глаза.

— Доброе утро, госпожа посол.

— Доброе утро, Нику.

— Отец рассказал мне о том, что вы сделали для меня. Я хочу поблагодарить вас.

— Мне не хотелось, чтобы ты умер. Может, ты еще женишься на Бет.

Нику рассмеялся:

— Пусть приходит, и мы с ней поговорим на эту тему.

* * *

Президент Ионеску ждал Мэри внизу.

— Вы возвратили мой подарок, — без вступления сказал он.

— Да, ваше превосходительство.

Он показал ей на кресло:

— Садитесь. — Он долго изучающе смотрел на нее. — Что вы хотите?

— Жизнь ребенка не предмет для торговли, — ответила Мэри.

— Вы спасли жизнь моего сына. Я обязан вам...

— Вы ничего мне не должны, ваше превосходительство.

Ионеску стукнул кулаком по столу.

— Я не хочу оставаться у вас в долгу. Назовите вашу цену!

— Здесь не может быть никакой цены, ваше превосходительство, — сказала Мэри. — У меня двое детей, поэтому я прекрасно понимаю ваши чувства.

На мгновение он закрыл глаза.

— Понимаете? Да если бы что-нибудь случилось... — Он замолчал, не в силах продолжать дальше.

— Я была у него. Он выглядит прекрасно. — Мэри встала. — Если это все, ваше превосходительство, мне надо возвратиться в посольство. У меня назначена деловая встреча. — Она направилась к двери.

— Подождите!

Мэри обернулась.

— Вы не хотите принять мой подарок?

— Нет. Я ведь уже объяснила...

Ионеску поднял руку:

— Ладно-ладно. — Он на секунду задумался. — Если бы вы могли загадать желание, что бы вы пожелали?

— Ничего...

— Вы обязаны! Я настаиваю! Одно желание. Все, что вы хотите.

Мэри стояла, глядя на него. Наконец она сказала:

— Я хочу, чтобы был снят запрет на выезд евреев за границу.

Ионеску забарабанил пальцами по столу.

— Ясно. — Он долго думал, затем посмотрел на Мэри. — Хорошо. Их, конечно, не отпустят за границу, но жить им станет легче.

Через два дня, когда появилось сообщение об этом, Мэри позвонил сам президент Эллисон.

— Вот это да! — сказал он. — Я думал, что послал туда дипломата, а вы оказались волшебницей.

— Просто мне повезло, господин президент.

— Если бы всем моим дипломатам так везло. Примите мои поздравления. Отличная работа!

— Спасибо, господин президент.

Она повесила трубку. На лице у Мэри сияла улыбка.

— Июль уже не за горами, — сказала Хэрриет Крюгер Мэри. — Раньше посол США всегда устраивал прием Четвертого июля* для всех американцев, живущих в Бухаресте. Но если вы считаете...

— Это прекрасная мысль.

— Отлично. Я займусь всеми приготовлениями. Флаги, воздушные шары, оркестр, фейерверк.

— Спасибо, Хэрриет.

На это уйдут все деньги, рассчитанные на содержание резиденции, но это стоит того. «Просто я сильно скучаю по дому», — подумала Мэри.

Флоренс и Дуглас Шайферы преподнесли Мэри сюрприз:

---

* День независимости США.

— Мы в Риме! — кричала в трубку Флоренс. — К тебе можно будет приехать?

— А когда вы сможете? — взволнованно спросила Мэри.

— Как насчет завтра?

Когда на следующий день Шайферы приземлились в аэропорту Отопени, Мэри встретила их на посольском лимузине Объятиям и поцелуям, казалось, не будет конца.

— Ты прекрасно выглядишь, — сказала Флоренс. — Совсем не изменилась.

«Если бы они только знали», — подумала Мэри.

По пути в резиденцию Мэри показала им те достопримечательности, которые четыре месяца назад показывали ей самой.

— Так вот ты где живешь? — спросила Флоренс, когда они въехали в ворота, охраняемые морским пехотинцем. — Я поражена.

Мэри показала Шайферам резиденцию.

— Господи! — воскликнула Флоренс. — Плавательный бассейн, танцевальный зал, тысяча комнат, собственный парк!

За обедом они рассказывали Мэри последние новости из Джанкшн-Сити.

— Ты хоть немного скучаешь? — спросил Дуглас.

— Да. — Только теперь Мэри осознала, как далеко она от дома. В Джанкшн-Сити была простая мирная жизнь, там были ее друзья и знакомые. Здесь — тревога, опасность, угрозы, написанные на стенах красной краской. Красный цвет — цвет насилия.

— О чем ты думаешь? — спросила Флоренс.

— Что? Да так, ничего. Замечталась. А что вас привело в Европу?

— Меня пригласили в Рим на медицинский симпозиум — объяснил Дуглас.

— Рассказывай все, — попросила Флоренс.

— Честно говоря, я не собирался ехать, но мы так о тебе беспокоились, что решили навестить тебя. И вот мы здесь.

— Я так рада.

— Никогда не думала, что ты станешь такой звездой, — вздохнула Флоренс.

— Флоренс, — засмеялась Мэри, — я посол, не звезда.

— Я совсем не про это говорю.

— А про что?

— А ты сама не знаешь?

— Не знаю... о чем?

— Мэри, на прошлой неделе в «Тайм» была большая статья, посвященная тебе и детям. И вообще про тебя пишут во всех газетах и журналах. На всех пресс-конференциях Стэнтон Роджерс приводит тебя в пример. Сам президент говорит о тебе. Поверь мне, о тебе столько говорят!

Мэри вспомнила слова Стэнтона Роджерса: «Президент старается рекламировать вас».

— Вы надолго приехали? — спросила Мэри.

— Я бы осталась тут навсегда, но через три дня нам надо возвращаться домой.

— Как ты тут живешь? — спросил Дуглас. — Я имею в виду — без Эдварда?

— Уже лучше, — медленно сказала Мэри. — Правда, я разговариваю с ним каждую ночь. Странно?

— Не совсем.

— Мне все еще трудно. Но я стараюсь. Стараюсь.

— Ты ни с кем не встречаешься? — осторожно спросила Флоренс.

— Кстати, встречаюсь, — улыбнулась Мэри. — Завтра встретитесь с ним на обеде.

Шайферам Луи Дефорже понравился сразу. Они считали французов самолюбивыми гордецами, но доктор Дефорже оказался приятным и очаровательным собеседником. Они с Дугласом долго беседовали на медицинские темы. Для Мэри это был один из самых счастливых дней в Бухаресте. На короткое время она почувствовала себя спокойно и непринужденно.

В одиннадцать вечера Шайферы поднялись наверх, где им была приготовлена комната. Мэри осталась внизу с Луи.

— Мне понравились твои друзья, — сказал он. — Надеюсь, я еще с ними встречусь.

— Ты им тоже понравился. Они возвращаются в Канзас через пару дней.

Он изучающе посмотрел на нее:

— Мэри, ты не собираешься уезжать?

— Нет, — ответила она. — Я остаюсь.

Он улыбнулся:

— Хорошо. — Поколебавшись, он тихо добавил: — Я собирался на выходные дни поехать в горы. Было бы прекрасно, если бы ты смогла поехать со мной.

— Я поеду.

Все было так просто.

Она лежала в темноте, разговаривая с Эдвардом: «Милый, я всегда, всегда буду любить тебя, но мне надо привыкнуть жить без тебя. Пора начинать новую жизнь. Ты всегда будешь со мной, но мне надо, чтобы рядом был мужчина. Луи — не ты, но это Луи. Он сильный, он добрый, он смелый. Он близок мне почти так же, как ты. Пойми меня, пожалуйста, Эдвард. Пожалуйста».

Мэри села в кровати и включила ночник. Она долго смотрела на свое обручальное кольцо, затем медленно сняла его с пальца.

Этот кружочек символизировал конец и начало.

Все три дня Мэри показывала Шайферам достопримечательности Бухареста. Время пролетело незаметно, и, когда Шайферы улетели, Мэри почувствовала ужасное одиночество, чувство абсолютной изолированности на чужой, полной опасностей земле.

Мэри пила кофе с Майком Слейдом, обсуждая предстоящие дела. Когда они закончили, Майк сказал:

— Ходят разные слухи.

Мэри тоже знала об этих слухах.

— О новой любовнице Ионеску? Он, похоже...

— Слухи про вас.

Мэри напряглась.

— Неужели? И что за слухи?

— Похоже, вы часто видитесь с доктором Луи Дефорже.

Мэри почувствовала прилив ярости.

— Это не ваше дело, с кем я вижусь.

— Вы — посол Соединенных Штатов. Значит, это касается всех, кто работает в посольстве. Есть строгие правила, запрещающие связи с иностранцами, а доктор — иностранец. К тому же он вражеский агент.

Мэри потеряла дар речи.

— Какая глупость! Что вы можете знать о докторе Дефорже?

— Подумайте о том, как вы впервые встретили его, — предложил Майк. — Девица в опасности, и рыцарь в сверкающих доспехах. Старая как мир уловка. Я сам пользовался ею не раз.

— Мне все равно, чем вы пользовались и чем нет, — ответила Мэри. — Вы и мизинца его не стоите. Он воевал против террористов в Алжире, и они убили его жену и детей.

— Интересно, — сказал Майк. — Я просматривал его досье. У доктора никогда не было жены и детей.

Глава 25

По пути в Карпаты они остановились на обед в Тимишоаре. Ресторан назывался «Охотник» и был построен в старинном стиле.

— Ресторан славится блюдами из дичи, — сказал Луи, — я советую попробовать оленину.

— Прекрасно.

Оленина была замечательной.

Луи заказал бутылку белого вина. Рядом с доктором Мэри не чувствовала себя беззащитной.

Они встретились в городе, далеко от посольства.

— Лучше, если никто не узнает, куда вы едете, — сказал он. — Иначе могут пойти слухи.

«Слишком поздно», — подумала Мэри.

Луи взял машину у своего друга. Машина была с местными номерами. Мэри знала, что номера служили указателем для полиции. У всех дипломатических машин номера начинались с цифры 12.

После обеда они снова тронулись в путь, обгоняя крестьянские телеги и фургоны цыган.

Луи был опытным водителем. Глядя, как он ведет машину, Мэри думала о словах Майка Слейда: «Я просматривал его досье. У доктора никогда не было жены и детей»

Она не верила Майку Слейду. Инстинкт подсказывал ей, что это ложь. Ведь это не Луи писал угрозы на стенах ее кабинета. Это был кто-то другой. Она доверяла Луи. «Разве можно было так подделать чувства, когда он смотрел на детей? Никому это не под силу».

Дубы уступили место соснам и елям.

— Здесь чудесная охота, — сказал Луи. — Тут еще встречаются дикие кабаны, косули, серны и волки.

— Я никогда не охотилась.

— Может, как-нибудь я возьму тебя с собой.

Горы с покрытыми снегом вершинами, казалось, сошли с открыток. Они проезжали мимо зеленеющих лугов, на которых паслись коровы. Низкие облака были стального цвета, и Мэри казалось, что если до них дотронуться, то рука примерзнет, как к холодному железу.

Был уже вечер, когда они приехали в Сиопля, прекрасный горный курорт Мэри ждала в машине, пока Луи оформлял номер в гостинице.

Пожилой рассыльный провел их в номер. Он состоял из большой гостиной, спальни и террасы, с которой открывался живописный вид на горы.

— Как бы мне хотелось быть художником, — вздохнул Луи.

— Да, вид просто потрясающий.

Он приблизился к ней.

— Я имел в виду, чтобы нарисовать тебя.

Мэри поймала себя на мысли, что волнуется, как семнадцатилетняя девчонка на первом свидании.

Он обнял ее и крепко прижал к себе. Она почувствовала его губы, его руки, ласкающие ее тело, она забыла обо всем, кроме того, что происходило сейчас.

Ей был нужен не только секс. Ей надо было, чтобы кто-то прижимал ее к себе, успокаивал, защищал, чтобы она знала, что больше не одинока. Ей нужен был Луи.

Они лежали на широкой двуспальной кровати, и она чувствовала, как он ласкает ее языком, опускаясь все ниже и ниже. Когда он вошел в нее, она вскрикнула от раздирающей ее страсти, и мир взорвался, разлетелся на части. Счастье казалось ей невыносимым.

Луи был нежным и ласковым, страстным и требовательным. Затем они долго лежали рядом и разговаривали.

— Это так странно, — сказал Луи. — Я снова чувствую себя человеком. После смерти Рене и детей я был как призрак, бродящий без цели.

«Я тоже», — подумала Мэри.

— Я страдал без нее, причем это отражалось на тех вещах, о которых я раньше и не подозревал. Смешно. Я не умел готовить, стирать, даже правильно застилать постель. Мы, мужчины, воспринимаем это все как должное.

— Луи, я тоже чувствовала себя беспомощной. Эдвард был для меня зонтом, а когда пошел дождь и его не оказалось рядом, я чуть не утонула.

Они заснули.

Затем они снова занимались любовью, на этот раз медленно и нежно.

Это было почти прекрасно. Почти. Потому что ей хотелось задать вопрос, который она не осмеливалась задать: «У тебя были жена и дети, Луи?»

Она знала, что после этого вопроса между ними ничего не будет. Луи никогда не простит ее. «Проклятый Майк Слейд», — подумала она.

Луи посмотрел на нее:

— О чем ты думаешь?

— Ни о чем, дорогой.

«Что ты делал на темной улице, когда меня хотели похитить?»

Вечером они ужинали на открытой террасе, и Луи заказал «Немурата», вишневый ликер, которым славились здешние места.

В субботу они поднялись в горы по канатной дороге. Вернувшись, плавали в закрытом бассейне, занимались любовью в сауне и играли в бридж с одной немецкой парой.

Вечером они ужинали в сельском ресторане. В огромном зале был камин, в котором бушевало пламя. С потолка свисали люстры, а по стенам были развешаны охотничьи трофеи. За окнами виднелись пики гор, покрытые снегом. Чудесное место, чудесный спутник.

Время летело незаметно.

«Пора возвращаться в настоящий мир», — подумала Мэри. Чем был для нее настоящий мир? Местом, где угрожают и похищают, где на стенах кабинета пишут ужасные слова.

Обратный путь был спокойным. Их теперь объединяло чувство близости. Ей было так хорошо с Луи. Подъезжая к Бухаресту, они увидели поле с подсолнухами.

«Они похожи на меня, — счастливо подумала Мэри. — Я тоже тянусь к солнцу».

Бет и Тим ждали возвращения матери.

— Ты выйдешь замуж за Луи? — спросила Бет.

Мэри не знала, что ответить. Она сама боялась задать себе этот вопрос.

— Ну так что?

— Не знаю, — осторожно сказала она. — А вы как бы отнеслись к этому?

— Он, конечно, не папа, — медленно сказала Бет, — но мы с Тимом «за». Он нам нравится.

— Мне тоже, — счастливо ответила Мэри. — Мне тоже.

В вазе на ее столе красовалась дюжина красных роз. Рядом лежала записка: «Спасибо тебе за тебя».

Она прочитала записку и подумала: дарил ли он Рене цветы? А были ли Рене и две дочери? Она ненавидела себя за подобные мысли. «Зачем Майку Слейду была нужна эта ужасная ложь?» Как она могла бы это проверить? В это время пришел Эдди Мальц, политический советник и агент ЦРУ.

— Вы прекрасно выглядите, госпожа посол. Хорошо отдохнули?

— Да, спасибо.

Они стали обсуждать вопрос о румынском полковнике, который хотел бы бежать на Запад.

— Для нас он будет ценным источником информации. Он уже кое-что передал нам. Я займусь им, но хочу, чтобы вы были готовы к реакции Ионеску.

— Спасибо, мистер Мальц.

Он встал.

Повинуясь внезапному порыву, Мэри спросила:

— Подождите. Можно обратиться к вам с просьбой?

— Конечно.

Она не знала, с чего начать.

— Только это лично и конфиденциально.

— Звучит почти как наш девиз, — улыбнулся Мальц.

— Мне нужна кое-какая информация, касающаяся доктора Луи Дефорже. Знаете такого?

— Да, он работает во французском посольстве. Что вы хотите про него узнать?

Это оказалось труднее, чем она себе представляла. Это было предательство.

— Я... я хотела бы узнать, был ли доктор Дефорже женат и были ли у него дети. Вы сможете это узнать?

— Да. Вас устроит ответ через двадцать четыре часа?

— Да, конечно.

«Пожалуйста, прости меня, Луи».

Чуть позже в кабинет к Мэри вошел Майк Слейд:

— Доброе утро.

— Доброе утро.

Он поставил перед ней чашку кофе. В нем что-то изменилось. Она не знала, что именно, но у нее было такое чувство, что ему известно, где она провела выходные. Неужели у него повсюду шпионы?

Она отпила кофе. Отличный, как всегда. «Это единственное, что он умеет хорошо делать», — подумала Мэри.

— У нас проблемы, — сказал он.

Целое утро они обсуждали вопрос о румынах, которые хотели эмигрировать на Запад, румынский финансовый кризис, говорили о девушке, которая забеременела от американского пехотинца, и о десятках других вопросов.

Под конец Майк Слейд выглядел более усталым, чем обычно.

— Завтра открывается балетный сезон, — сказал он. — Будет танцевать Корина Соколи.

Мэри было знакомо это имя. Корина считалась одной из лучших балерин мира.

— У меня есть билеты. Если вы хотите...

— Нет, спасибо.

Она вспомнила, что случилось, когда взяла у него билеты в прошлый раз. К тому же у нее не будет времени. Сегодня она идет на званый ужин в китайское посольство, а после встречается с Луи у себя в резиденции. Надо сделать так, чтобы их меньше видели вместе. Она знала, что нарушает правила, заведя роман с представителем другого посольства. Но ведь это не просто роман.

Готовясь к приему, Мэри открыла шкаф, чтобы взять оттуда вечернее платье, и обнаружила, что служанка постирала его, вместо того чтобы отдать в химчистку. Платье было испорчено.

«Я уволю ее! — в гневе подумала Мэри. — Правда, я не могу этого сделать. Проклятые правила».

Мэри почувствовала внезапную усталость. Она прилегла на постель. «Если бы можно было никуда не ходить... Как хорошо было бы остаться дома и лечь спать! Но вам надо идти, госпожа посол. Ваша страна в ваших руках».

Она лежала, предаваясь фантазиям. Она останется лежать в постели, вместо того чтобы пойти на званый ужин. Китайский посол будет встречать гостей, ожидая ее прибытия. Наконец объявят ужин. Американский посол не явился. Преднамеренное оскорбление. Китай потеряет лицо. Китайский посол срочно уведомит об этом своего премьер-министра. Того охватит ярость. Он позвонит президенту США и выразит свой протест. «Никто не может заставить моего посла ходить на ваши приемы!» — заорет в трубку президент Эллисон. А премьер-министр закричит: «Я никому не позволю со мной так говорить! Мы сбросим на вас атомные бомбы, господин президент». Оба лидера нажмут на красные кнопки, и две страны перестанут существовать.

Мэри с трудом поднялась с кровати. Придется идти на этот проклятый ужин.

Как в калейдоскопе, перед ней мелькали лица знакомых дипломатов. Она едва замечала своих соседей по столу. Ей хотелось как можно скорее вернуться домой

Когда Флориан вез ее в резиденцию, Мэри слабо улыбнулась. «Интересно, знает ли президент, что сегодня я предотвратила ядерную войну?» — подумала она.

На следующее утро Мэри чувствовала себя еще хуже. Ее тошнило, голова разламывалась на части. Ей стало намного лучше после визита Эдди Мальца.

— Я получил информацию, которая вас интересовала, — сообщил агент ЦРУ. — Доктор Луи Дефорже был женат в течение четырнадцати лет. Имя жены — Рене. Две дочери, десять и двенадцать лет, Филиппа и Женевьева. Они погибли от рук террористов в Алжире, очевидно, в результате мести. Доктор в то время сражался в подполье. Что вас еще интересует?

— Больше ничего, — счастливым голосом ответила Мэри. Спасибо.

За утренним кофе Мэри и Майк Слейд обсуждали намечающийся визит представителей американских колледжей.

— Они наверняка захотят повстречаться с президентом Ионеску.

— Я постараюсь это уладить, — сказала Мэри. Язык у нее заплетался.

— С вами все в порядке?

— Я просто устала.

— Тогда вам надо выпить еще чашку кофе. Это взбодрит вас.

К вечеру Мэри почувствовала себя совсем плохо. Она позвонила Луи и сказала, что не сможет поужинать с ним. Она была слишком больна, чтобы с кем-нибудь встречаться. Как плохо, что в Бухаресте не было американского врача. Может, Луи скажет, что с ней. «Если так будет продолжаться дальше, я ему позвоню», — решила она.

Дороти Стоун передала ей через медсестру таблетки «Тайленола». Но они не помогли.

Секретарша Мэри была взволнована.

— У вас ужасный вид, госпожа посол. Вам надо лечь в постель.

— Все будет в порядке, — пробормотала Мэри.

Казалось, сутки растянулись на тысячу часов. Мэри встречалась со студентами, с румынскими офицерами, с американским банкиром, с представителем ЮСИА, присутствовала на нескончаемом банкете в датском посольстве. Когда она наконец вернулась домой, то просто упала без сил.

Она никак не могла заснуть. Ей было невыносимо жарко, и ее все время преследовали кошмары. Она бежала по бесконечным коридорам и, поворачивая за угол, каждый раз видела кровавые надписи на стенах. Ее преследовал какой-то мужчина. Когда появился Луи, десять человек принялись заталкивать его в машину. Майк Слейд бежал по улице и кричал: «Убейте его! У него нет семьи»

Мэри проснулась в холодном поту. В комнате было нестерпимо жарко. Она сбросила одеяло, и внезапно ей стало холодно. Так холодно, что у нее стучали зубы «Господи, — подумала Мэри, — что это со мной происходит?»

Остаток ночи она провела без сна, боясь повторения кошмаров.

Мэри пришлось собрать всю свою волю, чтобы прийти в посольство на следующий день. Майк Слейд уже ждал ее. Критически посмотрев на нее, он сказал:

— У вас нездоровый вид. Почему бы вам не слетать во Франкфурт и не показаться нашему врачу?

— Со мной все в порядке. — Губы ее потрескались и шелушились.

Майк протянул ей чашку кофе.

— У меня есть кое-какие цифры по торговле Румынам понадобится зерна больше, чем мы предполагали. Вот что мы можем...

Она старалась вникнуть в смысл, но голос Майка, казалось, звучал где-то далеко-далеко.

Кое-как она продержалась до конца рабочего дня. Дважды звонил Луи, но Мэри просила секретаршу передать, что она на совещании. Выбиваясь из последних сил, она продолжала работать.

Вечером, когда Мэри легла в постель, она почувствовала, что у нее поднялась температура. Все тело ломило. «Я действительно заболела, — подумала она. — Я просто умираю». Собрав последние силы, она дотронулась до звонка. Появилась Кармен.

С ужасом она смотрела на Мэри.

— Госпожа посол! Что?..

— Скажи Сабине, пусть позвонит во французское посольство. Мне нужен доктор Дефорже, — прохрипела Мэри.

Мэри открыла глаза и несколько раз моргнула. Два расплывчатых доктора Дефорже стояли перед ней. Он подошел к ней и, наклонившись, внимательно посмотрел на ее раскрасневшееся лицо.

— Господи! Что с тобой произошло? — Ее лоб был горячим. — Ты измеряла температуру?

— Нет. — Ей было больно говорить.

Луи присел на край кровати.

— Дорогая, ты давно себя так чувствуешь?

— Уже несколько дней. Вирус, наверно, какой-то.

Луи пощупал ее пульс — слабый и неровный. Наклонившись поближе, он повел носом.

— Ты сегодня ела чеснок?

Она покачала головой.

— Я два дня ничего не ела, — прошептала она.

Луи поднял ей веко.

— Жажда была?

Она кивнула.

— Боль, судороги, тошнота, рвота?

«Все вышеперечисленное», — подумала она, а вслух спросила:

— Что со мной, Луи?

— Ты можешь ответить мне на некоторые вопросы?

— Попытаюсь.

Он взял ее за руку.

— Когда это у тебя началось?

— На следующий день после того, как мы приехали с гор.

— Вспомни, может, тебе стало плохо после еды?

Она покачала головой.

— Просто чувствовала себя все хуже и хуже?

Она кивнула.

— Ты завтракаешь здесь с детьми?

— Как правило — да.

— Дети хорошо себя чувствуют?

Она кивнула.

— А обед? Ты всегда обедаешь в одном и том же месте?

— Нет. Иногда я обедаю в посольстве, иногда — в ресторанах. — Ее голос был еле слышен.

— Может, ты где-нибудь постоянно ужинаешь или просто что-нибудь ешь?

Она была не в силах продолжать разговор. Ей хотелось, чтобы он ушел. Она закрыла глаза.

Он ласково потряс ее за плечо:

— Мэри, не засыпай, слушай меня! — В его голосе звучала тревога. — Ты с кем-нибудь обедаешь постоянно?

Она сонно посмотрела на него. Зачем ему это?

— Нет. Это вирус, да?

Луи глубоко вздохнул:

— Нет. Тебя хотят отравить.

Ее как током ударило. Мэри широко открыла глаза:

— Что? Я не верю.

Луи Дефорже нахмурился.

— Я бы сказал, что это отравление мышьяком, только мышьяк не продается в Румынии.

Мэри внезапно стало страшно.

— Кто... Кому это могло понадобиться?

Он сжал ей руку.

— Дорогая, постарайся вспомнить. Ты уверена, что у тебя нет привычки что-нибудь есть или пить с одним и тем же человеком?

— Конечно, нет, — вяло сказала Мэри. — Я ведь уже сказала, что я... — «Кофе. Майк Слейд. Он сам варит кофе». — Господи!

— Что?

Она прокашлялась.

— Майк Слейд приносит мне кофе каждое утро. Он всегда меня ждет.

Луи посмотрел на нее.

— Нет. Это не может быть Майк Слейд. Зачем ему тебя убивать?

— Он... он хочет избавиться от меня.

— Мы потом еще поговорим об этом, — сказал Луи. — Сначала тебя надо вылечить. Тебя следовало бы положить в местную больницу, но это запрещено правилами твоего посольства. Я принесу лекарства сам. Сейчас я вернусь.

Мэри лежала, пытаясь осознать то, что сказал ей Луи. Мышьяк. Кто-то дает ей мышьяк. «Вам надо выпить еще чашечку кофе. Это вас взбодрит. Я сам его варю».

Она потеряла сознание, и только голос Луи вывел ее из небытия:

— Мэри!

Она с трудом открыла глаза. Он стоял рядом с кроватью, доставая из сумки шприц.

— Привет, Луи. Я рада, что ты пришел, — пробормотала Мэри.

Луи ввел в вену иглу.

— Я ввожу тебе противоядие от мышьяка. Завтра утром я сделаю еще один укол. Ты меня слышишь, Мэри?

Она спала.

Утром доктор Луи Дефорже сделал ей укол, а вечером еще один. Лекарство действовало изумительно. Постепенно все симптомы исчезли. На следующий день Мэри чувствовала себя нормально.

Луи находился в спальне Мэри. Он прятал шприц в свою сумочку, чтобы его не заметила любопытная прислуга. Мэри чувствовала себя усталой и разбитой, как после долгой болезни, но боль и неприятные ощущения больше не мучали ее.

— Ты дважды спас мне жизнь.

Луи внимательно посмотрел на нее.

— Я думаю, нам следует разобраться, кто хотел у тебя ее отнять.

— Как это можно узнать?

— Я навел кое-какие справки в посольствах. Ни в одном из них нет мышьяка. Насчет американского посольства я пока не знаю. Я бы хотел, чтобы ты кое-что узнала для меня. Ты сможешь завтра выйти на работу?

— Думаю, да.

— Зайди в посольскую аптеку. Скажи, что тебе нужно средство для борьбы с насекомыми. Попроси «Антрол» — в нем полно мышьяка.

Мэри удивленно посмотрела на него:

— А зачем это надо?

— Я подозреваю, что мышьяк привезен из-за границы. А если он где-то и есть, то только в посольской аптеке.

Каждый, кто берет яд, должен расписаться в ведомости. Когда ты будешь расписываться, посмотри, чьи фамилии там записаны.

Мэри прошла по коридору, ведущему к посольской аптеке. За окошком сидела медсестра.

— Доброе утро, госпожа посол. Вы себя уже лучше чувствуете?

— Да, спасибо.

— Я вам могу чем-нибудь помочь?

— Мой садовник говорит, что появилось много насекомых. Может, у вас есть какое-нибудь средство? Скажем, «Антрол»?

— Есть. И кстати, именно «Антрол». — Медсестра сняла с полки банку с надписью «Яд». — Странно, что насекомые появились в такое время года. — Она протянула Мэри ведомость: — Пожалуйста, распишитесь. Тут есть мышьяк.

Мэри посмотрела на лист, лежащий перед ней. Там было записано только одно имя.

Майк Слейд.

Глава 26

Мэри позвонила Луи Дефорже, чтобы сообщить о своем открытии, но линия была занята. В это время он разговаривал с Майком Слейдом. Сначала у него возникла мысль сообщить о готовящемся убийстве, но он не мог поверить, что это дело рук Майка Слейда. Поэтому Луи решил позвонить ему.

— Я только что был у вашего посла, — сказал Луи Дефорже. — Она будет жить.

— Прекрасные новости. Но разве она умирала?

— Кто-то пытался отравить ее, — осторожно сказал Дефорже.

— О чем вы говорите?

— Я полагаю, вам известно, о чем я говорю.

— Подождите! Вы хотите сказать, что подозреваете меня? Вы ошибаетесь. Нам надо встретиться где-нибудь, где нас никто не сможет подслушать. Скажем, сегодня вечером.

— В котором часу?

— Я занят до девяти. Давайте в начале десятого в лес Баняса. Я буду ждать вас возле фонтана и все объясню.

— Ладно, — неуверенно сказал Дефорже. — Я приду.

Он повесил трубку и подумал: «Слейд не мог этого сделать».

Когда Мэри снова позвонила Луи, тот уже ушел. Никто не знал, где его можно найти.

Мэри ужинала вместе с детьми в резиденции.

— Сейчас ты прекрасно выглядишь, мама, — сказала Бет. — Мы так волновались за тебя.

— Я хорошо себя чувствую, — сказала Мэри и мысленно поблагодарила Луи.

Мэри постоянно думала о Майке Слейде. Она слышала его голос: «Вот ваш кофе. Я сам варю его». Он медленно убивал ее. Она вздрогнула.

— Тебе холодно? — спросил Тим.

— Нет, дорогой.

Не надо посвящать детей в свои кошмары. «Может, на время отправить их домой? — подумала Мэри. — Пусть поживут с Флоренс и Дугласом. А может, и мне уехать с ними?» Но это было бы предательством, победой Майка Слейда или того, на кого он работал. Только один человек мог помочь ей. Стэнтон Роджерс. Стэнтон мог справиться с Майком.

«Но у меня нет никаких доказательств Что я могу сказать? Что он каждое утро угощал меня кофе?»

Тим что-то говорил ей:

— ...И мы сказали, что спросим у тебя разрешения.

— Извини, дорогой. Что ты сказал?

— Я сказал, что Николай пригласил нас в следующее воскресенье на пикник вместе со своей семьей.

— Нет, — слишком поспешно сказала Мэри. — Я хочу, чтобы вы оставались в резиденции.

— А как же школа? — спросила Бет.

Мэри колебалась. Она не могла их держать взаперти, но и не хотела подвергать опасности.

— Только если вас будет возить туда Флориан. И никто больше.

Бет вопросительно посмотрела на нее:

— Что-нибудь случилось, мама?

— Конечно, нет, — поспешила уверить ее Мэри. — Почему ты об этом спрашиваешь?

— Не знаю. Предчувствие какое-то.

— Не приставай к маме. Ведь она болела румынским гриппом.

«Интересная фраза, — подумала Мэри. — Отравление мышьяком называется румынским гриппом».

— Можно, мы посмотрим сегодня фильм?

Мэри не хотелось, но она так мало времени проводила с детьми, что решила согласиться.

— Ладно.

— Спасибо, госпожа посол! — закричал Тим. — Я выберу фильм.

— Нет, сегодня моя очередь. Может, мы снова посмотрим «Американские надписи на стенах»?

«Американские надписи на стенах». Внезапно Мэри поняла, где ей искать доказательства.

В полночь Мэри попросила Кармен вызвать такси.

- Вас может отвезти Флориан, сказала Кармен.

— Нет.

Никто не должен был знать, куда она едет.

Когда через несколько минут приехало такси, Мэри села в него и сказала:

— Пожалуйста, в американское посольство.

— Оно уже закрыто, – ответил водитель. – Никого. — Он повернулся и узнал ее. — Госпожа посол! Какая честь! – Машина тронулась с места. — Я видел столько ваших фотографий в наших газетах и журналах. Вы такая же известная, как и наш великий лидер.

В посольстве уже давно обсуждали ее популярность в румынских средствах массовой информации.

Водитель не переставал болтать:

– Я так люблю американцев. Они такие душевные люди. Надеюсь, что программа «народной дипломатии» вашего президента сработает. Нам, румынам, она нравится. Пора уже жить в мире.

У нее не было настроения разговаривать с ним.

Когда они подъехали к посольству, Мэри указала водителю на стоянку, где было написано: «Только для машины посла».

— Подождите меня здесь. Я вернусь через час.

— Хорошо, госпожа посол.

К такси направился морской пехотинец.

— Здесь нельзя ставить машину. Это запрещено. Он узнал Мэри и отдал ей честь. — Извините. Добрый вечер, госпожа посол.

— Добрый вечер, – ответила Мэри.

— Я могу чем-нибудь помочь? – спросил дежурный, открывая ей дверь.

– Нет. Мне нужно на несколько минут подняться в свой кабинет

— Да, госпожа посол

Мэри включила в кабинете свет и посмотрела на стены, где были написаны угрозы. Она подошла к двери, ведущей в кабинет Майка Слейда, и открыла ее. В кабинете было темно. Она включила свет и осмотрелась.

На столе не было никаких бумаг. Она принялась открывать ящики. Кроме брошюр и бюллетеней, в них ничего не было. Ненужные бумаги, которые не могли заинтересовать приходящую уборщицу. Маловероятно, чтобы он носил это всюду с собой.

Она снова принялась осматривать ящики стола, на этот раз тщательно просматривая их содержимое. В самом нижнем ящике ее рука наткнулась на что-то твердое, лежащее за кипой бумаг. Она вытащила предмет и посмотрела на него.

Это был баллончик с красной краской.

В начале десятого доктор Луи Дефорже ждал возле фонтана в лесу Баняса. Его мучила мысль, правильно ли он сделал, что не доложил о Майке Слейде. «Нет, — подумал он. — Сначала послушаем, что он скажет. Если я несправедливо обвиню его, Слейду конец».

Майк Слейд возник из темноты:

— Спасибо, что пришли. Мы быстро все выясним. По телефону вы сказали, что кто-то хотел отравить миссис Эшли.

— Я уверен в этом. Ей давали мышьяк.

— Вы полагаете, что это был я?

— Вы могли подсыпать его в кофе.

— Вы уже сообщили кому-нибудь о своих подозрениях?

— Нет. Сначала я хотел поговорить с вами.

— И правильно сделали. — Майк вытащил руку из кармана. В руке был пистолет «магнум».

Луи уставился на него:

— Что... что вы делаете? Послушайте! Вы не можете...

Майк Слейд нажал на курок, и пуля разворотила грудь доктора.

Глава 27

Мэри сидела в «Аквариуме», пытаясь дозвониться до Стэнтона Роджерса. В Бухаресте был час ночи, а в Вашингтоне — шесть вечера.

— Приемная мистера Роджерса.

— Это посол Эшли. Я знаю, что мистер Роджерс сейчас находится в Китае вместе с президентом, но мне срочно надо поговорить с ним. Как мне можно с ним связаться?

— Извините, госпожа посол. Их маршрут постоянно меняется. Я не знаю, как его найти.

У Мэри забилось сердце.

— А когда он вам может позвонить?

— Трудно сказать. У них очень плотный распорядок дня. Может, вы хотите поговорить с кем-нибудь другим из госдепартамента?

— Нет, — ответила Мэри упавшим голосом. — Спасибо.

Она сидела одна в комнате, глядя перед собой. Вокруг была самая современная аппаратура в мире, которая не могла ей помочь. Майк Слейд хотел ее убить. Надо сообщить об этом. Но кому? Кому она могла довериться? Единственный, кто знал о преступлении Слейда, был Луи Дефорже.

Мэри снова позвонила Луи, но его не было дома. Вдруг она вспомнила, что говорил ей Стэнтон Роджерс: «Если вы захотите, чтобы какое-нибудь ваше сообщение попало только мне в руки, вместо кода поставьте сверху три буквы X».

Мэри поспешила в свой кабинет и быстро составила телеграмму Стэнтону Роджерсу. Сверху она поставила три «X». Она вытащила из сейфа коды и зашифровала телеграмму. По крайней мере, если с ней что-нибудь случится, Стэнтон Роджерс будет знать, кто виноват.

Мэри пошла по коридору в комнату связи. Там как раз находился Эдди Мальц, агент ЦРУ.

— Добрый вечер, госпожа посол. Вы работаете допоздна.

— Да, — ответила Мэри. — Я хочу отправить телеграмму. Срочно.

— Я лично займусь этим.

Вручив ему телеграмму, Мэри направилась к выходу. Ей хотелось скорее оказаться рядом с детьми.

В комнате связи Эдди Мальц расшифровал телеграмму, которую передала ему Мэри. Когда он закончил, то дважды перечитал ее, нахмурив лоб. Затем, подойдя к аппарату для уничтожения бумаг, бросил туда телеграмму и смотрел, как она превращается в конфетти.

После этого он позвонил Флойду Бейкеру — государственному секретарю США. Кодовое имя — Тор.

Два месяца понадобилось Льву Пастернаку чтобы выйти на след, который привел его в Буэнос-Айрес. «Интеллидженс сервис» и другие секретные службы смогли определить, что это дело рук Ангела. МОССАД сообщил, что имя его любовницы — Неуса Муньес. Все хотели уничтожить Ангела, но для Льва Пастернака это стало смыслом жизни. Из-за него погиб Марин Гроза, и Пастернак не мог себе этого простить. Но он мог отомстить. И собирался это сделать.

Он не стал встречаться с Неусой Муньес. Выследив, где она живет, он принялся наблюдать за домом, ожидая Ангела. Когда по истечении пяти дней Ангел так и не появился, Пастернак решил действовать. Он подождал, пока Неуса ушла из дома, через пятнадцать минут подошел к ее квартире, открыл замок и вошел внутрь. Быстро и профессионально он обыскал квартиру. Никаких фотографий, адресов, которые могли вывести его на Ангела, он не нашел. В шкафу он обнаружил костюмы. Он прочитал на этикетке, что они изготовлены в ателье «Эррера», взял один пиджак и ушел так же спокойно, как и вошел.

На следующее утро Лев Пастернак отправился в ателье «Эррера». Волосы у него торчали во все стороны, одежда была помята, а изо рта разило виски.

Управляющий неодобрительно посмотрел на него и спросил:

— Чем могу быть полезен, сеньор?

Лев Пастернак глупо улыбнулся.

— Тут такое дело, — сказал он. — Честно говоря, я вчера прилично набрался. Мы вчера играли в карты с какими-то латиноамериканскими пижонами. Одним словом, все напились. Один из парней — не помню, как его зовут, — оставил пиджак в моем номере. — Лев протянул ему пиджак, рука его дрожала. — Тут ваша этикетка, и я подумал, что вы подскажете, где я могу его найти.

Управляющий осмотрел пиджак.

— Да, это сшито у нас. Мне придется посмотреть по книгам. Куда я вам могу позвонить?

— Это трудно сказать, — пробормотал Лев Пастернак. — Я опять иду играть в карты. Какой у вас номер? Я сам позвоню.

— Хорошо. — Управляющий протянул ему визитную карточку.

— Эй, приятель! Ты ведь не украдешь этот пиджак? — пьяным голосом спросил Пастернак.

— Естественно, нет, — возмущенно ответил управляющий.

Лев Пастернак хлопнул его по плечу и сказал:

— Отлично, я позвоню вечером.

Вечером, когда Лев позвонил из отеля, управляющий сказал:

— Имя сеньора, которому мы шили пиджак, — Х.Р. де Мендоса. Он живет в отеле «Аурора», номер 417.

Заперев дверь, Пастернак вытащил из шкафа кейс. В нем лежал «зауер» — пистолет 45-го калибра, который ему одолжил друг из аргентинской секретной службы. Пастернак еще раз проверил глушитель, спрятал пистолет и лег спать.

В четыре часа утра Пастернак тихо крался по пустынному коридору отеля «Аурора». Дойдя до двери с номером 417, он оглянулся. Затем, нагнувшись, вставил проволоку в замок. Когда замок щелкнул, он вытащил пистолет.

Соседняя дверь распахнулась, и, прежде чем он успел обернуться, холодное дуло пистолета уткнулось ему в шею.

— Не люблю, когда за мной следят, — сказал Ангел. Он нажал на курок, и голова Льва Пастернака разлетелась на части.

Ангел не знал, работал ли Пастернак один или еще с кем-нибудь, поэтому принял дополнительные меры предосторожности. Хорошо, что ему позвонили и предупредили. Сначала ему надо было сделать кое-какие покупки. На улице Пуэйредон был хороший магазин женского белья, очень дорогой, но Неуса заслуживала самого лучшего.

— Я бы хотел купить пеньюар, чтобы он выглядел сексуально.

Продавщица уставилась на него.

— И трусики с разрезом спереди.

Через пятнадцать минут Ангел зашел в магазин «Френкель». На полках лежали кожаные сумочки и портфели.

— Я бы хотел купить кейс. Черный.

Ресторан «Эль Альхибе» в отеле «Шератон» был самым дорогим в Буэнос-Айресе. Ангел сел за столик в углу и положил новый кейс на видное место. Подошел официант:

— Добрый день.

— Спаржу, пожалуйста. Потом паррильяду с зеленью и фасолью. Десерт я закажу позже.

— Слушаюсь.

— Где у вас туалет?

— Прямо по коридору и налево.

Ангел встал и пошел по коридору, оставив на столе свой кейс. Слева были две двери, на одной написано «Damas», а на другой — «Caballeros». Чуть дальше двойная дверь вела в шумную кухню, наполненную паром. Ангел открыл эту дверь и вошел. Здесь суетились повара, крича на своих помощников, стараясь побыстрее справиться с заказами. Было обеденное время, и официанты носились взад-вперед.

Ангел быстро прошел через кухню и через заднюю дверь вышел на безлюдную аллею. Он постоял здесь пять минут, чтобы убедиться в отсутствии слежки. Поймав на углу такси, он дал водителю адрес в районе Умберто. Там он пересел в другое такси.

— A donde, por favor?*

— Aeropuerto**.

Через два часа, когда Буэнос-Айрес скрылся за облаками как по мановению волшебной палочки, Ангел стал размышлять о задании и тех инструкциях, которые ему дали.

Дети должны погибнуть вместе с ней. Их смерть должна быть ужасной.

Ангелу не нравилось, когда его учили, как надо работать. Только любители могут давать советы профессионалам. Ангел улыбнулся. Они все погибнут, и их смерть будет ужаснее, чем кто-нибудь может представить.

Затем он спокойно заснул.

---

* Куда прикажете? *(исп.)*
** В аэропорт *(исп.)*.

*   *   *

В лондонском аэропорту Хитроу было полно туристов, и Ангелу понадобилось больше часа, чтобы добраться до отеля.

В вестибюле было людно. Коридорный отнес вещи Ангела.

— Поставьте их в моем номере. Я пока погуляю.

Дав ему мелочь на чай, но не слишком много — чтобы коридорный не запомнил его, — Ангел подошел к лифтам. Войдя в пустой лифт, Ангел нажал кнопки пятого, седьмого, девятого и десятого этажей. Если кто-нибудь следит за ним, это собьет его с толку.

По служебной лестнице он спустился вниз и через пять минут уже направлялся обратно в Хитроу.

В паспорте было написано — Х.Р. де Мендоса. Билет был до Бухареста. Из аэропорта Ангел послал телеграмму: «ПРИБЫВАЮ СРЕДУ Х.Р. ДЕ МЕНДОСА».
Телеграмма предназначалась Эдди Мальцу.

Рано утром Дороти Стоун доложила:

— Звонят из приемной Стэнтона Роджерса.

— Я возьму трубку, — возбужденно сказала Мэри. — Стэн?

Услышав голос секретарши, она чуть не расплакалась от досады.

— Мистер Роджерс попросил, чтобы я вам перезвонила, госпожа посол. Он сейчас не может вам позвонить сам. Он сказал, чтобы я оказала вам любую помощь. Если вы мне сообщите...

— Нет. Мне надо поговорить с ним лично. — Она старалась, чтобы в ее голосе не было слышно отчаяния.

— Боюсь, что это будет не раньше завтрашнего дня. Он передал, что позвонит вам, как только освободится.

— Спасибо. Я буду ждать его звонка.

Мэри повесила трубку. Оставалось только ждать.

Мэри позвонила Луи домой. Никто не отвечал. Она позвонила во французское посольство. Там не знали, где находится доктор.

— Пожалуйста, пусть он позвонит мне, как только вернется.

— Вам кто-то звонит, — сказала Дороти Стоун, — но отказывается сообщить свое имя.

— Хорошо. — Мэри взяла трубку. — Алло, говорит посол Эшли.

Мягкий женский голос с румынским акцентом ответил:

— Это Корина Соколи.

Мэри сразу узнала это имя. Двадцатилетняя Корина была ведущей балериной Румынии.

— Мне нужна ваша помощь, — сказала девушка. — Я хочу уехать на Запад.

«Я не могу этим заниматься, — подумала Мэри. Только не сегодня».

— Не знаю, смогу ли я вам помочь.

Она вспомнила, что ей рассказывали про перебежчиков. «Многие из них являются советскими шпионами. Мы отправляем их на Запад. Они выдают нам дезинформацию и собирают данные про нас. Нам нужны либо высокопоставленные военные, либо ученые. Мы всегда можем использовать их. А так обычно мы не предоставляем политическое убежище без веских причин».

Корина Соколи рыдала:

— Пожалуйста. Мне нельзя здесь долго оставаться Пусть меня заберут отсюда.

«Коммунисты ставят нам хитрые ловушки. Они подставляют нам перебежчиков, которые взывают о помощи. Как только они оказываются в нашем посольстве, они начинают кричать, что их похитили. Это дает возможность правительству принимать меры против США».

— Где вы сейчас? — спросила Мэри.

Молчание. Затем Корина сказала:

— Я вынуждена доверять вам. Я в отеле «Росков». Вы приедете за мной?

— Я не могу, — ответила Мэри. — Но кого-нибудь пришлю. Больше не звоните по этому телефону. Ждите, когда за вами приедут. Я...

Дверь открылась, и в кабинет вошел Майк Слейд. Мэри с ужасом посмотрела на него. Он направлялся к ней.

В трубке раздавался голос Корины:

— Алло! Алло...

— С кем вы разговариваете? — спросил он.

— С... с доктором Дефорже. — Это первое, что пришло ей в голову. Трясущейся рукой она повесила трубку.

«Не будь смешной, — успокаивала она себя. — Ты в посольстве. Он ничего не сможет сделать».

— С доктором Дефорже? — медленно повторил Майк.

— Да. Он... он едет сюда.

Как ей хотелось, чтобы это было правдой!

У Майка Слейда было странное выражение лица. Лампа на столе Мэри была включена, и тень Майка на стене казалась большой и угрожающей.

— Вы уверены, что достаточно хорошо себя чувствуете, чтобы работать?

У этого человека стальные нервы.

— Да. Я чувствую себя прекрасно.

Она отчаянно желала, чтобы он ушел. «Я не должна показывать ему свой страх», — подумала Мэри

Он подошел к ней ближе.

— Вы выглядите напряженной. Почему бы вам не взять детей и не отправиться на пару дней на озеро?

«Где он легко расправится со мной», — подумала Мэри. Один лишь только его вид внушал ей такой страх, что она едва дышала. Раздался зуммер селектора. Мэри с облегчением вздохнула:

— Извините, мне надо работать...

— Конечно. — Некоторое время Майк Слейд стоял неподвижно, потом повернулся и вышел из кабинета вместе со своей тенью.

Чуть не всхлипывая от радости, Мэри сняла трубку:

— Алло?

Звонил Джерри Дэвис, представитель по связям с общественностью:

— Госпожа посол, извините, что отвлекаю вас, но боюсь, что у меня для вас ужасная новость. Мы только что получили сообщение из полиции, что доктор Луи Дефорже убит.

Комната поплыла у нее перед глазами.

— Вы... вы уверены?

— Да. При нем был паспорт.

Воспоминания нахлынули на нее, и телефонный голос произнес: «Это шериф Манстер. Ваш муж погиб в автокатастрофе». Дремлющие страдания и печаль охватили ее, раздирая сердце на части.

— Как... как это случилось? — прошептала она.

— Его застрелили.

— Известно, кто это сделал?

— Нет. Но секуритате и французское посольство ведут расследование.

Она повесила трубку, чувствуя, как онемело тело. Откинувшись в кресле, она рассматривала потолок. На потолке

311

была трещина. «Надо ее заделать, — подумала Мэри, — в посольстве не должно быть трещин. Еще одна трещина. Повсюду трещины. Вся жизнь в трещинах, и через них проникает зло. Эдвард мертв. Луи мертв. — Она не могла выносить этого. Она поискала глазами другие трещины на потолке. — Я не смогу снова пройти через это. Кому понадобилось убивать Луи?»

Ответ пришел немедленно. Майк Слейд. Луи узнал, что Слейд пытался отравить ее мышьяком. Слейд полагал, что теперь, когда Луи мертв, никто не докажет его вину. Внезапно новая мысль пришла ей в голову, и Мэри охватил ужас. «С кем вы разговариваете?» — «С доктором Дефорже». А Майк должен был знать, что доктор Дефорже уже мертв.

Целый день она провела в кабинете, обдумывая план действий. «Я не позволю, чтобы он заставил меня уехать. Я не дам ему убить себя. Мне надо остановить его», — решила Мэри. Ее охватила такая ярость, какой она не испытывала никогда. Она защитит себя и своих детей. Она уничтожит Майка Слейда.

Мэри снова позвонила Стэнтону Роджерсу.

— Я передала ему вашу просьбу, госпожа посол. Он позвонит вам сразу, как освободится.

Она не могла поверить в смерть Луи. Он был такой нежный, такой внимательный, а теперь лежит в морге. «Если бы я вернулась в Канзас, — подумала Мэри, — этого бы не случилось. Луи был бы жив».

— Госпожа посол.

Мэри подняла глаза. Дороти Стоун протягивала ей конверт:

— Охранник просил передать это вам. Его вручил какой-то молодой человек.

На конверте было написано: «Лично послу».

Она открыла конверт. На листе бумаги аккуратным почерком было написано:

Дорогая госпожа посол!
Наслаждайтесь Вашим последним днем на земле.

Ангел.

«Очередная выходка Слейда, — подумала Мэри. — Но ему это не поможет. Я сделаю так, что он будет далеко от меня».

Полковник Маккинни внимательно прочитал записку. Он покачал головой:

— Здесь полно всяких психов. — И посмотрел на Мэри. — Сегодня вы должны были бы присутствовать на церемонии закладки нового здания библиотеки. Я отменю...

— Нет.

— Госпожа посол, это слишком опасно...

— Не беспокойтесь. — Она знала, откуда исходит опасность, и у нее был план, как избежать ее. — Где Слейд? — спросила она.

— Он на встрече в австралийском посольстве.

— Передайте ему, что я срочно хочу поговорить с ним.

— Вы хотели поговорить со мной? — небрежно спросил Слейд.

— Да. У меня есть для вас задание.

— Слушаю ваши приказания.

Его слова были как пощечина.

— Я получила информацию, что один человек собирается бежать на Запад.

— Кто?

Она не хотела называть имени. Он предаст девушку.

313

— Это не важно. Я хочу, чтобы вы привезли этого человека сюда.

Майк нахмурился:

— Кто-то из тех, кого румыны не захотят отпускать?

— Да.

— Тогда это приведет...

— Поезжайте в отель «Росков» и привезите ее сюда.

Он попытался спорить, но, увидев выражение ее лица, замолчал.

— Ну что ж, если вы настаиваете, я пошлю...

— Нет. — В голосе Мэри звучал металл. — Я хочу, чтобы это сделали вы. С вами поедут два человека.

Майк в присутствии Ганни и еще одного морского пехотинца ничего не сможет предпринять. Она уже предупредила Ганни, чтобы тот не спускал глаз с Майка.

Майк удивленно смотрел на Мэри.

— У меня много дел Возможно, завтра...

— Я хочу, чтобы вы отправились туда немедленно. Ганни ждет в вашем кабинете, — сказала она тоном, не допускающим возражений.

Майк медленно встал.

— Ладно.

Когда он ушел, Мэри почувствовала такое облегчение, что у нее даже закружилась голова.

Она позвонила полковнику Маккинни.

— Я еду на церемонию, — сообщила она.

— Я категорически против. Зачем подвергать себя риску?

— У меня нет выбора. Я представляю нашу страну. Не могу же я все время прятаться. Как я буду потом смотреть людям в глаза? С таким же успехом я могла бы уехать домой. А у меня, полковник, нет такого желания.

Глава 28

Церемония закладки нового здания американской библиотеки должна была состояться в четыре часа на площади Александру Сахия. В три часа там уже собралась большая толпа. Полковник Маккинни разговаривал с полковником Аурелом Истрасе, главой секуритате.

— Мы обеспечим максимальную безопасность вашему послу, — пообещал Истрасе.

Истрасе сдержал свое слово. С площади убрали все машины, чтобы никто не мог подложить в них бомбу. Вокруг площади стоял полицейский кордон, а на крышах домов залегли снайперы.

За несколько минут до начала все было готово. Специалисты по электронике проверили всю местность и не обнаружили никаких взрывных устройств. Когда все проверки были закончены, Истрасе сказал полковнику Маккинни:

— Мы готовы.

— Отлично. — Полковник повернулся к своему помощнику: — Скажите послу, что все в порядке.

К лимузину Мэри проводили четыре морских пехотинца.

— Добрый день, госпожа посол, — расплылся в улыбке Флориан. — Это будет прекрасная новая библиотека, не так ли?

— Да.

Флориан разговаривал без умолку всю дорогу, но Мэри не слушала его. Она вспоминала улыбку Луи, его глаза, то, с какой нежностью он занимался с ней любовью. Она с силой сжала кулаки, чтобы физическая боль вытеснила душевную. «Я не должна плакать, — повторяла она. — Что бы ни случилось, я не должна плакать

Больше не существует любви, только ненависть. Что случилось с миром?»

Когда лимузин прибыл на площадь, из него сначала появились два морских пехотинца, внимательно осмотрели все вокруг и лишь потом открыли дверцу, чтобы вышла Мэри. Когда Мэри подошла к тому месту, откуда она должна была выступить с речью, два вооруженных полицейских стали спереди и два — сзади.

Увидев посла, собравшиеся захлопали в ладоши. Здесь были румыны, американцы и представители посольств, аккредитованных в Бухаресте. Она узнала некоторые лица, но в основном это были незнакомые ей люди.

Оглядев толпу, Мэри подумала: «Как я могу выступать с речью? Полковник Маккинни был прав. Мне не следовало приезжать. Я выгляжу жалкой и напуганной».

— Леди и джентльмены, — сказал полковник Маккинни, — имею честь представить вам посла Соединенных Штатов Америки.

Толпа зааплодировала.

Мэри сделала глубокий вдох и начала:

— Спасибо...

Ее настолько захватил водоворот событий на этой неделе, что она даже не подготовила речь. Но, как из глубокого источника, к ней пришли слова. Она услышала свой голос:

То, что мы делаем сегодня, возможно, покажется незначительным событием, но это еще один мост между нашей страной и странами Восточной Европы. В новом здании библиотеки будут храниться книги о нашей стране. Здесь вы сможете познакомиться с нашей историей, узнать, что было в ней хорошего и что плохого. Вы увидите фотографии наших городов и деревень...

Полковник Маккинни со своими людьми наблюдал за толпой. В записке было сказано: «Наслаждайтесь Вашим последним днем на земле». Когда заканчивается день у убийцы? В шесть? В девять? В полночь?

— ...но самое главное, вы сможете узнать, что такое настоящая Америка. Вы почувствуете, какая она на самом деле.

К дальней стороне площади на огромной скорости прорвался автомобиль и, завизжав тормозами, остановился у обочины. Не успели полицейские опомниться, как водитель выскочил из машины и бросился бежать. На бегу он вытащил из кармана какое-то приспособление и нажал на кнопку. Машина взорвалась, и ее обломки упали на толпу. Ни один из них не долетел до того места, где стояла Мэри. Толпа бросилась врассыпную. Снайпер выстрелил и попал убегающему в шею. Для уверенности он выстрелил еще два раза.

Румынской полиции понадобилось полтора часа, чтобы расчистить площадь и убрать тело преступника. Пожарные тушили горящие останки автомобиля. Мэри отвезли в посольство на лимузине.

— Вы уверены, что не хотите отправиться в резиденцию и отдохнуть? — спросил ее полковник Маккинни. Вам пришлось такое пережить...

— Нет, — упрямо ответила Мэри. — Едем в посольство.

Это было единственное место, откуда она могла позвонить Стэнтону Роджерсу, будучи уверена, что ее не подслушивают. «Или я с ним поговорю, — подумала Мэри, — или мне конец».

Она все еще не могла поверить в то, что произошло. Она была убеждена, что Майк Слейд далеко, и тем не менее покушение состоялось. Значит, Майк Слейд был не один.

Мэри молилась, чтобы Стэнтон Роджерс позвонил ей.

В шесть часов Майк Слейд вошел в кабинет Мэри. Он был в ярости.

— Я отвел Корину Соколи в комнату наверху, — коротко сказал он. — Черт возьми, неужели нельзя было предупредить, за кем вы меня посылаете? Вы совершили большую ошибку. Ее придется вернуть. Она является национальным достоянием Румынии. Румыны никогда ее не отпустят. Если...

Полковник Маккинни ворвался в кабинет. Увидев Слейда, он резко остановился.

— Этот человек опознан. Это Ангел. Его настоящее имя — Х.Р. де Мендоса.

Майк уставился на него:

— О чем это вы?

— Я забыл сказать. Вас ведь не было, когда все произошло. Разве госпожа посол не сообщила вам, что ее пытались убить?

Майк посмотрел на Мэри:

— Нет.

— Она получила предупреждение о смерти от Ангела. Он попытался убить ее на церемонии закладки нового здания библиотеки. Один из людей Истрасе застрелил его.

Майк не сводил глаз с Мэри.

— За Ангелом охотились все разведки, — сказал полковник Маккинни.

— Где его тело? — спросил Майк.

— В морге полицейского участка.

Тело лежало на мраморном столе. Это был человек с обыкновенной внешностью, с тонким носом, узкими губами и редкими волосами, среднего роста, без особых примет, на правой руке у него была татуировка. Его одежда лежала рядом.

— Можно посмотреть?

Полицейский пожал плечами:

— Пожалуйста, не думаю, что он будет против. — Он сам засмеялся своей шутке.

Майк взял пиджак и посмотрел на этикетку. Аргентинское производство. На кожаных туфлях тоже было указано, что они сделаны в Аргентине. Рядом с одеждой лежали стопки банкнот: румынские леи, французские франки, английские фунты стерлингов, аргентинские песо.

Майк повернулся к сержанту:

— Что вы о нем узнали?

— Два дня назад он прилетел из Лондона самолетом «Таром эйрлайнз». Поселился в отеле «Интерконтиненталь» под именем Мендоса. В паспорте указан аргентинский адрес. Паспорт фальшивый. — Полицейский посмотрел на труп. — Что-то не похож на международного убийцу, а?

— Не похож, — согласился Майк Слейд.

В двух кварталах от полицейского участка Ангел проходил мимо резиденции американского посла — не слишком медленно, чтобы не привлекать внимания морских пехотинцев, охраняющих вход, и не слишком быстро, чтобы заметить все, что ему нужно. Фотографии, которые ему вручили, были отличными, но Ангел предпочитал проверять все сам. Рядом с входной дверью стоял человек в штатском, держа на поводке двух доберман-пинчеров.

Ангел усмехнулся, вспомнив, какой маскарад он устроил вчера на площади. За дозу кокаина он нанял одного наркомана. Надо сбить их с толку. Но самое главное впереди. «За пять миллионов долларов я устрою им такое шоу, которое они никогда не забудут. Как это называется на телевидении? Спектакль. Они получат спектакль в цветах и красках».

«В резиденции будут праздновать День независимости, — сказал ему голос по телефону. — Разноцветные шары, оркестр морской пехоты, танцы». Ангел усмехнулся и подумал: «Будет вам спектакль на пять миллионов долларов».

Дороти Стоун вбежала в кабинет Мэри:

— Госпожа посол, вас срочно вызывают в «Аквариум». Мистер Роджерс звонит из Вашингтона.

— Мэри... Я ничего не могу понять. Успокойтесь и начните сначала.

«Господи, — подумала Мэри. — Я кричу как настоящая истеричка». Она была настолько взволнована, что с трудом могла говорить нормально. Она чувствовала одновременно страх, и облегчение, и злость — все вместе.

Она порывисто вздохнула:

— Извините, Стэн. Вы получили мою телеграмму?

— Нет. Никакой телеграммы не было. Что там у вас происходит?

Она изо всех сил пыталась держать себя в руках. Мэри не знала, с чего начать. Она сделала глубокий вдох.

— Майк Слейд пытается убить меня.

— Мэри... — растерянно произнес Роджерс, — вы действительно так думаете?

— Так оно и есть. Я говорила с врачом из французского посольства — Луи Дефорже. Я заболела, и он определил, что это было отравление мышьяком. Это дело рук Майка.

В этот раз голос Роджерса звучал резче:

— Почему вы так уверены?

— Луи... Доктор Дефорже поставил диагноз. Майк Слейд готовил мне кофе каждое утро и подсыпал туда мышьяк. Вчера вечером Луи убили, а сегодня днем сообщник Слейда пытался убить меня.

На том конце провода воцарилось молчание.

Когда Стэнтон Роджерс снова заговорил, в его голосе слышалась озабоченность:

— Я задам вам очень важный вопрос, Мэри. Подумайте хорошенько. А мог это быть кто-нибудь другой?

— Нет. Он с самого начала пытался заставить меня уехать из Румынии.

— Ладно, — резко сказал Стэнтон Роджерс, — я сообщу об этом президенту. Мы займемся Слейдом. А пока я хочу, чтобы меры безопасности были удвоены.

— Стэн... В воскресенье вечером у меня в резиденции будет прием в честь Дня независимости. Я уже разослала приглашения. Как вы думаете, может, мне его отменить?

Стэнтон Роджерс задумался.

— Кстати, этот прием — неплохая идея. Вы будете среди людей. Мэри, я не хочу вас пугать лишний раз, но не отпускайте от себя детей. Ни на минуту. Слейд может использовать их против вас.

Она вздрогнула.

— Зачем ему это?

— Если бы я знал! Но черт возьми, я все узнаю. А пока держитесь от него подальше.

— Насчет этого не беспокойтесь, — хмуро ответила Мэри.

— Я буду поддерживать с вами связь.

Когда Мэри повесила трубку, она почувствовала, какой камень упал у нее с сердца. «Все будет хорошо, — успокаивала она себя. — У меня и у детей все будет хорошо».

* * *

Эдди Мальц снял трубку после первого звонка. Разговор длился десять минут.

— Я прослежу, чтобы все было доставлено, — пообещал он.

Ангел повесил трубку.

«Интересно, зачем это ему понадобилось? — подумал Эдди Мальц. Он посмотрел на часы. — Осталось сорок восемь часов».

Закончив разговор с Мэри, Стэнтон Роджерс позвонил полковнику Маккинни:

— Билл, это Стэнтон Роджерс.

— Да, сэр. Чем могу быть полезен?

— Задержите Майка Слейда. И держите его под арестом, пока не получите дальнейшие указания.

— Майка Слейда? — удивленно спросил полковник.

— Да, его необходимо изолировать. Очевидно, он вооружен и опасен. Не разрешайте ему ни с кем разговаривать.

— Да, сэр.

— И позвоните мне в Белый дом, как только он будет в ваших руках.

— Да, сэр.

Через два часа в кабинете Стэнтона Роджерса раздался звонок. Он быстро снял трубку:

— Слушаю.

— Говорит полковник Маккинни.

— Вы задержали Слейда?

— Нет. Возникла одна проблема.

— Что за проблема?

— Майк Слейд исчез.

Глава 29

Члены Восточного комитета собрались на встречу в неприметном доме на улице Пресвитер, 32. За столом сидели представители Советского Союза, Китая, Чехословакии, Пакистана, Индии и Малайзии.

Председатель обратился к собравшимся:

— Мы приветствуем наших братьев и сестер из Восточного комитета, которые присоединились к нам. Я рад, что могу сообщить вам отличную новость. Все идет по плану. Финальная часть скоро подойдет к концу. Это случится завтра в резиденции американского посла в Бухаресте. Присутствие прессы и телевидения обеспечено.

Человек под кодовым именем Кали спросил:

— А американский посол и ее дети?

— Будут убиты вместе с сотнями других американцев. Мы вполне отдаем себе отчет в том, что может за этим последовать. Предлагаю голосовать... Брахма?

— Да.

— Вишну?

— Да.

— Ганеша?

— Да?

— Йима?

— Да.

— Индра?

— Да.

— Кришна?

— Да.

— Рама?

— Да.

— Кали?

— Да.

Единогласно, — подвел итог председатель. — Предлагаю высказать нашу благодарность человеку, который так нам помог. Спасибо. — Он повернулся к американцу.

— Пожалуйста, — ответил Майк Слейд.

Все необходимое для празднования Дня независимости было доставлено в Бухарест на самолете «Геркулес С-210» и размещено на американском складе. Груз состоял из тысячи шаров красного, белого и голубого цветов, уложенных в коробки, трех стальных цилиндров с гелием для заполнения шаров, коробок с конфетти, хлопушками, значками, лентами и шести дюжин миниатюрных флажков. Груз был помещен в склад в восемь вечера. Через два часа приехал джип и привез два баллона с кислородом, на которых было написано: «Армия США».

В час ночи, когда на складе никого не было, там появился Ангел. Дверь склада была оставлена незапертой. Ангел подошел к баллонам, внимательно осмотрел их и принялся за работу. Для начала следовало выпустить из баллонов гелий, чтобы осталось его не больше одной трети. Остальное было легким делом.

Утром в резиденции творилось нечто невообразимое. Мылись полы, чистились ковры, шла генеральная уборка. Из каждого помещения доносился шум. В танцевальном зале стучали молотки — там делали помост для оркестра, в коридорах жужжали пылесосы, из кухни доносился звон посуды.

В четыре часа пополудни возле служебного входа в резиденцию остановился грузовик армии США.

— Что у вас там? — спросил у водителя дежурный охранник.

— Побрякушки для праздника.

— Ну-ка, давай посмотрим.

Охранник проверил груз.

— Что в этих ящиках?

— Баллоны с гелием, шары, флажки.

— Открывай.

Через пятнадцать минут грузовик заехал на территорию резиденции. Капрал и два морских пехотинца принялись разгружать ящики и относить их в подсобку рядом с танцевальным залом.

Когда они стали распаковывать ящики, один из морских пехотинцев воскликнул:

— Ты смотри, сколько тут шаров! Интересно, кто их будет надувать?

В этот момент вошел Эдди Мальц в сопровождении человека в комбинезоне.

— Не беспокойся, — сказал Эдди Мальц. — Мы живем в век техники. — Он кивнул на сопровождавшего его человека. — Вот кто займется шарами. Приказ полковника Маккинни.

Один из морских пехотинцев посмотрел на человека в комбинезоне и ухмыльнулся:

— Лишь бы не я.

Оба морских пехотинца ушли.

— В вашем распоряжении один час, — сказал Эдди Мальц. — Так что давайте за работу. Надо надуть уйму шаров.

Мальц кивнул капралу и вышел.

Капрал подошел к одному баллону:

— Что тут?

— Гелий.

Пока капрал смотрел, человек взял шарик, насадил его на штуцер баллона, надул и завязал. Шар взмыл к потолку. Вся операция заняла не больше секунды.

— Вот это да, — улыбнулся капрал.

Мэри сидела в своем кабинете, составляя ответы на срочные телеграммы. Как бы ей хотелось не проводить этот прием! Приглашенных было больше двух сотен. Она надеялась, что Майка Слейда поймают до начала приема. Тим и Бет находились под постоянным наблюдением. «Как Майк может причинить им зло? — Она вспомнила, как весело он играл с ними. — Он сумасшедший».

Мэри встала, чтобы положить бумаги в сейф, и замерла на месте. В кабинет входил Майк Слейд. Мэри открыла рот, чтобы закричать.

— Тихо!

Мэри застыла в ужасе. Рядом никого не было. Он убьет ее прежде, чем она успеет позвать на помощь. Но как он прошел мимо охранников? «Я не должна показывать, что боюсь его», — решила Мэри.

— Люди полковника Маккинни ищут вас. Вы можете убить меня, — с вызовом сказала Мэри, — но вам не удастся скрыться.

— Чепуха. Ангел, вот кто пытается вас убить.

— Ложь. Ангел мертв. Я видела сама, как его убили.

— Ангел — профессиональный убийца. Он аргентинец. Он никогда бы не стал расхаживать в аргентинской одежде с карманами, полными аргентинских песо. Полиция убила подставную фигуру.

— Я не верю ни одному вашему слову. Вы убили Луи Дефорже. Вы хотели отравить меня. Будете отрицать это?

Майк долго смотрел на нее.

— Нет, не буду. Но лучше послушайте, что вам расскажет мой друг. — Он подошел к двери. — Заходи, Билл

В комнату вошел полковник Маккинни:

— Я думаю, пришло время поговорить, госпожа посол.

В подсобке, под пристальным взглядом капрала, человек в комбинезоне продолжал надувать шары.

«Надо же быть таким уродом, — подумал капрал. Никогда таких не видал».

Капрал никак не мог понять, почему белые шары надувались из одного баллона, красные — из второго, а голубые из третьего. «Почему бы не надувать все шары из одного баллона, а когда он закончится, использовать другой? — Ему хотелось спросить об этом, но он решил этого не делать. — Беседовать с таким страшилищем?»

Через открытую дверь, которая вела в танцевальный зал, капрал видел, как официанты носили подносы с закусками, накрывая столы. «Чудесная будет вечеринка», — подумал капрал.

Мэри сидела за столом, глядя на Майка и полковника Маккинни.

— Начнем с самого начала, — сказал Маккинни. — Когда при вступлении в должность президент заявил, что хочет установить отношения со всеми странами за «железным занавесом», его речь произвела эффект разорвавшейся бомбы. В нашем правительстве существует фракция, которая уверена, что если мы начнем налаживать отношения с Румынией, СССР, Болгарией, Албанией, Чехословакией и другими странами Восточной Европы, то коммунисты погубят нас. По другую сторону «железного занавеса» есть коммунисты, которые считают, что план президента — это «троянский конь», он даст возможность нашим шпионам проникать в их страны. Группа влиятельных людей с той и другой стороны организовала суперсекретную организацию «Патриоты свободы». Они считают, что единственный способ покончить с планом президента — это саботировать его таким образом, чтобы у него уже никогда не возникло желание начать все снова. Тут в игру вступили вы.

Но почему я? Почему выбрали меня?

Вы были самой подходящей кандидатурой, — объяснил Майк. — Превосходной кандидатурой. Очаровательная женщина из Средней Америки, двое очаровательных детей. Для полной картины не хватает только очаровательной собаки и очаровательного кота. Вы были образом «Миссис Америки». Они решили завладеть вами во что бы то ни стало. Когда на пути встал ваш муж, они убили его, подстроив автомобильную катастрофу.

— О Господи! — От слов Майка ей стало не по себе.

— Следующим шагом было создание вашего имиджа. Используя все связи в средствах массовой информации, они сделали вас всеобщей любимицей. Вы стали прекрасной леди, что ведет народы к миру.

— А теперь?

— Их план состоит в том, чтобы убить вас и ваших детей самым ужасным образом. Пусть мир будет потрясен до такой степени, чтобы уже никому не приходили мысли о разрядке напряженности.

Мэри была в шоке.

— Это в общих чертах, — сказал полковник Маккинни, — но довольно точно отражает их намерения. Майк работает на ЦРУ. После смерти вашего мужа и Марина Грозы Майк вышел на «Патриотов свободы». Они приняли его за своего и предложили присоединиться к ним. Мы обговорили это с президентом Эллисоном, и он дал добро.

Он в курсе всех событий. Он постоянно заботится о вашей безопасности, но ни с кем не обсуждает это, так как Нед Тиллингаст, глава ЦРУ, предупредил его, что происходит утечка информации на самом высоком уровне.

У Мэри раскалывалась голова.

— Но ведь... ведь вы пытались убить меня!

Майк вздохнул:

— Я пытался спасти вашу жизнь, но вы мне в этом не хотели помочь. Я делал что угодно, лишь бы отправить вас и ваших детей домой, где вы были бы в безопасности.

— Но вы отравили меня!

— Доза была несмертельной. Я лишь хотел, чтоб вы заболели и уехали из Румынии. Врачи уже ждали вас. Я не мог рассказать вам правду, потому что тогда мы потеряли бы единственный шанс поймать их. Даже сейчас мы не знаем, кто стоит во главе этой организации. Он никогда не присутствует на встречах. Известно только, что он называет себя Контролером.

— А Луи?

— Доктор был одним из них. Он был помощником Ангела, специалистом по взрывным устройствам. Его задача состояла в том, чтобы быть рядом с вами. Было устроено фиктивное похищение, и вас спас мистер Обаяние. — Он увидел выражение лица Мэри. — Вы были одинокой и ранимой. Они сыграли на этом. Вы были не первая, кто влюблялся таким образом в доктора Дефорже.

Мэри кое-что вспомнила. Улыбающийся шофер. «...ни один румын не живет здесь счастливо. Только иностранцы. Мне не хотелось бы, чтобы моя жена осталась вдовой».

— Флориан был в этом замешан, — медленно сказала она. — Он специально проколол шину, чтобы вынудить меня идти пешком.

— Мы займемся им.

— Майк... Зачем вы убили Луи?

— У меня не было выбора. Их план состоял в том, чтобы убить вас и ваших детей на глазах у всех. Луи знал, что я член Комитета. Когда он понял, что я пытался вас отравить, у него появились подозрения. Вы не должны были умереть от яда. Мне пришлось убить его, чтобы он не раскрыл меня.

Все части головоломки становились на свои места: человек, которому она не доверяла, отравил ее, чтобы оставить в живых, а тот, которого она любила, спас ее, чтобы предать ужасной смерти. «Я была жертвенным агнцем, — подумала Мэри. — Все хорошее, что окружало меня, было фальшивым. Единственный, кто помогал мне, так это Стэнтон Роджерс. Или он?..»

— А Стэнтон? — спросила Мэри. — Он...

— Он постоянно защищал вас, — уверил ее полковник Маккинни. — Когда он узнал, что Майк пытался убить вас, он дал мне приказ арестовать его.

Мэри посмотрела на Майка. Он был здесь, чтобы защищать ее, а она смотрела на него как на врага. В голове у нее был сумбур.

— Значит, у Луи не было жены и детей?

— Нет.

— Но ведь я просила Эдди Мальца проверить это, и он сказал, что Луи был женат и имел двух дочерей.

Майк и полковник Маккинни переглянулись.

— Мы изолируем его, — сказал Маккинни. — Я отошлю его во Франкфурт. Там его арестуют.

— А кто такой Ангел? — спросила Мэри.

— Убийца из Латинской Америки. Наверно, самый профессиональный в мире. Комитет обещал ему за вашу смерть пять миллионов долларов.

Мэри слушала и не могла поверить.

— Мы знаем, что он в Бухаресте, — продолжал Майк. Обычно мы держим под наблюдением аэропорты, же лезнодорожные вокзалы, дороги, но у нас нет описания Ангела. У него десятки паспортов. Никто никогда не видел его самого. Все контакты осуществляются через любовницу — Неусу Муньес. Мне, к сожалению, не удалось узнать, кто помог ему приехать сюда и в чем заключается его план убийства.

— А что ему мешает убить меня?

— Мы, — сказал полковник Маккинни. — С помощью румынского правительства мы предприняли все меры предосторожности. Все находится под контролем.

— И что теперь? — спросила Мэри.

— Это вам решать, — ответил Майк. — Ангелу приказали убить вас сегодня во время праздника. Мы уверены, что можем поймать его, но если вас там не будет...

— Тогда он не станет ничего делать.

— Сегодня — нет. Но рано или поздно он все равно попытается убить вас.

— Вы хотите, чтобы я была приманкой?

— Вы сами должны решить, — сказал полковник Маккинни.

«Я все могу остановить, — подумала Мэри. — Взять детей, вернуться в Канзас, и все мои кошмары останутся позади. У меня снова будет спокойная жизнь, я буду преподавать в университете. Преподавателей не убивают. Ангел забудет обо мне».

— Я не хочу подвергать опасности моих детей.

— Я сделаю так, что детей уведут из резиденции и будут держать под усиленной охраной, — пообещал полковник.

Мэри долго молчала. Затем посмотрела на Майка и сказала:

— Жертвенный агнец должен выглядеть нарядно?

331

Глава 30

В посольстве полковник Маккинни инструктировал морских пехотинцев:

— Резиденция должна охраняться, как Форт-Нокс*. Румыны помогают нам. Все прилегающие районы оцеплены солдатами. Никто не сможет пройти без пропуска. Вы будете дополнительно проверять пропуска у входящих и выходящих. И все должны быть проверены при помощи металлического детектора. Здание и парк будут окружены полицейскими. На крыше засядут снайперы. Вопросы есть?

— Нет, сэр.

— Вольно, разойдись.

Вокруг царила праздничная обстановка. Мощные прожектора освещали небо. Кордон из румынских полицейских и американских пехотинцев сдерживал толпу. Повсюду рыскали переодетые в штатское агенты секуритате. У некоторых были собаки, специально обученные для поисков взрывчатки.

На приеме присутствовали журналисты и фоторепортеры из многих стран. Сами они, а также их камеры были тщательно осмотрены, прежде чем им позволили войти в резиденцию.

— Мышь не прошмыгнет, — похвастался дежурный офицер.

Капрал скучал, сидя в подсобке, и наблюдал за человеком в комбинезоне, который надувал шары. Он вытащил сигарету и прикурил.

— Погасите сигарету! — закричал Ангел.

Капрал испуганно посмотрел на него:

— А в чем дело? Вы ведь надуваете шары гелием? А гелий не горит.

___

* Место, где хранится золотой запас США.

— Погасите сигарету! Полковник Маккинни приказал, чтобы здесь не курили.

— Черт, — пробурчал капрал. Он бросил сигарету на пол и раздавил ее ногой.

Ангел внимательно посмотрел, не осталось ли на полу тлеющего табака, и снова принялся наполнять шары из разных баллонов.

Гелий действительно не горел, но ни один баллон не был наполнен гелием. В первом был пропан, во втором белый фосфор, а в третьем — кислородно-ацетиленовая смесь. Ангел оставил в баллонах лишь столько гелия что-бы шары поднимались вверх.

Белые шары Ангел наполнял пропаном, красные шары — кислородно-ацетиленовой смесью и голубые белым фосфором. Когда шары взорвутся, белый фос-фор зажжет высвободившийся пропан и превратится в расплавленную жидкость, падая на людей, собравшихся внизу. Термический эффект поразит горло и легкие, а взрывная волна разрушит целый квартал. Это будет пре-красно!

Ангел выпрямился и посмотрел на разноцветные шары, летающие под потолком.

— Готово.

— Ладно, — сказал капрал, — теперь надо вытолкать шары в зал, чтобы гостям стало веселее. — Капрал позвал четырех морских пехотинцев: — Ну-ка, помогите, ребята.

Один из них распахнул двери, ведущие в танцеваль-ный зал. Стены были украшены американскими флагами и разноцветными лентами. В другом конце зала возвышал-ся помост для оркестра. Здесь уже было много гостей, сто-явших возле столов с закусками.

— Как здесь красиво, — сказал Ангел. Скоро этот зал будет полон обгоревших трупов. — Можно я сфотогра-фирую?

— Давай, фотографируй. Ну, ребята, вперед.

Морские пехотинцы зашли в подсобку и принялись выталкивать шары в зал, глядя, как они взмывают к потолку.

— Полегче, — предупредил Ангел.

— Не волнуйся, ничего с твоими драгоценными шарами не случится.

Стоя в дверях, Ангел смотрел на летящие шары и улыбался. Тысяча маленьких разноцветных бомбочек. Он вытащил из кармана фотоаппарат и вошел в зал.

— Эй, тебе туда нельзя, — предупредил его капрал.

— Я хочу сделать снимок на память дочке.

«Представляю, какая у тебя дочка», — подумал капрал.

— Только быстро, — сказал он.

В этот момент в зал входила Мэри Эшли вместе с детьми. Ангел улыбнулся. Все идет по плану.

Когда капрал отвернулся, Ангел быстро спрятал фотоаппарат под стол, где за скатертью его никто не увидит. Таймер взрывателя был поставлен на один час. Все было готово. К нему направился охранник.

— У меня все, — сказал Ангел.

— Я провожу вас к выходу, — сказал охранник.

— Спасибо.

Через пять минут Ангел уже шел по улице Александру Сахия, удаляясь от резиденции.

Вокруг резиденции творилось что-то невообразимое. Полиция сдерживала растущую толпу румын. Во всех окнах дома горел свет, и резиденция ярко выделялась на фоне ночного неба.

До начала приема Мэри отвела детей наверх.

— У нас будет небольшое семейное совещание, — сообщила она. Мэри чувствовала, что надо рассказать детям правду.

Дети слушали ее, широко раскрыв глаза.

— Я позабочусь о вашей безопасности, — сказала она. — Вас увезут отсюда.

— А как же ты? — спросила Бет. — Тебя ведь хотят убить. Почему ты не пойдешь с нами?

— Нет, дорогая, я не могу. Иначе мы не поймаем этого человека.

Тим еле сдерживал слезы.

— А вдруг его не поймают?

— Майк Слейд сказал, что поймают.

Тим и Бет переглянулись. Они были напуганы. У Мэри разрывалось сердце. «Они еще слишком молоды, чтобы подвергаться таким испытаниям, — подумала она. — Все мы слишком молоды для этого».

Мэри тщательно выбирала одежду. «Может, я одеваюсь на свои похороны?» — подумала она. Она надела длинное красное платье из шифона, красные туфли на высоком каблуке. Мэри посмотрела на себя в зеркало — лицо было бледным.

Через пятнадцать минут Мэри, Бет и Тим вошли в танцевальный зал. Мэри здоровалась с гостями, стараясь скрыть свою нервозность. Она повернулась к детям и громко сказала:

— Вам еще надо сделать домашнюю работу. Возвращайтесь к себе.

Глядя им вслед, она чувствовала, как у нее перехватило дыхание. «Надеюсь, Майк Слейд знает, что делает», — подумала она.

Сзади раздался грохот, и Мэри вздрогнула. Она резко повернулась, чувствуя, что сердце готово выскочить у нее из груди. Официант уронил поднос с посудой и теперь собирал осколки. Мэри стояла, пытаясь взять себя в руки.

Каким образом Ангел планировал убить ее? Она осмотрела празднично украшенный зал, но не могла найти ответ на свой вопрос.

Как только дети вышли из зала, полковник Маккинни тут же провел их к запасному выходу.

— Отвезите их в посольство. Глаз с них не спускать, — приказал он двум морским пехотинцам.

— С мамой все будет в порядке? — спросила Бет.

— С ней ничего не случится, — пообещал Маккинни, мысленно надеясь, что так оно и будет.

Когда дети ушли, Майк Слейд подошел к Мэри:

— Детей увезли. Я пойду еще раз все проверю и вернусь.

— Не уходите! — вырвалось у нее. — Я хочу быть рядом с вами.

— Почему?

— С вами я чувствую себя в безопасности, — честно призналась она.

— Вот как? — усмехнулся Слейд. — Ну пойдемте.

Мэри пошла за ним, стараясь держаться как можно ближе. Играл оркестр, и гости танцевали. Репертуар состоял в основном из американских песен и мелодий из бродвейских мюзиклов. Те, кто не танцевал, пили шампанское, которое на серебряных подносах разносили официанты. У всех было праздничное настроение.

Мэри подняла голову и увидела сотни разноцветных шаров, плавающих под потолком. Все было так прекрасно. «Если бы только здесь не присутствовала смерть», — подумала Мэри. Нервы у нее были напряжены до предела. Один из гостей прошел рядом с ней, и она вся съежилась, ожидая, что в нее вопьется игла с ядом. Неужели Ангел хочет застрелить ее у всех на виду? Или заколоть ножом? От нервного напряжения у нее кружилась голова. Ей трудно было дышать. Мэри стояла среди толпы веселых, смеющихся людей, чувствуя себя одинокой и уязвимой. Ангел мог быть где угодно. Может, он и сейчас смотрел на нее.

— Как вы думаете, Ангел сейчас здесь? — спросила Мэри.

— Не знаю, — ответил Майк, и это было самое страшное. Увидев выражение ее лица, он сказал: — Послушайте, если вы хотите...

— Нет. Вы же говорили, что я приманка. А без приманки ловушка не захлопнется.

— Именно, — сказал он, слегка сжимая ей руку.

К ним подошел полковник Маккинни:

— Мы еще раз проверили все. Ничего. Мне это очень не нравится.

— Попробуем еще раз. — Майк сделал знак четырем морским пехотинцам, и они встали рядом с Мэри. — Сейчас я вернусь, — пообещал Майк.

— Пожалуйста, побыстрей, — попросила Мэри.

Майк, полковник Маккинни и двое охранников с собаками проверили все комнаты на втором этаже.

— Ничего, — сказал Майк.

Они подошли к морскому пехотинцу, охранявшему служебный вход.

— Сюда никто не поднимался?

— Нет, сэр. Все как обычно.

«Не совсем», — с горечью подумал Майк.

Они подошли к гостевой комнате. Возле двери стоял вооруженный охранник. Увидев полковника, он встал по стойке «смирно» и отдал честь. Они вошли в комнату. Корина Соколи лежала на кровати, читая румынскую книгу. Может, она была подсадной уткой? Может, она помогала Ангелу?

— Жаль, что я не пошла на праздник. Там, наверно, так весело. Ну ладно, буду дочитывать книгу.

— Хорошо, — сказал Майк. Он закрыл дверь. — Давайте еще раз проверим внизу.

Они пошли на кухню.

— Как насчет яда? — спросил полковник Маккинни. — Может, он захочет отравить ее?

Майк отрицательно покачал головой:

— Не слишком фотогенично. Ангелу надо нечто более зрелищное.

— Майк, сюда невозможно пронести взрывчатку. Эксперты с собаками проверили каждый сантиметр. Все чисто. Через крышу тоже не получится — там сидят снайперы. Это невозможно.

— Есть один способ.

— Какой?

— Не знаю, — ответил Майк. — Это знает только Ангел.

Они еще раз проверили библиотеку и рабочие комнаты. Ничего. Прошли мимо подсобки, где капрал и двое морских пехотинцев выталкивали последние шары.

— Красиво, а? — сказал капрал.

— Ну.

Они уже собрались идти, но Майк остановился.

— Капрал, откуда привезли эти шары?

— С базы ВВС США во Франкфурте, сэр.

— А это? — Майк показал на баллоны с гелием.

— Оттуда же.

Майк повернулся к полковнику Маккинни:

— Пойдемте еще раз проверим наверху.

Они повернулись, чтобы уходить, когда капрал сказал:

— Извините, полковник. Тот человек, которого вы прислали, забыл оставить свою фамилию. Как ему начислять деньги — как военному или как гражданскому?

Полковник Маккинни нахмурился:

— Какой еще человек?

— Которому вы приказали надуть шары.

— Я никому такого приказа не давал, — покачал головой полковник. — Кто это вам такое сказал?

— Эдди Мальц. Он сказал...

— Эдди Мальц? Но ведь я приказал ему отправиться во Франкфурт.

— Как выглядел этот мужчина? — спросил Майк у капрала.

— Это был не мужчина, сэр, а женщина. По правде говоря, выглядела она довольно странно. Такая толстая и уродливая. Ещё разговаривала со странным акцентом. И лицо у нее побито оспой.

Майк быстро взглянул на полковника Маккинни:

— Похоже на описание, которое Гарри Ланц дал Неусе Муньес.

Они все поняли одновременно.

— О Господи! — медленно произнес Майк. — Неуса Муньес и есть Ангел! — Он указал на баллоны: — Она из них наполняла шары?

— Да, сэр. Смешно даже! Я закурил, а она как закричит, чтобы я погасил сигарету. А я ей говорю: «Гелий не горит». А она отвечает...

Майк посмотрел вверх.

Шары! Взрывчатка в шарах!

Они смотрели на потолок, где плавали разноцветные шары.

— Должно быть, какое-то взрывное устройство с часовым механизмом. — Майк повернулся к капралу: — Когда она ушла?

— С час назад.

339

На индикаторе таймера под столом оставалось шесть минут.

Майк растерянно обвел взглядом зал.

— Она могла спрятать его где угодно. Оно может сработать в любое время. Нам некогда его искать.

К ним подошла Мэри. Майк повернулся к ней:

— Надо освободить зал! Быстро! Лучше будет, если вы сами скажете это гостям. Пусть все уйдут!

Она непонимающе смотрела на него:

— Почему? Что случилось?

— Мы нашли игрушку нашего приятеля, — хмуро сказал Майк. Он указал на потолок: — В тех шарах — смерть.

На лице Мэри появилось выражение ужаса.

— А их можно оттуда достать?

— Их там не меньше тысячи. Пока мы их будем доставать...

В горле у Мэри так пересохло, что она с трудом сказала:

— Майк... Я знаю, как это сделать.

Все посмотрели на нее.

— Крыша. Она раздвигается.

Майк пытался держать себя в руках.

— Как она открывается?

— Есть выключатель...

— Нет, — сказал Майк. — Ничего электрического. От искры они могут взорваться. А вручную нельзя ее открыть?

— Можно. — Мэри с трудом выговаривала слова. — Крыша раздвигается при помощи лебедок. С двух сторон есть ручки... — Рядом с ней уже никого не было.

Оба мужчины бегом поднимались по лестнице на второй этаж. Вскоре они уже были на чердаке. Деревянная лестница вела к подвесным лесам, которые использовались рабочими для чистки потолка. Возле стены была закреплена ручка лебедки.

— Вторая ручка должна быть с другой стороны, — сказал Майк.

Он ступил на узкие леса, пробираясь через море шаров, стараясь не смотреть на стоящих внизу людей. Самое главное — это удержать равновесие. От сквозняка шары полетели к нему, и одна нога сорвалась с лесов. Он упал, но в последний момент схватился за доску и повис в воздухе. Медленно подтянувшись, он залез обратно на леса. По лицу Майка струился пот. Осторожно ступая, он направлялся к ручке лебедки.

— Я готов! — крикнул Майк полковнику. — Начинаем. Никаких резких движений.

— Вперед!

Майк медленно принялся крутить ручку.

На табло таймера, спрятанного под столом, осталось две минуты.

Из-за шаров Майк не видел полковника Маккинни, но слышал скрип второй лебедки. Крыша стала понемногу раздвигаться. Сначала несколько шаров, затем все больше и больше вылетали через проем и устремлялись в ночное небо. С улицы раздались восторженные возгласы толпы. До взрыва оставалось сорок пять секунд. Несколько шаров застряли рядом с Майком. Он протянул руку, но не достал. Майк сделал несколько шагов по узкой доске и вытолкнул шары.

Он стоял и смотрел, как они поднимаются все выше и выше в черное бархатное небо. Вдруг небо взорвалось. Раздался страшный грохот, и белые и красные языки пламени разлетелись в разные стороны. Такого празднования

Дня независимости еще никто не видел. Толпа зааплодировала.

От усталости Майк был не в силах пошевелиться. Все закончилось. Все было позади.

Операция проводилась одновременно в разных частях света. Флойд Бейкер, госсекретарь США, лежал в постели с любовницей, когда дверь в спальню распахнулась. В комнату вошли четыре человека.

— Черт возьми, что вы себе позволяете?..

Один из вошедших достал удостоверение:

— ФБР. Вы арестованы.

Флойд Бейкер не мог поверить в случившееся.

— Вы с ума сошли. В чем меня обвиняют?

— В предательстве, Тор.

Генерал Оливер Брукс, под кодовым именем Один, завтракал в своем клубе, когда ФБР арестовало его.

Сэр Хайдуайт, кавалер ордена Британской империи, член парламента, известный под именем Фрейр, произносил тост на званом обеде, когда к нему подошел официант:

— Извините, сэр Алекс. Там к вам пришли два джентльмена...

В Париже во время выступления был арестован сенатор, имевший кличку Бальдр.

В здании парламента в Нью-Дели арестовали спикера от Индийского национального конгресса, носившего имя Вишну.

Депутат итальянского парламента Тюр был арестован в турецких банях.

Операция продолжалась.

В Мексике, Албании и Японии были арестованы высокопоставленные чиновники. В тюрьме очутились член бундестага ФРГ, депутат Национального совета Австрии, заместитель Председателя Верховного Совета Советского Союза.

Среди арестованных были президент крупной судовладельческой компании и влиятельный профсоюзный лидер, телевизионный проповедник и глава нефтяного картеля.

Эдди Мальц был убит при попытке к бегству.

Пит Коннорс покончил жизнь самоубийством, когда агенты ФБР стали ломать дверь в его кабинет.

Мэри и Майк Слейд сидели в «Аквариуме», получая сообщения со всего мира.

— Они взяли Врееланда, члена правительства ЮАР. Остались только Контролер и Неуса Муньес — Ангел.

— Неужели никто не знал, что Ангел — женщина? — удивилась Мэри.

— Нет. Она всех нас обвела вокруг пальца. Гарри Ланц сказал членам Комитета, что это толстая уродливая дура.

— А Контролер?

— Никто его никогда не видел. Все приказы он дает по телефону. Он прекрасный организатор. «Патриоты свободы» разбиты на небольшие ячейки, поэтому одна группа не знает, чем занимается другая.

Ангел пылала от ярости. Она была похожа на взбешенного зверя. Что-то помешало ее плану, но она была готова снова приступить к действиям.

Набрав вашингтонский номер, она сказала глупым безжизненным голосом:

— Ангел просил передать, что не надо беспокоиться. Он выполнит свое обещание. Они умрут в следующий раз...

Следующего раза не будет, — ответил ее собеседник. Нам не нужен твой Ангел. Он хуже всякого любителя.

Ангел сказал мне...

Мне плевать, что он сказал. С ним покончено. Он не получит ни цента. Я найму кого-нибудь другого, кто умеет работать. Скажи этому сукину сыну, чтобы больше меня не беспокоил.

В трубке раздались гудки отбоя.

Проклятый гринго! Никто еще так не разговаривал с Ангелом. Ее гордость была уязвлена. Он заплатит за это. Еще как заплатит!

В «Аквариуме» зазвонил телефон. Мэри сняла трубку. Это был Стэнтон Роджерс.

— Мэри! С вами все в порядке? Как дети?

— Все в порядке, Стэн.

— Слава Богу! Расскажите, что произошло.

— Это был Ангел. Она хотела взорвать резиденцию...

— Вы хотите сказать — он?

— Нет, Ангел — женщина. Ее зовут Неуса Муньес.

После долгой паузы Стэнтон сказал:

— Неуса Муньес? Эта толстая уродливая дура и есть Ангел?

По телу Мэри пробежала дрожь.

— Да, Стэн, — медленно вымолвила она.

— Я могу чем-нибудь помочь?

— Нет, спасибо. Сейчас я иду за детьми. Я потом перезвоню.

Она повесила трубку. На лице у нее было написано удивление.

— Что случилось? — спросил Майк.

— Вы сказали, что Гарри Ланц сообщил лишь некоторым членам Комитета, как выглядела Неуса Муньес?

— Да.

— Так вот, Стэнтон Роджерс только что описал ее.

Когда самолет приземлился в аэропорту имени Даллеса, Ангел зашла в телефонную будку и набрала номер Контролера.

Знакомый голос ответил:

— Стэнтон Роджерс слушает.

Два дня спустя Майк, полковник Маккинни и Мэри сидели в конференц-зале посольства. Эксперты по электронике только что закончили проверку и уничтожили все «жучки».

— Все сходится, — сказал Майк. — Контролер — это Стэнтон Роджерс, но мы никак не могли догадаться об этом раньше.

— Но почему он хотел убить меня? — спросила Мэри. — В самом начале он был против моей кандидатуры. Он сам мне в этом признался.

— Тогда его план еще не был готов, — объяснил Майк. — Но, увидев вас и детей, он понял, что вы — это то, что нужно. После этого он употребил все свое влияние, чтобы вы стали послом. Это сбило нас с толку. Он все время следил за вами, делая так, чтобы пресса постоянно рассказывала о вас, чтобы вас видели в нужных местах с нужными людьми.

Мэри повела плечами:

— Зачем ему это было нужно?..

— Стэнтон Роджерс не простил Полу Эллисону того, что тот стал президентом. Вообще-то он был либералом, но потом женился на реакционерке правого крыла. Я думаю, что она повлияла на него.

— Его арестовали?

— Нет. Он исчез. Но его скоро найдут.

Через два дня голова Стэнтона Роджерса была найдена в мусорном баке. Глаза у него были вырваны.

Глава 31

Президент Эллисон позвонил из Белого дома:

— Я отказываюсь принимать вашу отставку.

— Извините, господин президент, но я..

— Мэри, я знаю, через какие испытания вам пришлось пройти, но я прошу, чтобы вы продолжали выполнять функции посла в Румынии.

«Я знаю, через какие испытания вам пришлось пройти». Разве он мог представить все это? Она приехала сюда, полная наивных стремлений и надежд. Она собиралась стать символом своей страны. Она хотела показать миру, какие на самом деле американцы. И все это время она была инструментом в чужих руках. Ее использовали президент, правительство, все, кто ее окружал. Она и ее дети подвергались смертельному риску. Она подумала об Эдварде и о том, как его убили. О Луи и его лживых речах. Она подумала о том, какую опасность для мира представляла Ангел.

«Я совсем не похожа на ту женщину, которая приехала сюда, — подумала Мэри. — Я была доверчивой. Теперь я повзрослела. Я кое-чего добилась здесь. Я освободила Ханну Мэрфи из тюрьмы. Я спасла сына Ионеску. Я добилась предоставления займа Румынии. Я спасла несколько евреев».

346

— Алло? Вы меня слышите? — спросил президент.

— Да, сэр, — сказала она, глядя на Майка Слейда, который наблюдал за ней, сидя в кресле.

— Вы прекрасно справились со своими обязанностями, — сказал президент. — Мы все гордимся вами. Вы читали газеты?

Ее не интересовали газеты.

— Вы нам нужны там. Вы оказываете нашей стране большую помощь.

Президент ждал ее ответа. Мэри размышляла, взвешивая все «за» и «против». «Я отличный посол и многое могу еще сделать», — подумала Мэри.

— Господин президент, если я останусь на своем посту, я буду настаивать, чтобы США предоставили политическое убежище Корине Соколи.

— Извините, Мэри. Я уже объяснил вам, что мы не сможем это сделать. Это оскорбит Ионеску...

— Ничего страшного. Я знаю Ионеску. Он использует ее как пешку в политической игре.

— И как вы собираетесь вывезти ее оттуда? — спросил президент после долгой паузы.

— Завтра утром прибывает грузовой самолет. Она улетит на нем.

— Ладно. Я обговорю этот вопрос с государственным департаментом. Если это все...

Мэри бросила взгляд на Майка Слейда:

— Нет, сэр. Я хочу, чтобы Майк Слейд остался работать со мной. Он мне нужен.

Майк наблюдал за ней с улыбкой.

— Боюсь, что это невозможно, — твердо сказал президент. — Слейду придется вернуться. Здесь его ждет новое задание.

Мэри молчала.

— Мы пришлем вам кого-нибудь другого, — продолжал президент. — Можете выбрать кого захотите.

Молчание.

— Майк Слейд нам нужен в Вашингтоне.

Мэри снова посмотрела на Слейда.

— Алло? Мэри? Это что — шантаж?

Мэри не произнесла ни слова.

Наконец президент сказал недовольным тоном:

— Ладно, если вы без него не можете, пусть еще немного у вас поработает.

— Спасибо, господин президент, — радостно сказала Мэри. — Я остаюсь послом в Румынии.

— Однако вы умеете настоять на своем, госпожа посол. Ну что ж, желаю удачи! И не попадайте в беду.

Мэри положила трубку на рычаг и посмотрела на Майка.

— Вы останетесь здесь. Он приказал мне не попадать в беду.

— Чувство юмора у него есть, — улыбнулся Майк. — Раз уж я остаюсь здесь, то лучше нам поговорить о проблемах, которые возникли с румынским министром торговли. — Он посмотрел ей в глаза: — Кофе?

Эпилог

Эллис-Спрингс, Австралия

Женщина-председатель встала:

— Нам нанесли сильный удар. Но мы учтем допущенные ошибки, и наша организация станет еще сильнее. А теперь приступим к голосованию... Афродита?

— Да.

— Афина?

— Да.

— Сибилла?

— Да.

— Селена?

— Принимая во внимание смерть нашего бывшего Контролера, может быть...

— Пожалуйста, да или нет?

— Нет.

— Ника?

— Да.

— Немесида?

— Да.

— Принято большинством голосов. Пожалуйста, леди, соблюдайте обычные меры предосторожности.

ИЗДАТЕЛЬСКАЯ ГРУППА АСТ

ПРИОБРЕТАЙТЕ КНИГИ ПО ИЗДАТЕЛЬСКИМ ЦЕНАМ В СЕТИ КНИЖНЫХ МАГАЗИНОВ (БУКВА)

МОСКВА:

- м. «Алексеевская», Звездный б-р, д. 21, стр.1, т. (495) 323-19-05
- м. «Алексеевская», пр-т Мира, д. 114, стр. 2 (Му-Му), т. (495) 687-57-56
- м. «Алтуфьево», ТРЦ «РИО», Дмитровское ш., вл. 163, 3 этаж, т. (495) 988-51-28
- м. «Бауманская», ул. Спартаковская, д. 16, стр. 1, т. (499) 267-72-15
- м. «Бибирево», ул. Пришвина, д. 22, ТЦ «Александр», 0 этаж, т. (499) 206-92-65
- м. «ВДНХ», ТЦ «Золотой Вавилон - Ростокино», пр-т Мира, д. 211, т. (495) 665-13-64
- м. «ВДНХ», г. Мытищи, ул. Коммунистическая, д. 1, ТРК «XL-2», 3 этаж, т. (495) 641-22-89
- м. «Домодедовская», Ореховый б-р, вл. 14, стр. 3, ТЦ «Домодедовский», 3 этаж, т. (495) 983-03-54
- м. «Каховская», Чонгарский б-р, д. 18а, т. (499) 619-90-89
- м. «Коломенская», ул.Судостроительная, д. 1, стр. 1, т. (499) 616-20-48
- м. «Коньково», ул. Профсоюзная, д. 109, к. 2, т. (495) 429-72-55
- м. «Крылатское», Рублевское ш., д. 62, ТРК «Евро Парк», 2 этаж, т. (495) 258-36-14
- м. «Марксистская/Таганская», Большой Факельный пер., д. 3, стр. 2, т. (495) 911-21-07
- м. «Новые Черемушки», ТЦ «Черемушки», ул. Профсоюзная, д. 56, 4 этаж, пав. 4а-09, т. (495) 739-63-52
- м. «Парк культуры», Зубовский б-р, д. 17, т. (499) 246-99-76
- м. «Перово», ул. 2-я Владимирская, д. 52, к. 2, т. (499) 306-18-98
- м. «Петровско-Разумовская», ТРК «XL», Дмитровское ш., д. 89, 2 этаж, т. (495) 783-97-08
- м. «Пражская», ул. Красного Маяка, д. 2б, ТЦ «Пражский Пассаж», 2 этаж, т. (495) 721-82-34
- м. «Преображенская площадь», ул. Большая Черкизовская, д. 2, к. 1, т.(499) 161-43-11
- м. «Сокол», ТК «Метромаркет», Ленинградский пр-т, д.76, к.1, 3 этаж, т. (495) 781-40-76
- м. «Теплый Стан», Новоясеневский пр-т, вл.1, ТРЦ «Принц Плаза», 4 этаж, т. (495) 987-14-73
- м. «Тимирязевская», Дмитровское ш., 15/1, т. (499) 977-74-44
- м. «Третьяковская», ул. Большая Ордынка, вл.23, пав. 17, т. (495) 959-40-00
- м. «Тульская», ул. Большая Тульская, д.13, ТЦ «Ереван Плаза», 3 этаж, т. (495) 542-55-38
- м. «Университет», Мичуринский пр-т, д. 8, стр. 29, т. (499) 783-40-00
- м. «Царицыно», ул. Луганская, д. 7, к.1, т. (495) 322-28-22
- м. «Щукинская», ТЦ «Щука», ул. Щукинская, вл. 42, 3 этаж, т. (495) 229-97-40
- м. «Юго-Западная», Солнцевский пр-т, д. 21, ТЦ «Столица», 3 этаж, т.(495) 787-04-25
- м. «Ясенево», ул. Паустовского, д.5, к.1, т.(495) 423-27-00
- М.О., г. Железнодорожный, ул. Советская, д.9, ТЦ «Эдельвейс», 1 этаж, т. (498) 664-46-35
- М.О., г. Зеленоград, ТЦ «Зеленоград», Крюковская пл., д. 1, стр. 1, 3 этаж, т. (499) 940-02-90
- М.О., г. Клин, ул. Карла Маркса, д. 4, ТЦ «Дарья», 2 этаж, т. (496) (24) 6-55-57
- М.О., г. Коломна, Советская пл., д. 3, ТД «Дом торговли», 1 этаж, т. (496) (61) 50-3-22
- М.О., г. Люберцы, Октябрьский пр-т, д. 151/9, т. (495) 554-61-10
- М.О., г. Сергиев Посад, ул. Вознесенская, д. 32а, ТРЦ «Счастливая семья», 2 этаж
- М.О., г. Лобня, Краснополянский пр-д, д. 2, ТРЦ «Поворот»

Регионы:

- г. Архангельск, ул. Садовая, д. 18, т. (8182) 64-00-95
- г. Астрахань, ул. Чернышевского, д. 5а, т. (8512) 44-04-08
- г. Белгород, Народный б-р, д. 82, ТЦ «Пассаж», 1 этаж, т.(4722) 32-53-26
- г. Владимир, ул. Дворянская, д. 10, т. (4922) 42-06-59
- г. Волгоград, ул. Мира, д. 11, т. (8442) 33-13-19
- г. Воронеж, пр-т Революции, д. 58, ТЦ «Утюжок», т. (4732) 51-28-94
- г. Иваново, ул. 8 Марта, д. 32, ТРЦ «Серебряный город», 3 этаж, т. (4932) 93-11-11 доб. 20-03
- г. Ижевск, ул. Автозаводская, д. 3а, ТРЦ «Столица», 2 этаж, т. (3412) 90-38-31
- г. Екатеринбург, ул. 8 Марта, д. 46, ТРЦ «ГРИНВИЧ», 3 этаж, т. (343) 253-64-10
- г. Калининград, ул. Карла Маркса, д.18, т. (4012) 66-24-64
- г. Краснодар, ул. Головатого, д. 313, ТЦ «Галерея», 2 этаж, т. (861) 278-80-62
- г. Красноярск, пр-т Мира, д. 91, ТЦ «Атлас», 1, 2 этаж, т. (391) 211-39-37
- г. Курск, ул. Ленина, д. 31, ТРЦ «Пушкинский», 4 этаж, т. (4712) 73-45-30
- г. Курск, ул. Ленина, д.11, т. (4712) 70-18-42
- г. Липецк, угол Коммунальная пл., д. 3 и ул. Первомайская, д. 57, т. (4742) 22-27-16
- г. Орел, ул. Ленина, д. 37, т. (4862) 76-47-20
- г. Оренбург, ул. Туркестанская, д. 31, т. (3532) 31-48-06
- г. Пенза, ул. Московская, д. 83, ТЦ «Пассаж», 2 этаж, т. (8412) 20-80-35
- г. Пермь, ул. Революции, д. 13, 3 этаж, ТЦ «Семья», т. (342) 238-69-72
- г. Ростов-на-Дону, г. Аксай, Новочеркасское ш., д. 33, ТЦ «Мега», 1 этаж, т. (863) 265-83-34
- г. Рязань, Первомайский пр-т, д. 70, к. 1, ТЦ «Виктория Плаза», 4 этаж, т. (4912) 95-72-11
- г. С.-Петербург, ул. 1-я Красноармейская, д. 15, ТК «Измайловский», 1 этаж, т. (812) 325-09-30
- г. Ставрополь, пр-т Карла Маркса, д. 98, т. (8652) 26-16-87
- г. Тверь, ул. Советская, д. 7, т. (4822) 34-37-48
- г. Тольятти, ул. Ленинградская, д. 55, т. (8482) 28-37-68
- г. Тула, ул. Первомайская, д. 12, т. (4872) 31-09-22
- г. Тула, пр-т Ленина, д. 18, т. (4872) 36-29-22
- г. Тюмень, ул. М. Горького, д. 44, ТРЦ «Гудвин», 2 этаж, т. (3452) 79-05-13
- г. Уфа, пр-т Октября, д. 34, ТРК «Семья», 2 этаж, т. (347) 293-62-88
- г. Чебоксары, ул. Калинина, д.105а, ТЦ «Мега Молл», 0 этаж, т. (8352) 28-12-59
- г. Челябинск, пр-т Ленина, д. 68, т. (351) 263-22-55
- г. Череповец, Советский пр-т, д. 88, т. (8202) 20-21-22
- г. Ярославль, ул. Первомайская, д. 29/18, т. (4852) 30-47-51
- г. Ярославль, ул. Свободы, д. 12, т. (4852) 72-86-61

Широкий ассортимент электронных и аудиокниг
ИГ АСТ Вы можете найти на сайте www.elkniga.ru

Заказывайте книги почтой в любом уголке России
123022, Москва, а/я 71 «Книги – почтой»
или на сайте: shop.avanta.ru

Курьерская доставка по Москве и ближайшему Подмосковью:
Тел/факс: +7(495)259-60-44, 259-41-71

Приобретайте в Интернете на сайте: www.ozon.ru

Издательская группа АСТ www.ast.ru
129085, Москва, Звездный бульвар, д. 21, 7-й этаж
Информация по оптовым закупкам: (495) 615-01-01, 232-17-06
факс 615-51-10
E-mail: zakaz@ast.ru

Литературно-художественное издание

Шелдон Сидни
Мельницы богов

Роман

Компьютерная верстка: Р.В. Рыдалин
Технический редактор О.В. Панкрашина

Общероссийский классификатор продукции
ОК-005-93, том 2; 953000 — книги, брошюры

Широкий ассортимент электронных и аудиокниг
ИГ АСТ Вы можете найти на сайте www.elkniga.ru

ООО «Издательство «Астрель»
129085, г. Москва, пр-д Ольминского, д. 3а

Издание осуществлено при техническом участии
ООО «Издательство АСТ»

Издано при участии ООО «Харвест». ЛИ № 02330/0494377 от 16.03.2009.
Республика Беларусь, 220013, Минск, ул. Кульман, д. 1, корп. 3, эт. 4, к. 42.
E-mail редакции: harvest@anitex.by

ОАО «Полиграфкомбинат им. Я. Коласа».
ЛП № 02330/0150496 от 11.03.2009.
Республика Беларусь, 220600, Минск, ул. Красная, 23.